원제 biblia koshodo no jikentecho

ⓒ EN MIKAMI 2011
First published in 2011 by ASCII MEDIA WORKS Inc., Tokyo, Japan.
Korean translation rights arranged with ASCII MEDIA WORKS Inc., through KCC.

—

이 책의 한국어판 저작권은 (주)한국저작권센터(KCC)를 통한 ASCII MEDIA WORKS와의
독점 계약으로 (주)디앤씨미디어(D&C MEDIA)에 있습니다.
저작권법에 의해 한국 내에서 보호를 받는 저작물이므로 무단전재와 복제를 금합니다.

비블리아 고서당 사건수첩

— 시오리코 씨와 기묘한 손님들

미카미 엔 지음, 최고은 옮김

비블리아 고서당 사건수첩
- 시오리코 씨와 기묘한 손님들

1판 20쇄 발행 2023년 3월 23일 | **지은이** 미카미 엔 | **옮긴이** 최고은 | **펴낸이** 신현호
편집장 김승신 | **편집** 권세라 | **북디자인** 이혜경디자인 | **본문조판** 한방울
흑백 일러스트 녹시 | **마케팅** 김민원
펴낸곳 (주)디앤씨미디어 | **출판등록** 2002년 4월 25일 제 20-260호
주소 서울시 구로구 디지털로 26길 111 JnK디지털타워 503호
전화번호 02.333.2513 | **팩스** 02.333.2514

ISBN 978-89-267-9363-3 (04830)
ISBN 978-89-267-9364-0 (SET)

정가 12,000원

잘못 만들어진 책은 구매처에서 바꾸어 드립니다.

목차

프롤로그 … 007

제1장 나쓰메 소세키 『소세키 전집·신서판』 (이와나미쇼텐) … 015

제2장 고야마 기요시 『이삭줍기·성 안데르센』 (신초문고) … 097

제3장 비노그리도프, 쿠즈민 『논리학 입문』 (아오키문고) … 177

제4장 다자이 오사무 『만년』 (마나고야쇼보) … 229

에필로그 … 313

저자후기 … 323

역자후기 … 325

프롤로그

 6년 전 그날, 기타가마쿠라의 언덕을 내려온 나는 철길 옆 좁은 골목을 터덜터덜 걷고 있었다.
 하얀 반팔 셔츠가 땀으로 흠뻑 젖어 등에 찰싹 달라붙었다. 매미 소리가 귀 따가울 정도로 가깝게 들렸다. 여기저기 수국이 아직 지지 않았는데, 장마가 끝나자마자 벌써 여름이 시작되어 있었다.
 서핑을 즐기는 이들을 제외한 지역 주민들에게는 달갑지 않은 계절이다.
 인근 지역인 유이가하마와 에노시마 해변에서 해수욕장을 열었지만, 이 근처에 사는 중고등학생들은 동네 바다에는 잘 가지 않았다. 이때쯤이면 바다는 외지에서 온 관광객들로 인산인해를 이루고, 해변도 이상한 빛깔로 탁해지는 까닭이다.

나는 산 중턱에 있는 현립 고등학교 2학년에 다니고 있었다.

그날은 일요일이었는데, 깜빡 놓고 온 교과서를 가지러 갔다가 집으로 돌아가는 길이었다. 버스로 통학하던 내가 역까지 걸어갔던 건 한 시간에 한 대 다니는 버스를 놓쳤기 때문이었다. 길이 좁은 데다 삼면이 산으로 둘러싸인 가마쿠라는 지역에 따라서는 깜짝 놀랄 만큼 교통편이 좋지 않았다.

오른쪽에는 기타가마쿠라 역의 승강장이 보였다. 이곳 승강장은 이상하리만치 길다. 개찰구가 한쪽 끝에만 있어서 한참 걸어야 승강장에 들어갈 수 있다. 왼편으로는 오래된 주택들이 늘어서 있었다. 정원마다 정원수들이 우뚝 자라 녹음이 무성했다.

아는 이도 얼마 없을 테고, 존재를 알더라도 의식하는 이들은 적을 테지만 이 골목에는 고서점이 하나 있다.

오래된 목조 건물에는 가게 이름조차 걸려 있지 않다. 처마 밑에 바람이 불면 돌아가는 입간판이 하나 나와 있었는데, '고서 매입합니다, 성실하게 감정해드립니다'라고 적혀 있었다. 녹이 슬었는지 잘 움직이지 않았다.

나는 그 이름 모를 가게 앞을 지나가려 했다.

이변이 일어난 건 그때였다.

미닫이문이 덜컹거리며 열리더니 젊은 여자가 가게 안에서 나왔다. 하얀 민소매 블라우스에 남색 롱스커트의 수수한 차림으로, 긴 머리를 느슨하게 땋아 목덜미 위로 틀어 올렸다. 투명한 피부에 커다란 검은 눈동자가 눈길을 끌었다. 오똑한 코 밑으로 자그마한 입술이 보였다.

나보다 얼마간 연상이리라. 내가 아는 어떤 사람과도 닮지 않았다.

저도 모르게 걸음을 멈출 만큼 아름다운 사람이었지만 젠체하는 느낌은 아니었다. 그녀는 새처럼 입술을 오므리고 살짝 쉰 소리를 냈다.

"휘, 휘휘, 휘."

휘파람을 불려는 것임을 깨달을 때까지 얼마간 시간이 걸렸다. 요령이 없는 사람인가 보다.

여자는 낡은 목조 건물에서 작은 판매대를 꺼내고 있었다. 이 가게 종업원인 듯한데, 오픈 준비를 하는 모양이었다.

그녀는 멈춰 선 나에게는 눈길조차 주지 않고 판매대를 한곳에 고정시켰다. '모두 100엔'이라 적힌 판자가 세워져 있었다. 세일 상품인가 보다.

가게 안으로 들어가려던 여자는 입간판을 보더니, '에

잇' 하고 철판을 밀었다. 간판은 삐거덕거리는 소리를 내며 돌아가 '고서 매입합니다, 성실하게 감정해드립니다'라고 적힌 쪽의 뒷부분을 보이며 멈췄다.

비블리아 고서당

잠시 생각한 끝에 그것이 가게 이름임을 깨달았다. 이름 없는 가게는 아니었던 것이다. 여자는 가벼운 걸음으로 가게 안으로 들어갔다. 내가 있는 것을 끝까지 알아채지 못한 모양이었다.

'누구지?'

이곳은 머리가 희끗희끗한 중년 남자가 혼자 경영하는 가게였다. 아르바이트하는 대학생인가?

나는 휘청거리며 '비블리아 고서당'으로 다가가 미닫이 문의 유리를 통해 어스름한 가게 안을 들여다봤다. 책장 너머로 산더미처럼 책이 쌓인 계산대가 있었다. 책무더기 사이로 앉아 있는 그녀의 모습이 보였다.

그녀는 엎드리듯 앉아 커다란 책을 넘기고 있었다. 안경 너머 동그란 눈동자가 반짝반짝 빛나고 있는 것이 떨어져 있는 내 쪽에서도 보였다. 때때로 미소를 짓거나 고개를 끄덕거리는 등 한시도 가만히 있지 않았다.

'책을 정말 좋아하는구나.'

무아지경이란 바로 이런 것을 가리키는 것이리라. 다소 특이하기는 하지만 이렇게 즐겁고 신나게 독서하는 사람은 처음 봤다. 나로서는 부러울 따름이었다.

무슨 책을 읽는 걸까? 뭐가 그렇게 재미있지?

나는 문에 손을 올렸다가 끝내 힘을 뺐다.

그걸 물어서 어쩔 건데?

나는 독서와는 연이 없다. 그런 **체질**이다.

침울한 기분으로 가게에서 멀어져 나는 다시 역으로 터덜터덜 걸음을 옮겼다.

그러나 머릿속에는 어스름한 가게 안에서 책을 읽는 그녀의 모습이 한 폭의 그림처럼 뇌리에 박혀 있었다. 철로를 건너 개찰구를 지나 승강장에서 열차를 기다리는 동안에도 그 가게에 돌아가 말을 걸어볼까 몇 번이나 생각했지만 결국 그러지 않았다.

나는 요코스카 선을 타고 집으로 돌아왔다.

아무것도 하지 못하고 기회를 놓친 자신을 딱히 한심하게 여기지는 않았다. 만남의 기회를 잘 활용하는 사람은 특별한 재능을 가진 이들이다. 평범한 사람들은 그대로 지나쳐버리는 법이다. 나도 평범한 사람답게 평범하게 행동했다. 그뿐이다.

그렇지만 지금도 가끔 생각하고는 한다.

그때, 가게에 들어가 그녀와 가까워졌더라면 과연 지금은 어떻게 됐을까? 어쩌면 그 시점부터 내 인생이 조금 달라졌을지도 모른다.

뭐, '만일 그랬더라면' 같은 가정을 해봐야 아무 소용도 없다. 생각만 되풀이한다고 어떻게 되는 일이 아니니까.

먼저 밝혀두겠다.

이건 오래된 책 몇 권에 대한 이야기다. 오래된 책과 그것을 둘러싼 사람들의 이야기이다.

여러 사람의 손을 거친 오래된 책에는 내용뿐 아니라 책 자체에도 이야기가 존재한다. 나도 어떤 이에게 들은 이야기지만, 맞는 말이라고 생각한다.

단, 하나 덧붙이자면 그 '이야기'가 반드시 아름다우리라는 법은 없다. 고개를 돌리고 싶어지는 추한 내용도 있을지 모른다. 세상에 존재하는 모든 것들이 그렇듯.

내 이름은 고우라 다이스케. 올해로 스물셋이다.

나와 인연이 있는 오래된 책······. 그것은 물론 『소세키 전집』이다.

먼저 그 이야기부터 시작하려 한다.

夏目漱石『漱石全集・新書版』——岩波書店

01 소세키 전집·신서판

나쓰메 소세키

이와나미쇼텐

나쓰메 소세키 | 夏目漱石, 1867년~1916년

일본 근대를 대표하는 문인. 대표작으로는 『나는 고양이로소이다』, 『마음』, 『그 후』 등이 있다. 1,000엔 지폐에도 그 초상이 사용된 적 있는 일본의 국민작가.

신서판 | 新書判

치수 103×182mm인 소형 서적 판형. 1938년 일본의 이와나미쇼텐岩波書店에서 일반 교양서적을 저렴한 가격으로 판매하고자 창안한 것이 현재 신서판의 효시이다.

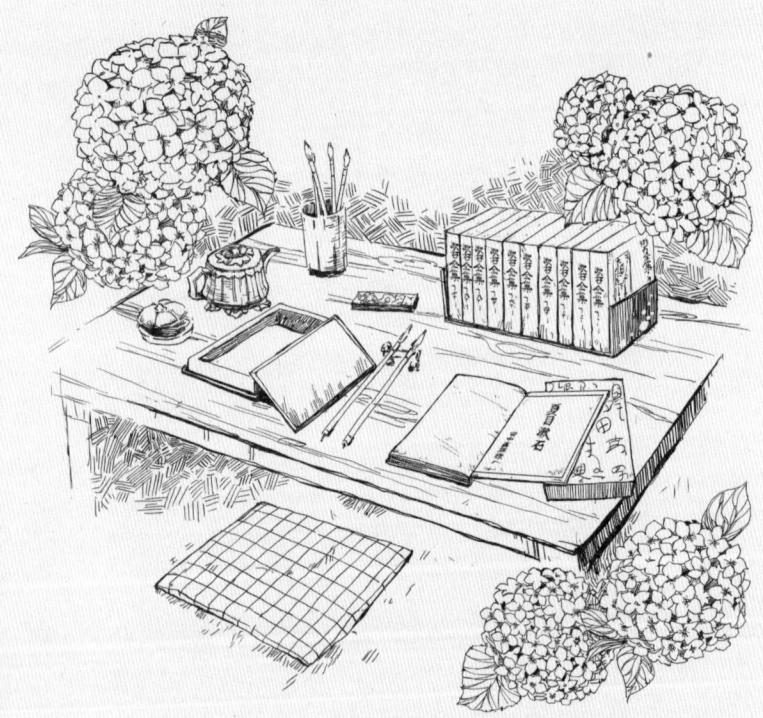

어릴 때부터 나는 책을 좋아하지 않았다.

글자만 늘어서 있는 책이 부담스러웠다. 오랫동안 책장을 넘기며 글자를 따라 읽어가다 보면 왠지 마음이 불안해졌다.

공포증이라 해도 좋으리라.

학교에서는 고생깨나 했다. 글자가 없는 교과서는 없으니 말이다. 수업을 듣고 필기를 하는 데까지는 별문제 없었지만, 교과서를 꼼꼼하게 읽어야 하는 영어나 문학 성적은 처참했다. '장문 독해'라는 말만 들어도 아직도 목덜미의 털이 쭈뼛 곤두선다.

어머니와 선생님에게 상담한 적도 있었지만 책이 싫으면 어쩔 수 없다며 위로할 뿐이었다. 사람마다 잘하는 게 있으면 못하는 게 있는 법이니, 너무 마음 쓰지 말라고 했다.

마음은 고마웠지만 명백한 오해였다.

나는 책을 읽는 걸 싫어하는 게 아니었다. 읽고 싶은데 읽지 못했을 따름이다. 읽으려고만 하면 몸이 제멋대로 거부하는 것이다.

오해를 풀지 못했던 까닭은 내가 설명을 잘하지 못했던 탓도 있을 테지만, 아무리 봐도 독서와는 거리가 먼 내 생김새에도 원인이 있음이 틀림없었다.

나는 어딜 가도 남들보다 큰 키에 덩치도 컸다. 누가 봐도 머리보다는 체력으로 승부하는 타입이었다. 운동회나 체육대회에서는 항상 선수로 뽑혔고, 운동부에 스카우트당한 적도 한두 번이 아니었다.

하지만 나는 운동에 그다지 관심이 없었다. 책을 읽고 싶었다. 학교에서는 매번 도서위원을 맡았다. 모두 싫어하는 책 정리가 전혀 싫지 않았다. 당시 나의 즐거움은 서가 끝에서부터 책등을 차례대로 훑어보는 것이었다. 내용을 보지 않고 상상하기만 하는 것이라면 문제는 없다.

나도 태어날 때부터 이런 체질이었던 건 아니었다. 이렇게 된 원인도 짚이는 데가 있다.

그게 『소세키 전집』에 관련된 이야기로, 나에게는 여러모로 발단이 되는 사건이다.

초등학교에 입학하기 직전의 일이다. 이슬비가 내리던 어느 봄날, 나는 2층 거실에서 혼자 책을 읽고 있었다.

먼저 우리 집에 대해 설명하겠다.

우리 집은 오후나라는 마을에 있다. 오후나는 요코하마와 가마쿠라의 경계로, 도쿄에서 전차로 가마쿠라 관광을 가려는 사람들은 반드시 지나게 되는 곳이었다.

오후나 역 근처의 조금 높은 언덕에는 상반신만 남은 거대한 관음보살상이 서 있다. 화려한 조명이 설치되어 있지만, 나무 사이로 허연 얼굴을 내밀고 있는 모습은 다소 으스스하기도 하다. 게슴츠레하게 눈을 뜬 관음보살상이 24시간 지켜보는 것만 빼면 별다른 특색 없는 소박한 주택가였다.

옛날에는 관음보살상 말고도 또 다른 명물이 있었다. 일본에서도 손꼽히는 영화 스튜디오였다. 내가 중학교 때 문을 닫았지만, 과거에는 일본 영화의 황금기를 이끌던 곳이었다는 이야기를 할머니에게 자주 들었다. 영화를 잘 모르는 나는 들어도 잘 몰랐지만.

스튜디오 코앞에 있는 '고우라 식당'이 우리 집이다. 완두콩을 올린 돈가스 덮밥이 단무지와 함께 나오는 평범한 밥집이다.

우리 외증조할아버지가 세운 식당을 할머니가 물려받아

운영했다. 옛날에는 스튜디오의 스태프들이 많이 찾아서 문전성시를 이루었다고 하지만, 내가 철이 들었을 즈음에는 빈말로라도 장사가 잘된다고는 할 수 없었다.

가게 평판이 나빴던 건 아니었다. 영화 제작 편수가 줄어들면서 자연스레 스튜디오에서 일하는 스태프들도 줄어든 것이었다. 할머니는 종업원을 고용하지 않고 혼자서 가게를 꾸려 나가게 되었다.

우리 가족은 식당 2층에서 살았다. 할머니와 어머니, 나까지 세 식구였다. 내가 태어나기 전에 아버지가 돌아가시자, 어머니는 친정으로 돌아와 나를 낳았다. 참고로 '다이스케'라는 이름을 지어준 건 할머니였다.

어머니가 요코하마의 식품회사에서 일했기 때문에 나는 거의 할머니 손에서 자랐다. 식사 예절부터 인사할 때 각도까지 하나만 틀려도 귀가 따가울 정도로 잔소리를 들었다. 하나밖에 없는 손자인데도 어리광을 받아준 적은 한 번도 없었다.

할머니는 얼굴이 포동포동해서 온화해 보였지만 눈매만은 매서웠다. 산꼭대기의 관음보살님과 꼭 닮은 생김새였다.

본론으로 돌아가 그날 나는 2층 거실에서 혼자 그림책을 읽고 있었다. 이날 이때까진 책을 좋아하는 얌전한 아이였던 것이다. 그림책뿐 아니라 한자에 토를 달아놓은 아동문학책도 조금 읽었다. 서점에 갈 때마다 새 책을 사달라고 졸랐던 기억이 난다.

집에 있는 책은 질릴 정도로 읽었던 까닭에 나는 지루해하고 있었다. 점심시간이 끝나갈 시간이었는데, 아래층에서 손님들끼리 이야기하는 소리와 텔레비전 소리가 들렸다. 밖에서 놀고 싶었지만 비가 내려서 그럴 수도 없었다.

거실에서 나온 나는 복도 끝 할머니의 방으로 갔다. 북쪽으로 난 자그마한 일본식 방으로, 천장이 이상하리만큼 낮았다. 이 집은 여러 번 증축을 거듭해온 까닭에 군데군데 구조가 이상했다.

할머니는 평소에도 가급적이면 당신 방에는 들어가지 말라고 당부했었다. 하지만 나에게는 목적이 있었다.

책을 찾으러 갔던 것이다.

할머니 방의 벽 한 면에는 커다란 책장이 놓여 있었다. 거기 꽂힌 책들은 물론 할머니 것이었다. 지금은 관음보살처럼 생긴 할머니도 결혼하기 전에는 청순한 문학소녀였다고 한다. 가게 일을 도와 받은 용돈은 거의 대부분 책 사는 데 썼다고 했다.

할머니가 모으던 책들은 주로 메이지나 다이쇼 시대의 일본 근대문학이었지만, 어린 내가 책의 내용을 알 리 없었다. 이렇게 책이 많으니 어쩌면 내가 볼만한 책이 있을지도 모른다는 기대를 안고 가본 것이었다.

나는 늘어서 있는 책을 꺼내 내용을 살펴보았다.

아직 한자를 읽지 못할 때였다. 꺼낸 책을 다시 꽂지 않고 그대로 바닥에 쌓아놓고 나서 다시 다른 책을 꺼냈다. 그러는 동안 책을 찾는 것인지, 어지르며 노는 것인지 알 수 없게 되어버렸다.

책장 여기저기에 구멍이 생기기 시작했을 즈음, 가장 아랫단에 케이스에 든 자그마한 책들이 꽂혀 있음을 알아챘다.

자그마한 책이니 아동용일지도 모른다.

그런 엉뚱한 생각을 하며 얼굴을 들이댔다. 안타깝게도 케이스에 인쇄된 제목은 대부분 한자였지만, 딱 한 권만 히라가나였다.

나는 그 책의 제목을 한 글자씩 천천히 읽었다.

그 후

어떤 책일까. 책장에서 꺼내려고 손을 댔을 때였다.
"거기서 뭐하는 거니?"
머리 위에서 나지막한 목소리가 들렸다.

화들짝 놀라 돌아보자, 앞치마 차림의 할머니가 나를 노려보고 있었다. 어느새 2층으로 올라왔던 것이다. 관음보살을 닮은 가느다란 두 눈에 온몸이 부들부들 떨렸다. 나는 수십 권의 책을 어질러 놓은 바닥 위에 앉아 있었다.

불현듯 가급적이면 이 방에 들어가지 말라고 했던 할머니의 당부에 이어지는 내용이 있었음을 떠올렸다.

"혹시나 방에 들어가도 책장에 꽂힌 책은 절대 만지지 말렴. 무엇보다 소중한 내 보물이란다."

이럴 때 어떻게 해야 하는지 머리로는 알고 있었다. 할머니는 엄한 분이어도 잘못을 사과하고 용서를 빌면 용서해 주셨다. 언제였는지 기억은 나지 않지만 식당 의자를 가지고 터널을 만들었을 때도 그랬다.

나는 무릎을 꿇고 잘못했다고 용서를 빌려 했다.

그러나 할머니의 반응은 상상을 초월했다. 내 어깨를 거칠게 잡고 일으켜 세우더니, 얼이 빠진 내 얼굴을 연속해서 두 번 후려쳤다.

어린애라고 봐주지 않았다. 나는 책 위에 쓰러지면서 팔꿈치와 허벅지를 찧었다.

울음을 터뜨릴 새도 없이 할머니는 다시 나를 일으켜 세웠다. 코 닿을 거리에서 관음보살의 허연 눈이 노려보고 있었다. 얼마나 무서웠던지 소변을 지릴 뻔했다.

그 전에도, 그 뒤로도 할머니가 나에게 손찌검을 한 건 그때뿐이었다.

"……이런 건 읽을 생각도 마라."

할머니는 쉰 목소리로 말하더니 한 번 더 못을 박았다.

"한 번만 더 이런 짓을 하면 이 집에서 못 살 줄 알아."

나는 말없이 고개를 끄덕였다.

솔직히 심리학 전문가가 아닌 나로서는 이런 체질을 가지게 된 게 그때 일 때문이라고 단언할 수 없다. 나조차 그 일이 원인일지도 모른다는 생각을 하게 된 건 어른이 되고 나서였다.

분명히 말할 수 있는 건 내가 할머니의 심기를 불편하게 했고, 그때부터 활자를 잘 읽지 못하는 사람이 되어버렸다는 사실뿐이었다. 물론 그 뒤로 할머니 방에 몰래 들어간 적도 없다.

할머니가 언제 내 변화를 눈치챘는지는 잘 모르겠다. 몇 년 동안 그에 대해 한마디도 언급하지 않았다. 할머니에게도 괴로운 기억이었는지 모른다.

우리가 그날 일에 대해 이야기를 나눈 건 그로부터 15년도 더 지났을 때였다. 집 근처 병원에 입원했던 할머니의 문병을 갔던 날이었다.

"할미가 예전에 널 때렸던 일 말인데……."

할머니는 뜬금없이 말을 꺼냈다.

"네가 할미 방에 들어간 걸 보고 깜짝 놀랐단다. 그 전까지 한 번도 그런 적 없었잖니."

흡사 지난주에 있었던 일을 이야기하는 듯한 말투였다. 대체 무슨 소리인지 알아채기까지 한참 걸렸다.

이야기하는 할머니도, 듣는 나도 그때와는 사뭇 달랐다. 나는 남들보다 훨씬 덩치가 컸고, 성인식도 이미 마친 뒤였다. 원래도 자그마했던 할머니는 야위어서 더욱 작아졌고, 건강이 나빠져 가게 문을 닫는 날도 많아졌다.

장마가 시작되었을 무렵이라 밖에는 비가 내리고 있었다. 환절기가 되면 할머니는 으레 편두통에 시달렸는데, 이번에는 너무 오래가서 입원해 검사를 받고 있었다.

나는 한창 구직 활동에 바쁜 시기로, 채용설명회에 갔다 돌아오는 길에 병원에 들렀었다. 양복 차림으로 다섯 살 때 이야기를 하려니 기분이 이상야릇했다.

"너한테 손찌검을 할 생각은 아니었단다. 그때는 할미가 미안했다."

먼 곳을 바라보며 이야기하는 할머니의 눈빛이 평소보다

맑아서 나는 왠지 기분이 찜찜했다.

"허락도 없이 방에 들어간 내 잘못인데, 뭐. 난 다 잊어버렸어."

어른이 되어서까지 마음에 품고 있을 일은 아니었다. 할머니가 나를 때린 건 그때가 유일했다.

하지만 할머니의 표정은 어두웠다.

"어릴 때처럼 지금까지 꾸준히 책을 읽었다면 네 인생은 사뭇 달라졌을 텐데. 자꾸 그런 생각이 드는구나."

나는 눈썹을 긁적였다.

그럴지도 모른다. 대학에서는 하지도 못할 독서에 대한 집착을 버리고 남들이 권하는 대로 유도부에 들어갔다. 4년 동안 단을 따서 지역 선수권 대회에서 상위권 성적을 거두기도 했다. 단기간에 제법 실력을 쌓았다고 생각한다. 유도를 하면서 목둘레와 어깨가 떡 벌어져서 더욱더 덩치가 좋아졌다.

"이제 와서 무슨. 못 읽어도 괜찮아요."

나는 그렇게 말했다. 절반은 빈말이었고, 나머지 절반은 진심이었다. 나름대로 충실한 대학 생활을 보냈다. 하지만 책을 읽을 수 있었더라면 분명 다른 활동을 했으리라.

"그러니."

할머니는 한숨을 쉬며 눈을 감았다. 자는 줄 알았는데,

잠시 뒤에 다시 말문을 열었다.

"……네가 결혼할 아가씨는 어떤 사람일까?"

"네?"

갑자기 바뀐 화제에 나는 당혹감을 감추지 못했다. 다섯 살 때 일을 꺼냈을 때도 그랬지만, 아까부터 이야기에 두서가 없었다. 몸이 많이 안 좋은가.

"결혼은 아직 한참 나중 일이잖아요."

나는 그렇게 말하며 열려 있는 문밖을 내다보았다. 간호사가 지나가면 불러야겠다고 생각했다.

"할미는 네가 책을 좋아하는 아가씨와 결혼하면 좋을 것 같다. 네가 읽지 못해도 이것저것 책 이야기를 해줄 테니 말이야. 하기야 책 좋아하는 책벌레들은 끼리끼리 어울리는 법이니 어려울지도 모르겠다만."

할머니는 놀리듯 말했다. 농담인지 진담인지 알 수 없었다. 그러더니 문득 떠올린 듯 한마디 덧붙였다.

"……내가 죽으면 내 책은 너희 마음대로 하려무나."

찬물을 뒤집어쓴 듯한 기분이었다. 나는 아무렇지도 않은 척할 수 있을 만큼 요령 좋은 성격이 아니었다.

"무, 무슨 말씀이세요? 왜 벌써 그런 이야기를 하세요."

나는 힘없는 목소리로 말했다. 할아버지와 아버지는 내가 태어나기 전에 돌아가신 까닭에 피붙이에게 이런 이야기를 듣는 건 난생처음이었다.

할머니는 눈을 감은 채 쓴웃음을 지었다. 내 마음의 동요를 이미 손바닥 들여다보듯 훤히 알고 있는 것 같았다.

할머니의 뇌에 악성 종양이 자라고 있어서 앞으로 살날이 얼마 남지 않았다고 했다. 정밀검사 결과는 듣지 못했지만 나와 어머니의 태도를 보고 알아챈 것이리라. 관음보살의 눈을 속일 수는 없었던 것이다.

아까부터 할머니가 무슨 이야기를 하는 건지 그제야 깨달았다.

손자인 나에게 전하고 싶은 말들.

한마디로 유언이었다.

할머니의 책을 떠올린 건 장례식을 마치고 1년 남짓 지난, 그러니까 2010년 8월의 어느 무더운 날이었다.

대학을 졸업한 나는 여전히 오후나에 살고 있었다. 점심 때가 되어서야 겨우 일어난 내 귀에 어머니의 목소리가 들렸다.

"백수 아들, 잠깐 나와봐."

회사에 있어야 할 어머니가 왜 이 시간에 집에 있는 거지?

고개를 갸웃거리던 나는 오늘이 일요일임을 깨달았다.

학교를 졸업하고 나서는 머리에 안개가 낀 것처럼 요일 감각이 없었다.

하품을 하며 방을 나가자 복도 끝 방의 문이 열려 있는 게 보였다. 어머니는 할머니가 쓰던 방에 있는 것 같았다.

"아야!"

할머니의 방에 들어가려던 나는 힘껏 문틀에 이마를 찧었다. 문틀이 삐걱거리는 소리가 들렸다.

"이 녀석아, 눈은 어디다 달고 다니는 거니. 그러다 집 부수겠다."

방 한가운데에 팔짱을 끼고 서 있던 어머니가 말했다. 천장에 달린 전등갓에 머리가 닿을 것 같았다. 물론 나만큼은 아니지만 어머니도 여자치고는 키가 큰 편이었다.

"이 방만 문 높이가 낮잖아."

나는 이마를 어루만지며 변명했다.

앞에서도 말했듯, 이 집은 여러 차례 증축을 거듭한 까닭에 구조가 이상하다. 낮다고 해도 겨우 몇 센티미터지만 표가 나지 않기 때문에 그만큼 신경을 덜 쓰게 된다.

"정신을 놓고 다니니까 그렇지. 지금까지 문에 머리 박은 사람은 너밖에 없어."

그건 아니라고 생각한다.

그 증거로 문틀 위에 평평한 검은 고무가 덧대어져 있었다. 내가 어릴 때부터 붙어 있었으니, 이 집에 살았던 누군가가 수시로 이마를 찧었을 터다. 그런데 나한테만 얼빠졌다고 타박하니 어이가 없었다.

"할머니가 쓰시던 물건들을 정리하는 중이었는데……."

어머니는 그렇게 말하다 쯧 혀를 찼다.

"아이고, 멀대만 한 게 둘이나 서있으니 갑갑하네. 일단 앉자."

나는 어머니의 말대로 책상다리를 하고 어머니와 마주 보며 앉았다.

투실투실한 볼과 가느다란 눈, 눈썹 하나 까딱하지 않고 독설을 내뱉는 성격까지 어머니는 키만 빼면 할머니와 판박이였다. 위로 언니가 둘 있지만, 할머니와 가장 닮은 딸은 어머니였다.

하지만 본인은 어머니에게 물려받은 유전자를 그리 달갑게 여기지 않았다. 닮았기 때문에 맞지 않는 부분도 많았으리라. 할머니와 어머니가 5분 이상 평화롭게 대화를 나누는 모습을 본 적이 없었다. 어머니가 식당 일을 돕지 않고 다른 데 취직한 것도 할머니와 같이 있기 싫어서였을 거라고 나는 속으로만 짐작하고 있었다.

"벌써 일주기도 지났잖니. 이제 슬슬 정리해야겠다 싶어서."

어머니는 그렇게 말했다.

바닥에 앉은 우리 주변에는 그 말대로 종이 상자 여러 개가 쌓여 있었다. 할머니의 옷가지와 장신구는 이모들과 함께 정리한 지 오래였고, 이 방에 남아 있는 건 아무도 가져가지 않았던 물건들이었다. 일주기와 유품 정리가 무슨 관련이 있는지는 모르겠지만, 분명 언젠가는 처분해야 할 물건들이었다.

나는 느릿느릿 몸을 움직였다. 아직도 이 방에 있으면 마음이 편치 않았다. 이렇게 어질러진 모습을 보니까 더더욱 다섯 살 때 일이 떠올랐다.

기분을 바꾸려고 방을 둘러보던 나는 눈을 동그랗게 떴다. 중대한 변화를 그제야 깨달은 까닭이었다.

"할머니 책은 다 어디 갔어?"

벽을 가득 채웠던 책장이 텅 비어 있었다. 한 권도 남아 있지 않았다.

"이 안에. 정리한다고 했잖아. 엄마 말 안 듣고 뭐했니?"

어머니는 옆에 있는 종이 상자를 톡톡 치며 말했다.

"세기야 인터체인지 근처에 양로원이 있잖아. 엄마 친구가 거기서 일하는데, 도서실을 만든다고 책을 모으나 봐. 우리 집에 있는 책 얘기를 했더니 아주 좋아하더라고. 가져오면 몇 권이든 다 받아주겠대. 그래서 집에서 노는 백수

아들한테 시킨다고 했지."

"밖에서도 자기 아들을 그렇게 불러?"

백수 아들이란 나를 가리키는 말이다. 듣는 사람이 싫어하는 별명을 여기저기 떠들고 다니다니.

"틀린 말도 아니지. 취직도 안 하고 빈둥거리니까."

"……누군 놀고 싶어서 노는 줄 알아?"

나는 아직 취업을 하지 못했다. 요코하마에 있는 작은 건설회사에 취직할 예정이었지만 올해 2월에 갑작스레 부도가 났다. 지금도 계속 구직 중이지만, 좀처럼 면접을 볼 기회가 오지 않았다. 나는 유명 대학을 졸업한 것도 아니고, 체력 말고는 별다른 장기도 없었다. 이 불경기도 취업 한파에 박차를 가했다.

"넌 이것저것 따지는 게 많아서 그래. 자위대나 경찰 시험이라도 봐. 엄마가 남들보다 튼튼하게 낳아줬는데, 왜 그걸 안 살리니?"

뭐라 대꾸할 말이 없었다. 자위대나 경찰 시험을 보라는 이야기는 전부터 들었다. 유도 단증이 있으니 남들보다 유리하리라.

하지만 4년 동안 운동을 하면서 깨달았는데, 나는 남과 싸우거나 다투는 건 체질에 맞지 않는다. 몸을 움직이는 건 싫어하지 않지만 시민의 안전이나 국가의 평화를 지키기보다는 조금 더 소박한 일을 하고 싶었다.

"그보다 책 말인데."

나는 화제를 바꿨다. 공무원 시험을 보라는 이야기는 피하고 싶었다.

"할머니가 소중히 여기던 책들인데 굳이 남한테 줄 필요가……."

"아니."

어머니는 딱 잘라 말했다.

"당신께서 떠나시면 책은 우리 마음대로 하라고 하셨어. 넌 못 들었니?"

"듣긴 했는데, 처분하라는 뜻은 아니었잖아."

마음대로 가져가라, 한마디로 소중하게 간직해달라는 뜻이라고 생각했다.

하지만 어머니는 혀를 끌끌 차며 말했다.

"손자라는 애가 그것도 모르니. 아무리 귀중한 물건도 저승까지 가져갈 수는 없다는 게 할머니 입버릇이었지. 할아버지가 돌아가셨을 때도 유품을 서둘러 처분했던 분이야. 원래 사고방식이 그런 분이셨다고."

그러고 보니 할머니가 할아버지의 유품을 가지고 있던 걸 본 적이 없다.

할아버지가 돌아가신 건 아주 오래전으로, 어머니가 초

등학교에 갓 들어갔을 무렵이라고 했다. 지금처럼 무더운 계절에 가와사키 대사찰(川崎大師, 가나가와 현 가와사키 시에 있는 진언종 치산파 총본산의 절)에 다녀오는 길에 교통사고로 세상을 떠났다고 들었다.

"네가 읽을 거면 그냥 두든지."

아니, 그건 아니다. 읽고 싶어도 못 읽는다. 어차피 집에 두어도 먼지만 쌓일 뿐이다. 읽어줄 사람을 찾아가는 게 나을지도 모른다.

"그럼 차로 배달하면 되는 거야?"

나는 방 안을 둘러보며 말했다. 책장에서 꺼냈지만 아직 종이 상자에 넣지 않은 책들이 바닥에 널브러져 있었다. 우선 이 책들을 상자에 담는 일부터 시작해야겠다.

"그렇지. 그런데 그전에 너랑 상의할 게 있어."

어머니는 옆에 쌓아둔 책의 일부를 내 앞으로 옮겼다. 모두 서른 권쯤 되는데, 다른 책들보다 작고 얇아서 꼭 만화책 단행본과 비슷한 크기였다.

거스러미를 보듯 찝찝한 기억이 떠올랐다.

그때 이 방에서 꺼내려 했던 책이 분명했다. 『소세키 전집』이라는 제목을 보고서야 깨달았다. 그건 나쓰메 소세키의 『그 후』였다.

"혹시나 몰래 챙겨둔 비자금이 있을까 해서 한 권씩 살펴

봤는데……."

 무슨 생각을 하는 거야.

 어처구니없어하는 나를 본척만척 어머니는 제8권 『그 후』라고 인쇄된 케이스에서 책을 꺼냈다. 얇은 파라핀지에 싸인 표지를 넘겨 나에게 내밀었다.

 "이런 걸 찾아냈어. 이거 봐!"

 아무것도 인쇄되지 않은 면지 오른쪽에 얇은 붓으로 쓴 글자가 보였다. 그리 달필은 아니었다. 글자의 균형과 간격이 왠지 이상했다.

나쓰메 소세키
다나카 요시오 님께

 글자는 두 줄로 적혀 있었다. '나쓰메 소세키'는 면지의 한가운데에 있었고, '다나카 요시오 님께'는 제본된 부분 쪽에 바짝 붙어 적혀 있었다.

 "이거 혹시 나쓰메 소세키의 사인 아닐까? 진짜 사인이면 어쩌지!"

 어머니는 눈을 빛냈지만, 나는 딱히 마음이 움직이지 않았다. 진짜라면 대단한 일이지만 가짜일 수도 있기 때문이었다.

책을 받아 펼쳐보니 오래된 종이 냄새가 확 풍겼다. 나열된 글자를 바라보고 있으려니 명치가 싸해졌다. 황급히 끝까지 책장을 넘겨보니, 발행 일자가 눈에 들어왔다.

1956년 7월 27일. 출판사는 이와나미쇼텐.

"……할머니가 결혼하기 전 해네."

나는 고개를 갸웃거렸다.

나쓰메 소세키가 그때까지 살아 있었던가? 훨씬 옛날 사람이라는 느낌이 드는데.

"여기 다나카란 사람은 누구야?"

할머니의 이름은 고우라 기누코다. 그리고 만일 이게 정말 나쓰메 소세키의 사인이 맞다면, 왜 이걸 할머니가 가지고 있던 걸까?

"난들 아니. 전 주인의 이름인가 보지. 헌책방에서 사온 책 같은데."

어머니는 손을 뻗어 책장을 휙휙 넘겼다.

명함만 한 종이가 책갈피처럼 꽂혀 있었다. 이 전집의 가격표인 모양이었다. 빛바랜 글씨로 '전 34권, 초판, 장서인 있음, 3,500엔'이라 적혀 있었다.

옛날 물가는 잘 모르지만, 그래도 너무 저렴한 것 같았다. 누가 장난으로 쓴 게 아닐까.

다음 순간, 나는 숨을 삼켰다.

자세히 보니 가격표 옆에 고풍스러운 서체로 '비블리아 고서당'이라 적혀 있었다. 어스름한 가게 안에서 책을 읽던 미인의 얼굴이 뇌리를 스쳐 지나갔다. 내가 다니던 고등학교 옆에 있던 그 가게였다.

"……이 전집이 지금 얼마만큼의 값어치가 있는지 궁금하네. 값이 나가는 물건이라면 기증하기 아까우니까 집에 소중히 두려고. 이런 데 빠삭한 사람 없을까? 너 아는 사람 중에 없니?"

기타가마쿠라 역 근처에서 스쿠터를 세우고 좌석 밑에 헬멧을 넣었다. 바구니에서 꺼낸 백화점 봉투에는 『소세키 전집』이 들어 있었다.

나는 몇 년 만에 '비블리아 고서당' 앞에 섰다.

주변 풍경을 포함해 내가 고등학생일 때와 하나도 달라지지 않았다. 차 두 대도 맘 편히 지나갈 수 없을 만큼 비좁은 골목, 낡은 목조 건물, 녹슨 회전 간판. 여전히 지나는 사람은 거의 없었다.

분명 이 가게는 할머니가 젊었을 때부터 이곳에 있었으리라. 작은 식당 집 딸의 주머니 사정이 새 책만 살 정도로 넉넉했을 리가 없다. 많은 책을 모을 수 있었던 건 이런 고서점에서 싸게 샀기 때문이다. 생각해보니 당연한 이야기였다.

내가 이곳에 온 것은 『소세키 전집』의 감정을 부탁하기 위해서였다. 그리고 할머니가 이 가게에 온 적이 있는지 물어보고 싶었다.

하나 더, 고등학교 시절 그 여름날 보았던 미인이 누군지 알 수 있지 않을까 하는 기대도 살짝 있었다.

6년 전 그날 이후로 이곳을 지나갈 때마다 가게 안을 들여다봤지만 희끗희끗한 머리의 주인이 벌레를 씹은 듯한 표정으로 자리를 지키고 있을 뿐이었다. 궁금했지만 볼일도 없는데 가게 안에 들어가서 묻기는 좀 그랬다. 오늘은 볼일도 있으니, 겸사겸사 그녀에 대해 물어도 이상하게 여기지는 않을 거다.

가게 문에는 '영업 중'이라는 팻말이 걸려 있었다. 어스름한 가게 안을 들여다보자 예전과 하나도 달라지지 않은 모습이 눈에 들어왔다.

늘어서 있는 커다란 책장들 너머로 계산대가 보였다.

그리고 계산대 안에 누가 앉아 있었다.

그 무뚝뚝한 주인이 아니라 자그마한 젊은 여자였다. 고개를 숙이고 있어서 얼굴이 보이지 않았다.

온몸의 피가 뜨거워졌다.

그때 그녀일지도 모른다.

정신을 차려보니 어느새 미닫이문을 열고 있었다.

점원이 고개를 들었다. 올라가던 체온이 급격히 내려갔다. 어중간한 길이의 쇼트헤어 아래로 동그랗게 뜬 커다란 눈동자. 여름방학을 맞이한 초등학생처럼 볕에 탔지만, 고등학교 교복인 듯한 하얀 블라우스 차림이었다.

그때 그녀의 모습은 찾아볼 수 없었다. 전혀 딴사람이었다.

아르바이트하는 고등학생. 아니, 어쩌면 주인의 딸일지도 모른다. 어쨌든 조금 닮은 구석이 있었다. 그녀는 내가 든 쇼핑백을 보더니 말했다.

"아, 혹시 책 파시려고요?"

활기찬 목소리에 그제야 생각이 났다. 나는 책을 팔러 온 것도 아니고, 사러 온 것도 아니었다. 사인이 적힌 전집에 가치가 있는지 없는지 알고 싶어 왔을 따름이다.

이제 와서 도로 나갈 수도 없었다. 일단 말이라도 꺼내보자고 생각했다.

책장과 책장 사이의 통로에도 산더미처럼 책이 쌓여 있어서 내 덩치로는 잘 지날 수 없었다. 아래쪽에 있는 책은 꺼낼 수도 없을 것 같은데, 손님들은 어떻게 사가는 걸까.

계산대 안에 있던 소녀가 일어났다.

자세히 보니 교복 치마가 우리 모교 것이었다. 한참 아래의 후배인 모양이었다. 방학인데도 교복을 입은 걸 보니 오전 중에 동아리 활동을 하고 온 듯하다.

"팔려는 게 아니라 좀 봐주셨으면 해서요. 옛날에 저희 할머니가 여기서 산 책인데……."

상대의 낯빛을 살폈지만 소녀는 대꾸 없이 내가 이야기하기를 기다릴 뿐이었다.

나는 『소세키 전집』이 든 쇼핑백을 계산대 위에 올려놓고 제8권 『그 후』를 꺼냈다. 케이스에서 꺼내 예의 사인이 든 면지를 펼치자, 그녀는 눈을 가늘게 뜨며 얼굴을 가까이 댔다.

"이 사인인데……."

"우와, 나쓰메 소세키라고 적혀 있네요! 이거 진짜예요?"

순간 뭐라고 대답해야 할지 당혹스러웠다. 설마 나한테 물어보는 건가. 질문당할 줄은 몰랐다.

"그걸 몰라서 가져온 건데……."

"그렇구나. 음, 그러게요."

소녀는 팔짱을 끼며 내 얼굴을 올려다보았다.

그러니까 왜 나한테 묻냐고.

"진짜인지 아닌지 감정해줄 수 있나요?"

"아, 지금은 어려워요. 점장님이 없거든요. 전 이런 거 잘 모르고."

 소녀는 태연하게 말했다.

"점장님은 언제 오시는데요?"

 그렇게 묻자마자 그녀의 미간에 주름이 잡혔다.

"입원하셨어요."

 조금 목소리가 낮아졌다. 그러고 보니 임시 휴업도 자주 하는 가게였다. 주인이 별로 몸이 좋지 않은 모양이다.

"어디 편찮으신가 보죠?"

"그게 아니라 다리를 다쳤는데……. 매입한 책이 있으면 제가 병원까지 들고 가서 보여줘야 하거든요. 정말 귀찮아 죽겠어요!"

 설명하다 말고 갑자기 불평하기 시작했다.

 입원 중에도 일을 하다니 놀라웠다. 고서점은 아플 때도 쉬지 않는 건가.

"오후나종합병원이라 그렇게 멀지는 않지만요. 여기서 자전거로 십오 분쯤 걸려요."

"아, 거기구나."

 무심코 중얼거렸다. 우리 집 바로 근처다.

 나에게 병원이란 곧 오후나종합병원이었다. 어머니가 나를 낳은 곳도, 할머니가 세상을 떠나신 곳도 바로 그 병원이다.

"아무튼 맡아둘게요. 저도 방학 때는 동아리에 나가봐야 해서 바로 처리할 수 있을지 불확실하니까 며칠쯤 걸릴지 모르는데, 괜찮으시겠어요?"

나는 잠시 생각에 잠겼다. 수고스럽게 병원까지 책을 가져가게 하기 미안했다. 그리고 어머니는 '진짜면 팔지 않겠다'고 했다.

도로 가져가는 게 좋지 않을까.

그렇게 말하려던 찰나 소녀가 먼저 물었다.

"혹시 오후나종합병원에 자주 가세요?"

"……집 근처입니다만."

"그럼 직접 병원에 가져가시면 어때요? 연락은 제가 해둘게요. 바로 감정을 받으면 되잖아요."

"네?"

병원까지 쳐들어가 고서를 감정해달라고 하라니. 무엇보다 이 가게에는 한 푼도 이득이 되지 않는 부탁이었다. 그 무서운 아저씨가 들으면 버럭 화를 낼지도 모른다.

"아니, 그렇게까지 하지 않으셔도……."

그러나 소녀는 벌써 휴대전화를 꺼내 빠르게 메시지를 보내고 있었다. 내 이야기를 전혀 듣지 않는 것 같았다. 눈 깜짝할 새에 메시지를 보내고는 휴대전화를 만지며 씩 미소를 지었다.

"연락했으니까 아무 때나 가도 괜찮을 거예요!"

이제 와서 됐다고 할 수도 없었다. 나는 말없이 고개를 끄덕였다.

그로부터 15분쯤 지났을 무렵, 나는 오후나종합병원의 주차장에 도착했다.

하얀 6층 건물이 한여름 햇살을 받아 번쩍였다. 10년쯤 전에 리모델링한 뒤부터 이 부근에서 가장 큰 병원이 되었다. 정면 현관 앞에 정원이 펼쳐져 있었지만 산책하는 사람이나 입원 환자들의 모습은 보이지 않았다. 매미 울음소리만 한가득 울려 퍼지고 있었다.

『소세키 전집』이 든 봉투를 들고 자동문을 지나 건물에 들어갔다. 에어컨이 돌아가는 로비는 외래 환자들로 붐볐다.

내가 왜 이런 데 있는 걸까.

그런 생각을 하며 외과 병동으로 가는 계단을 올라갔다.

할머니의 시신을 인수한 뒤로 이곳에 오는 건 처음이었다.

할머니가 돌아가신 건 병실에서 이야기를 나눈 지 한 달쯤 지난 뒤였다. 의사에게 정식으로 통보를 받은 뒤, 할머니는 마지막으로 구사쓰 온천에 가고 싶다는 이야기를 했다. 병세가 안정되었던 터라 주치의도 환자가 원하면 그러라고 허락해주었다.

나와 어머니도 따라갔다. 할머니는 기운차게 온천 여행을 즐겼다. 어머니와의 말다툼도 즐기는 눈치여서 도저히 환자처럼 보이지 않았다.

하지만 일주일 뒤, 오후나의 집으로 돌아오자마자 정신을 잃고 쓰러져 그 후로 깨어나지 못한 채 영영 숨을 거뒀다. 앞날을 내다본 듯 깔끔한 마지막 가신 모습에 친척들도 슬퍼하기보다는 어안이 벙벙한 표정이었다.

너스스테이션 앞의 면회기록부에 이름을 적고, 그 소녀가 가르쳐준 병실을 찾았다. 마음의 준비도 하지 못했는데 병실이 눈에 들어왔다.

나는 살짝 한숨을 내쉬고는 마음을 굳게 먹고 문을 두드렸다.

"실례합니다."

대답은 없었다. 다시 한 번 두드렸지만 마찬가지였다. 하는 수 없이 문을 살짝 열고 안을 들여다보았다.

순간, 나는 못 박힌 듯 그 자리에 우두커니 섰다.

작지만 환한 1인 병실이었다. 창가에는 등받이의 경사를 조절할 수 있는 침대가 놓여 있었다. 비스듬한 매트리스에 기대 아이보리빛 환자복을 입은 긴 머리 여자가 눈을 감고 있었다.

분명 책을 읽다 깜빡 잠이 든 것이리라.

무릎 위에는 펼쳐진 책과 두꺼운 안경이 놓여 있었다. 긴 속눈썹 아래로 오똑한 코가 보였다. 자그마한 입술은 살짝 벌리고 있다.

부드러운 느낌의 아름다운 그녀를 분명 본 적이 있었다.

6년 전, 비블리아 고서당 앞에서 마주쳤던 그 사람이었다. 얼굴이 조금 여윈 것 같기도 하지만, 그밖에는 그다지 달라지지 않았다. 지금이 훨씬 예뻐 보였다.

침대 주변에는 오래된 책무더기가 여럿 쌓여 있었는데, 흡사 빌딩숲을 축소해놓은 것 같았다. 입원 생활의 무료함을 달래려 가져왔다고 하기에는 너무 많은 양이었다. 의사나 간호사에게 한 소리 듣지는 않았을까.

불현듯 그녀의 눈꺼풀이 올라갔다. 눈을 비비며 힐끗 나를 본다.

"아야니?"

그녀의 입에서 나온 건 낯선 이름이었다. 맑고 가냘픈 목소리에 심장이 두근거렸다. 목소리를 들은 건 처음이었다.

"책 가져왔어?"

안경을 쓰지 않아서인지 나를 다른 사람으로 잘못 본 모양이었다. 이대로 있으면 계속 이러고 있을 게 분명했다. 나는 메인 목을 뚫듯 억지로 헛기침을 했다.

"……안녕하세요."

이번에는 들리도록 또렷하게 말했다. 그녀가 어깨를 움찔 떨었다. 무릎에 놓인 안경을 쓰려고 허둥대는 서슬에 책이 바닥으로 떨어진다.

아, 희미한 비명 소리가 들렸다.

머리보다 먼저 몸이 움직였다. 병실 안쪽으로 뛰어들어 한 손을 뻗어서 아슬아슬하게 책을 받았다.

크기는 그리 크지 않은데, 제법 묵직한 책이었다. 새하얀 표지를 가득 채우듯 『사진이여, 잘 있거라 — 8월 2일 산 위의 호텔』이라는 글자가 인쇄되어 있었다. 꽤 오래된 책인 듯 커버 끝이 구겨져 검게 바래 있었다.

스스로도 적절한 반응이었다고 생각했다. 하지만 고개를 들자 그녀는 담요를 가슴께까지 끌어 올리고 벽에 달린 너스콜을 누르려 하고 있었다. 커다랗게 뜬 눈에는 두려운 기색이 역력했다.

덩치 큰 낯선 남자가 느닷없이 병실에 쳐들어왔으니 놀랄 법도 했다. 황급히 일어나 멀찍이 떨어졌다.

"죄송합니다. 할머니가 남기신 책 때문에 찾아왔습니다. 가게에 갔더니 이쪽으로 가보라고 해서……. 아까 연락을 받지 못하셨습니까?"

버튼을 누르려던 손가락이 멈췄다. 그녀는 사이드테이블에 놓인 노트북 쪽으로 몸을 돌려 눈을 가늘게 뜨고 화면을 들여다보았다.

화면을 들여다보는 그녀의 얼굴이 점점 달아올랐다.

"······못살아."

못살아?

영문을 몰라 고개를 갸웃거리는 나를 향해 그녀는 반듯이 허리를 굽혀 고개를 숙였다.

아, 깔끔한 가르마다. 남의 정수리를 이렇게 자세히 관찰하는 것은 이번이 처음이었다.

"죄, 죄송합니다. 동생이 시, 실례를 저질렀어요."

그녀는 알아듣기 힘든 모기 소리만 한 목소리로 말했다. 당황했는지 심하게 말을 더듬었다. 자세히 보니 귀 끝까지 빨개졌다.

"이, 이 먼 곳까지 오시게 해서······. 제가 점장인 시노카와 시오리코입니다."

이제야 사정을 파악했다.

아까 비블리아 고서당에 있던 소녀가 이 사람의 동생인 모양이다. 그 소녀는 점장에게 연락한다고 했다. 한마디로 주인이 바뀐 모양이었다.

"전에는 다른 분이 주인이셨는데, 머리가 희끗희끗한 남자분이요."

"······저희 아버지세요."

"아버지시라고요?"

내가 되묻자 그녀는 고개를 끄덕였다.

"작년에 돌아가셔서……. 제가 가게를 물려받았어요."

"그랬군요. 상심이 크셨겠습니다."

나는 고개를 숙였다. 나 역시 작년에 가족을 잃었다. 괜히 친근감이 느껴졌다.

"감사합니다."

침묵이 흘렀다. 그녀는 나와 눈도 마주치지 않고 고개를 푹 숙이고 있었다. 생각했던 것과는 달리 내성적이고 수줍음을 잘 타는 성격인 모양이었다. 물론 미인이기는 했지만, 왠지 한 대 얻어맞은 듯한 기분이었다.

그보다 이 성격으로 손님을 대할 수나 있는 건가. 남의 일이지만 살짝 걱정이 됐다.

"몇 년 전에 아버님 가게를 도왔던 적이 있었죠?"

나는 그렇게 물었다. 그녀는 놀란 듯 동그랗게 눈을 떴다.

"고등학교 다닐 때 종종 그 앞을 지나다녔거든요. 학교가 바로 옆이라……."

"그, 그러셨군요. 네, 가끔 도왔어요."

그녀의 어깨에서 살짝 힘이 빠졌다. 조금 경계심이 누그러진 모양이었다.

"저기……."

그러더니 조심스레 손을 내밀었다.

악수하자는 뜻인가? 당혹스러워하며 쇼핑백을 내려놓고 얼른 축축한 손을 바지에 닦고 있는데, 그녀가 쭈뼛거리며 말했다.

"받아주셔서 감사합니다."

순전히 나의 착각이었다. 그러고 보니 바닥에 떨어지기 직전에 받은 『사진이여, 잘 있거라』를 아직 들고 있었다.

"이 책 비싼 건가 보죠?"

나는 괜히 쑥스러워져서 책을 돌려주며 물었다. 그녀는 비스듬히 고개를 저었다. 고개를 갸웃거리는 건지 끄덕이는 건지 분간이 가지 않았다.

"초판인데, 별로 상태가 좋지 않아서⋯⋯. 25만 엔 정도 해요."

"25만!"

돌아온 답에 나는 눈이 휘둥그레졌다.

이런 꼬질꼬질한 책이?

저도 모르게 새삼 표지를 뚫어져라 바라보았다.

하지만 그녀는 더 이상 말하지 않았다. 25만 엔이나 하는 책을 사이드테이블에 아무렇게나 놓고 다시 손을 내밀었다.

이번에는 뭐지?

"……가져오신 책을 봐도 될까요?"

그녀의 시선이 향하는 곳에는 『소세키 전집』이 든 쇼핑백이 있었다. 번거로운 부탁을 하러 온 자신이 더욱더 부끄러워졌다. 나는 마른 입술을 핥으며 말했다.

"실은 팔려고 가져온 게 아닙니다. 돌아가신 할머니의 책을 정리하다 이 전집에 사인 비슷한 게 적혀 있는 걸 발견했는데, 옛날에 그쪽 가게에서 산 모양이더라고요. 얼마나 값어치가 있는 물건인지 한번 여쭤보고 싶었을 따름인데, 괜찮으시겠습니까?"

조금이라도 상대가 망설이는 기색을 보이면 도로 가지고 돌아갈 작정이었다.

하지만 그녀는 똑바로 나를 바라보았다. 갑자기 딴사람이 된 것 같았다. 강한 의지가 담긴 눈빛에 외려 내가 주눅이 들었다.

"보여주세요."

그녀는 처음 듣는 또렷한 목소리로 대답했다.

"아, 이와나미쇼텐의 신서판이네요."

내가 건넨 쇼핑백을 들여다본 그녀는 눈을 반짝이며 말했다. 꼭 생일 선물을 펼쳐보는 어린애 같았다.

첫 권부터 한 권씩 케이스에서 꺼내 책장을 넘겼다. 책등에 인쇄된 작품명은 『나는 고양이로소이다』나 『도련님』처럼 나도 아는 유명한 작품들이었다.

책을 넘기는 동안 그녀의 입가에는 미소가 번졌다. 때로 고개를 끄덕이거나 눈을 가늘게 뜨기도 했다. 거기다 예전에 들었던 어설픈 휘파람도 불기 시작했다. 본인은 휘파람을 분다는 걸 자각하지 못하는 듯했다. 한 가지 일에 정신이 팔렸을 때의 버릇일까.

'아, 이 표정이다.'

내 기억에 남아 있는 건 이런 표정이었다. 책을 읽는 게 좋아서 어쩔 줄 모르겠다는 표정. 나는 그 얼굴에서 눈을 떼지 않고 조용히 의자를 가져다 앉았다.

갑자기 휘파람 소리가 멈췄다. 그녀의 무릎에 놓인 것은 문제의 제8권 『그 후』였다. 복잡한 표정으로 면지에 적힌 사인을 내려다본다.

하지만 바라본 건 아주 잠시였다. 다시 책장을 팔락팔락 넘겨 '전 34권, 초판, 장서인 있음, 3,500엔'이라고 적힌 가격표를 자세히 들여다보았다.

영문은 모르지만 가격표에 관심이 가는 모양이었다.

그녀는 사인이 들어간 책을 무릎에 올려놓고 나머지 책도 순서대로 훑어보았다. 그리고 마지막에 한 번 더 『그 후』를 꼼꼼히 살펴보았다.

"아, 역시!"

이내 나지막하게 혼잣말하더니 내 얼굴을 바라보았다.

"오래 기다리셨죠. 대충 알아냈어요."

"어떻습니까?"

"유감이지만 이 사인은 가짜예요."

그녀는 미안한 표정으로 말했다.

그리 놀랍지는 않았다. 나도 수상하다고 생각했기 때문이었다.

"역시 진짜 사인과는 다르죠?"

"네, 애당초 연대가 달라요. 나쓰메 소세키는 1916년에 세상을 떠났는데, 이 신서판 전집이 발행된 건 1956년…… 사십 년이나 지나서죠."

"사십 년……."

진위를 따지기 이전의 문제였다. 죽은 사람이 40년이나 지나 출판된 책에 사인을 할 수 있을 리가 없었다.

"그렇게 희귀한 책은 아닌 모양이죠?"

"네, 이건 염가판으로 나온 전집이에요. 여러 번 증쇄를 거듭한 까닭에 고서점에도 제법 많은 물량이 나와 있죠. 하지만 각주나 해설도 충실하고, 장정도 곱죠. 희귀본은 아니지만 좋은 책이에요. 저는 좋아해요."

그녀는 마치 잘 아는 친한 친구를 칭찬하듯 말했다. 표정이나 말투에서 아까 보였던 내성적인 모습은 찾아볼 수 없었다. 지금이 훨씬 편안해 보였다.

원래는 이런 성격이 아닐까.

"이와나미쇼텐은 일본에서 가장 먼저 『소세키 전집』을 발간한 출판사예요. 창업주인 이와나미 시게오는 소세키와 인연이 깊은 인물로, 소세키의 제자들과도 교류를 가졌죠. 그들은 서로 힘을 모아 첫 전집을 만들었고, 그 뒤로도 몇 년마다 개정판을 냈어요. 이 염가판도 허투루 만들지 않았어요. 소세키의 일기가 처음으로 전부 공개된 게 바로 이 전집에서였고, 각 권 해설은 소세키의 제자인 고미야 도요타카가 이 전집을 위해 집필했죠."

그녀는 막힘없이 설명했다.

나는 어느새 이야기에 푹 빠져 있었다.

"『소세키 전집』이 여러 번 나왔나요?"

"이와나미쇼텐뿐 아니라 다양한 출판사에서 전집이란 이름을 붙여 출판했어요. 마지막까지 완결하지 못하고 중단된 것까지 포함되면 서른 종류는 넘죠."

"굉장하네요."

저도 모르게 감탄사가 흘러나왔다.

"그렇죠? 일본인들이 가장 사랑하는 작가라 해도 손색이 없죠."

그녀는 자신의 생각도 그렇다는 듯 고개를 끄덕였다.

하지만 내가 굉장하다고 한 건 옛날 옛적에 죽은 대문호가 아니라 한 번 본 책에 대해 청산유수처럼 설명하는 그녀였다. 내 말뜻을 알아채지 못해서 마음이 놓이는 한편 아쉽기도 한 복잡한 기분이었다.

나는 따로 놔둔 『그 후』를 내려다보았다.

"그럼 이 책의 사인은 그냥 낙서인가요?"

척하면 척하고 대답하던 그녀가 처음으로 말문이 막힌 듯 뜸을 들였다.

"그렇게 볼 수도 있지만……."

곤혹스러운 듯 얼굴을 찌푸리고 있다. 뭐지?

"뭔가 마음에 걸리는 게 있나 보죠?"

"별건 아닌데, 조금 이해가 가지 않는 점이 있어서요. 실례지만 할머님께서 책에 이런 낙서를 하실 만한 분이셨나요?"

"네? 전혀 아니셨어요."

나는 고개를 저었다. 책에 낙서를 하는 할머니의 모습은 도저히 상상이 가지 않았다.

"책을 무척 소중히 여기시는 분이라……. 가족들도 함부로 만지지 못하게 하셨어요. 멋모르고 만졌다가는 불호령이 떨어졌죠."

할머니의 책을 절대로 건드려서는 안 된다는 건 나뿐 아니라 친척들도 모두 알고 있었다. 할머니와 사이가 좋지 않았던 어머니도 그런 일은 하지 않았다. 애당초 우리 집에는 책을 읽는 사람도 얼마 없어서 굳이 관심을 가진 사람도 없었지만.

"그러면 지금 생각할 수 있는 가능성은 그 정도인데……. 하기야 그렇죠. 본인 이름을 쓰면 몰라도……."

곰곰이 생각에 잠긴 표정으로 그녀는 제8권 『그 후』를 다시 케이스에서 꺼내 표지를 넘겼다. 나는 앉은 채 고개를 뻗어 다시 사인을 들여다보았다.

나쓰메 소세키
다나카 요시오 님께

필압이 약했는지 군데군데 선이 가늘어진 부분이 보였다.
자세히 보니 여자 글씨체 같았다. 따라 쓰기 쉬울 듯한 특색이 없는 글씨였지만, 내가 아는 할머니의 필체는 아니었다.

"누가 이 전집을 비블리아 고서당에 팔았고, 그걸 할머니가 사신 거죠?"

내 말에 그녀는 고개를 들고 대답했다.

"그렇다고 봐야겠죠."

"전 주인이었던 사람이 쓴 게 아닐까요? 이 '다나카 요시오'라는 사람이었을지도."

"아뇨. 그건 부자연스러워요."

그녀는 책 사이에 꽂혀 있던 가격표를 나에게 보여주었다.

전 34권, 초판, 장서인 있음, 3,500엔.

"이 가격표는 저희 할아버지가 비블리아 고서당을 처음 열었던 당시에 썼던 거예요. 벌써 45, 46년 전의 일이죠."

할머니가 『소세키 전집』을 샀던 것도 그 무렵일 터다. 45, 46년 전이라면……. 곧바로 년도가 떠오르지 않았다.

그건 그렇다 치고.

"이 가격표에는 '낙서 있음'이라고 적혀 있지 않아요."

그녀는 손가락으로 가리키며 말했다.

"고서점에서는 책을 매입하면 우선 상태부터 확인해요. 제가 아까 했던 것처럼요. 이런 눈에 띄는 데 낙서가 있으면 금방 알아채니까 가격표에도 언급을 해두었을 거예요. 나중에 손님이 항의하는 경우도 있으니까요."

"……아!"

그렇구나. 나도 그제야 이해가 갔다.

'낙서'가 있다는 사실이 가격표에 명시되지 않은 게 부자연스럽다는 소리였구나.

"그러니까 그 댁 할머님께서 저희 가게에서 이 전집을 샀을 때, 이 가짜 사인은 없었다고 봐야겠죠."

나는 팔짱을 꼈다. 뭔가 이야기가 이상해졌다. 나와 그녀의 말이 모두 옳다면, 이 가짜 사인을 한 사람은 존재하지 않는 셈이 된다. 그게 말이 되나?

"아."

나는 퍼뜩 정신이 들었다.

"왜 그러세요?"

"……어쩌면 할아버지가 그러셨을지도 모르겠네요."

"할아버님께서요?"

"몇십 년 전에 돌아가셔서 저도 만나본 적은 없는데, 어쩌다 할머니 책장에 손을 댔다 난리법석이 났던 적이 있었다고 하더라고요."

어머니에게 들은 이야기로는 말리지 않았으면 할머니가 할아버지를 집에서 쫓아냈을 거라고 했다.

만일 책을 건드린 것에서 끝난 게 아니라 낙서까지 했다면…….

책을 건드린 나를 때린 것도 조금은 이해가 갔다. 옛날의 악몽이 되살아났던 것이 아닐까. '한 번만 더 이런 짓을 하면 이 집에서 못 살 줄 알아' 라는 그 말도 예전 할아버지가 저질렀던 일이 머릿속에 떠올랐기 때문인지도 모른다.

"달리 그런 짓을 할 만한 사람이 없어요. 모두 책장은 건드리지도 않았거든요."

하지만 그녀는 조용히 고개를 저었다.

"그건 아닌 것 같아요."

"네?"

"다른 가족분이 아니라, 할머님께서 직접 쓰신 것 같아요."

그녀는 단호하게 말했다.

"왜 그렇게 생각하시죠?"

나는 물었다. 왜 그렇게 단언하는 걸까.

"이야기 들은 걸로 판단해 볼 때, 누가 몰래 낙서를 했다면 할머님께서 가만히 계실 리 없잖아요. 이 책에는 글자를 지우려 애쓴 흔적이 전혀 없어요. 설령 지우는 게 어려웠더라도 이 8권만 다시 사는 방법도 있으니까요. 아까도 말씀드렸듯 결코 값비싼 책은 아니거든요. 여러 차례 증쇄되어서 일반 서점에서도 오랫동안 판매되었으니까요."

"하지만 당신이 원하셔서 가만둔 게 아닐지도 몰라요. 누가 낙서를 했는데, 할머니가 알아채지 못하셨을지도……."

나는 말하다 입을 다물었다.

그거야말로 있을 수 없는 일이었다. 고우라가의 관음보

살은 그렇게 만만한 상대가 아니었다. 누가 당신 책에 손댔다면 금방 알아채셨으리라.

'정말 할머니가 직접 쓴 건가?'

만일 그렇다면 단순한 장난으로 치부할 수만은 없으리라. 다른 사람도 아니라 그 할머니가 책을 더럽히다니, 분명히 무슨 사정이 있었을 것이다. 나는 미간을 찌푸리며 팔짱을 꼈다.

"그리고 아직 마음에 걸리는 점이 있어요. 이 가격표 말인데……."

거기서 갑작스레 말이 끊겼다.

내가 고개를 들자, 그녀는 화들짝 놀란 듯 시선을 떨어뜨렸다. 탐스러운 검은 머리로 얼굴을 감춘다.

"저기…… 죄송합니다."

그녀는 힘없는 목소리로 나지막하게 말했다. 『소세키 전집』을 건네기 전의 쭈뼛거리는 태도로 다시 돌아갔다. 나는 뭐가 미안하다는 건지 알 수 없었다.

"네? 뭐가요?"

바로 되물었다.

"그러니까 괜한 소리를 해서 폐를……."

"네? 죄송하지만 다시 말씀해주실래요?"

잘 들리지 않아서 몸을 내밀었더니 그녀는 창가로 물러

나려 했다.

내가 무슨 실수라도 했나?

당혹스러워하는데, 그녀의 하얀 목이 바르르 떨리더니 쥐어짠 듯한 이상한 목소리로 대답했다.

"이, 이 사인이 진짜인지 아닌지만 살펴봐 달라고 하셨는데, 괜히 묻지도 않은 일까지……."

더욱더 영문을 알 수 없었다.

"예, 옛날부터 자주 그런 얘기를 들었어요. 책 이야기만 한다고."

창문에 비친 자신의 모습을 본 건 그때였다. 의자에 앉은 덩치 큰 남자가 미간을 잔뜩 찌푸린 채 날카로운 눈빛으로 여자를 노려보고 있었다. 내 모습이지만 살기가 느껴졌다.

이런 일로 고민한 적이 거의 없었던 까닭에 저도 모르게 할머니를 꼭 닮은 날카로운 눈빛을 번뜩였던 모양이었다.

"귀, 귀한 시간을 뺏어서 정말……."

그렇게 말하며 그녀는 『그 후』를 쇼핑백에 도로 넣으려 했다. 금방이라도 입을 다물어버릴 것 같았다.

"괜한 소리라고 생각하지 않습니다."

정신을 차려 보니 나도 모르게 큰 소리로 말하고 있었다.

그녀는 몸을 움찔 떨었다. 쇼핑백째로 책을 떨어뜨릴 뻔 해서 놀라 허둥지둥 팔을 움직였다. 이번에도 바닥에 떨어지기 전에 간신히 잡았다.

그녀는 어깨를 늘어뜨리며 한숨을 쉬더니 내가 앞에 있는 걸 깨닫고 부끄러운 듯 쇼핑백으로 얼굴을 가린다.

"하던 이야기를 마저 들려주세요. 부탁드립니다."

이번에는 애써 조용한 목소리로 말했다.

그녀는 쇼핑백 너머로 쭈뼛거리며 내 안색을 살폈다. 아까까지 당당하게 이야기하던 모습과는 전혀 딴판이었다. 완전히 다른 사람이다.

"어릴 때 책에 관련된 안 좋은 일을 겪고 나서 책을 읽지 못하게 됐어요. 하지만 늘 읽고 싶다고 생각했습니다. 그래서 이런 이야기를 들으면 즐거워요."

어느새 나는 그렇게 말하고 있었다. 지금까지 아무도 알아주지 않았던 '체질'에 대한 이야기였다.

그녀는 눈을 커다랗게 뜨고 물끄러미 나를 바라보았다.

알아줄 리가 없다며 단념하려던 순간, 그녀가 얼굴을 가렸던 쇼핑백을 치웠다. 커다란 까만 눈동자에 총기가 돌아와 있었다. 전구에 전원이라도 들어온 듯 태도가 달라졌다.

"……책을 읽지 못하게 된 건 할머님께 크게 꾸중을 들었기 때문인가요?"

그녀는 낭랑한 목소리로 물었다. 이번에는 내가 놀랄 차례였다.

"어떻게 아셨죠?"

"멋모르고 책장을 건드리면 할머님의 불호령이 떨어졌다고 하셨잖아요. 하지만 '아무도 책장을 건드리려 하지 않았다'고 하셨으니 본인을 제외한 사람들이라는 뜻인가 싶어서. 집안이 발칵 뒤집어질 만큼 호되게 꾸중을 들으면 책을 읽지 못하게 되어도 이상할 건 없을 테니까요."

입이 떡 벌어졌다. 이렇게 쉽게 내 '체질'의 원인을 알아맞히다니. 책에 관련된 일에는 역시 머리가 잘 돌아가는 사람인 모양이다.

나는 어느새 무릎에 손을 올리고 편안한 자세를 취했다. 그녀의 이야기가 더 듣고 싶었다.

"전 오래된 책을 좋아해요. 여러 사람의 손을 거친 책은 그 자체로 이야기를 가지고 있다고 생각하거든요. 꼭 안에 담긴 이야기가 아니더라도."

그녀는 말을 끊더니 똑바로 나와 눈을 맞췄다. 마치 지금에서야 나라는 인간의 존재를 알아챈 것 같았다.

"……성함을 여쭈어도 될까요?"

"고우라 다이스케입니다."

"고우라 씨, 실은 말씀드린 것 말고도 마음에 걸리는 점이 있어요."

그녀가 내 이름을 부른 순간, 잠깐 등줄기에 전류가 흘렀다. 나와 그녀 사이의 거리가 갑자기 좁혀진 듯한 느낌이 들었다.

그녀는 다시 '전 34권, 초판, 장서인 있음, 3,500엔'이라 적힌 가격표를 내게 내밀었다.

"이 가격표의 내용이에요. 여기에 '장서인'이라 적혀 있죠?"

"네? 아, 네."

"바로 이거예요."

그녀는 시트 위에 쌓인 『소세키 전집』에서 한 권을 뽑아 케이스에서 꺼냈다. 12권 『마음』이었다.

표지를 넘겨 면지를 펼쳤지만 사인 같은 건 아무것도 없었다.

그 대신 수국을 본뜬 도장 같은 게 찍혀 있었다.

"이걸 장서인이라고 해요. 책의 소유자가 자기 수집품에 찍는 도장이죠. 중국이나 일본에서 옛날부터 즐겨 만들었던 물건인데, 소유자의 취향에 따라 디자인은 각양각색이에요. 인감처럼 글자만 새겨진 게 일반적이지만, 이런 식으로 그림을 넣기도 해요. 이 장서인을 사용한 분은 수국을 좋아하셨나 봐요."

"네……."

이런 게 있는 줄도 몰랐다. 고개를 끄덕이던 나는 불현듯 의문을 느꼈다.

"어? 이 책에도 도장이 찍혀 있었던가요?"

나는 그녀의 무릎 위에 놓인 『그 후』를 보며 물었다. 이렇게 눈길을 끄는 도장이 찍혀 있었다면 알아챘을 텐데.

"아뇨. 그래서 이상하다는 거예요. 실은 『그 후』에만 이 장서인이 없어요. 다른 책에는 모두 찍혀 있는데요."

"……뭔가 이상한데요?"

"아주 이상한 일이죠."

나는 끙 소리를 냈다.

서른네 권 가운데 장서인이 찍힌 책에는 사인이 없고, 사인이 있는 책에는 장서인이 없다. 수수께끼가 더욱더 복잡해진 것 같았다.

"할머님이 어떤 경위로 저희 가게에서 이 전집을 구입하셨는지 듣지 못하셨나요?"

"네, 그냥 처녀 적에 책을 자주 샀다는 이야기밖에. 아마 이모들이나 어머니도 잘 모를 겁니다. 아무도 이런 오래된 책에는 관심이 없었으니까요."

"그렇군요."

그녀는 손으로 입매를 매만지며 말했다.

"그렇다면 생각할 수 있는 가능성은 이 8권이……."

그리고 갑자기 입을 다물었다. 나는 황급히 창문을 보았다. 이번에는 노려보고 있지 않았다. 내 눈빛 때문은 아니다.

"이 8권이, 뭡니까?"

나는 기다리지 못하고 재촉했다. 그녀는 뒷이야기를 하는 걸 망설이는 눈치였지만, 이내 입술에 집게손가락을 대며 말했다.

"우리 둘만의 비밀로 해주세요."

"네?"

"할머님의 프라이버시에 관련된 이야기거든요."

"……알겠습니다."

잠시 망설인 끝에 고개를 끄덕였다. 할머니가 살아있다면 몰라도 벌써 일주기도 지났다. 손자인 내가 남몰래 안다 해도 화내지는 않으시리라.

어쨌든 뒷이야기가 듣고 싶어서 견딜 수가 없었다.

"손자분이 저희 가게에 이 책을 가져오신 게 대답이라고 생각해요."

"그게 무슨 말씀이시죠?"

"만일 시인이나 가격표가 없었다면 고서점에서 이 책을 샀다고 아무도 생각하지 않았겠죠. 할머님께서는 가족들이 그렇게 생각하기를 바라셨던 게 아닐까요?"

"네?"

나는 눈을 휘둥그레 떴다. 무슨 말인지 도무지 알 수가 없었다.

"생각하기를 바라셨다니요? 이건 원래 할머니가 비블리아 고서당에서 구입한 책이잖아요. 사서 사인을 남긴 게 아니란 말입니까?"

"저도 아까까지는 그렇게 생각했어요. 하지만 조금 더 복잡한 사정이 있는 것 같아요."

그녀는 『그 후』를 펼쳐 면지에 적힌 사인을 가리켰다.

"이건 증정 사인의 형식을 취하고 있죠. 일반적으로 이런 경우에는……."

거기까지 말하고 나서 그녀는 내가 고개를 갸웃거리는 걸 알아챘다.

"증정은 누구한테 무엇을 준다는 뜻이니까, 작가가 자기 이름뿐 아니라 책을 받는 사람의 이름도 써주는 거예요."

증정 사인. 지식이 하나 늘어났다.

나는 고개를 끄덕이며 이야기를 계속하라는 신호를 보냈다.

"증정 사인에 딱히 정해진 형식은 없지만 받는 사람의 이름을 한가운데에 쓰고, 그 왼쪽에 주는 사람, 저자가 자신의 이름을 적는 게 일반적이에요. 하지만 이 책은 반대죠."

세로식 편지 봉투에 이름을 적을 때와 같은 방식인 모양이다. 아닌 게 아니라 이 책에는 작가의 이름인 '나쓰메 소세키'의 이름은 한가운데에, 그리고 받는 사람의 이름은 왼쪽에 '다나카 요시오 님께'라고 적혀 있었다.

"할머니는 그런 걸 몰랐던 게 아닐까요?"

"그럴 수도 있겠죠. 하지만 더 이상한 게 있어요. 왜 할머님께서는 이걸 증정 사인의 형식으로 적었을까요? 단순히 사인본처럼 보이게 하고 싶었다면 소세키의 이름만 적으면 충분하잖아요. 다른 이름은 필요 없죠."

나도 이 책을 처음 봤을 때부터 계속 이 다나카 요시오라는 이름이 마음에 걸렸다.

대체 이 사람은 누구일까?

"저는 반대였다고 생각해요."

부드러운 목소리였지만 까만 눈동자가 내면의 흥분을 말해주듯 강하게 빛나고 있었다. 나는 그녀의 이야기에 더욱 빠져들어 침대 쪽으로 의자를 끌어당겼다.

"반대라고요?"

"한 사람이 연속해서 쓴 것치고는 이 사인의 필체는 균형이 맞지 않는 것 같아요. 애당초 이 8권에 적혀 있던 건 나쓰메 소세키가 아니라 다나카 요시오 씨의 사인이었던 게 아닐까요? 거기다 할머님께서 소세키의 이름을 덧붙여 썼다, 그렇게 생각하는 게 자연스럽죠."

"네? 하지만 이 다나카라는 사람은 왜 작가도 아닌데 책에다 자기 이름을 썼죠?"

"작가 흉내를 내려던 건 아니었을 거예요."

그녀는 얼굴을 붉히며 대답했다.

"이 책은 선물이 아니었을까요? 그렇다면 주는 사람이 자신의 이름을 적어도 부자연스럽지 않죠."

"아!"

한마디로 이 다나카 요시오라는 사람이 할머니에게 선물한 책이라는 소리다. 불현듯 할머니가 세상을 떠나기 전에 했던 말이 떠올랐다.

"책을 좋아하는 사람들은 끼리끼리 어울리는 법이니."

할아버지는 책 같은 걸 읽는 사람이 아니었다. 처녀 적에 할머니가 같은 부류의 사람과 가깝게 지냈다고 해도 이상할 건 없다.

생각에 잠겨 있던 나는 퍼뜩 정신을 차렸다. 그래도 이야기의 앞뒤가 맞지 않는다.

"하지만 이 전집은 우리 할머니가 비블리아 고서당에서 산 거잖아요. 다나카란 사람이 선물한 게 아니라."

"바로 그거예요. 아마 다나카란 분이 선물한 건 이 한 권이었을 거예요. 제 추측이지만 할머님은 『그 후』를 선물 받은 후에 저희 가게에서 서른네 권 전권 세트를 사셨던 걸 테죠. 겹친 8권은 처분하지 않으셨을까요? 이렇게 생각하면 이 책에만 수국 모양의 장서인이 없는 것과 가격표에 사인에 대해 적혀 있지 않은 점도 설명할 수 있죠."

"대, 대체 왜 그런 번거로운 짓을 한 거죠?"

"······이 8권을 다른 가족들이 보지 못하게, 혹시나 보더라도 선물이라는 사실을 알아채지 못하게 하려는 위장이라고 생각해요. 『소세키 전집』의 8권만 책장에 꽂혀 있으면 누군가 관심을 가질지도 모르니까요. 그래서 저희 가게에서 서른네 권의 세트를 사신 거죠. 일부러 가격표를 8권에 꽂아놓은 것도 고서점에서 샀다는 '증거'로 삼으려 했던 거고요."

"그럼 사인은?"

"소세키의 이름을 덧붙여 쓴 것도 만일의 경우에 대비해서였을 거예요. 가족분들에게 진짜라는 믿음을 주려던 게 아니라, 오히려 '전 주인이 쓴 하찮은 낙서'라는 오해를 불러일으키려던 게 아닐까요?"

이 사인을 봤을 때를 떠올렸다. 나는 처음부터 가짜일 거라고 의심했다. 장난이 아닐 가능성은 생각지도 않았다.

할머니의 위장에 그대로 걸려든 꼴이었다.

"그렇게까지 했어야 했나?"

나는 혼잣말처럼 중얼거렸다. 세상천지에 무서울 게 없는 것처럼 보였던 그 할머니에게 이렇게까지 감추고 싶었던 비밀이 있었던 건가.

"옛날 일이니, 나름대로 사정이 있으셨겠죠."

그녀는 신중하게 말을 골랐다.

그 '사정'이 무엇인지는 나도 대충 짐작이 갔다. 할머니가 결혼하기 전이라면 증조부모님도 건재했었다. 지금과는 다른 시대였으니, 부모 몰래 이성과 사귀어야 했던 이유는 지금보다 훨씬 많았으리라.

할머니는 중매로 할아버지를 만나 결혼했다. 이 다나카 요시오와는 분명 맺어질 수 없었던 것이리라.

나는 이 병원에서 할머니가 했던 말을 떠올렸다.

날 때렸던 일을 사과하고 나서 뜬금없이 내 결혼 상대 이야기를 꺼냈다. 『그 후』에 관련된 이야기를 한 까닭에 결혼을 떠올린 것일까. 그렇다면 '내가 죽으면 내 책은 너희 마음대로 해라'라는 말에도 다른 뜻이 있었는지도 모른다.

우리가 이 사인을 봐도 상관없다고 생각한 건가. 분명 할머니에게는 모두 하나로 이어진 이야기였으리라.

"하지만 어째서 책장에 꽂아둔 걸까요? 어디다 숨겨놓을 수도 있었을 텐데."

그게 이해가 가지 않았다. 서랍 속에 넣어두었더라면 이런 번거로운 짓을 하지 않아도 됐을 텐데.

"어디다 숨겨두기보다 다른 책과 함께 꽂아놓는 게 오히려 안전하다고 생각하셨을지도 몰라요. 그리고……."

그녀의 손은 『그 후』의 표지를 사랑스럽게 쓰다듬었다. 어찌 된 영문인지 나는 그 손을 보고 나를 때린 할머니의 손을 떠올렸다.

"손 닿는 곳에 소중한 책을 두고 싶은 마음도 있지 않았을까요?"

고개를 숙인 그녀의 눈은 자신의 무릎 위가 아닌 훨씬 먼 곳, 깊은 어딘가를 바라보는 것 같았다.

그러고 보니 이 사람도 '책벌레'였다. 연인이 있다면 역시 책을 좋아하는 사람일까? 순간 진심으로 그런 질문을 던지고 싶었다.

"제 이야기가 어디까지 사실인지는 몰라요."

느닷없이 고개를 들고 그녀가 말했다.

"저희가 태어나기 훨씬 전의 일이고, 할머님께 직접 확인할 길도 없으니까요. 다만 이 책에서 읽어낼 수 있는 사실을 짜 맞추면 이렇게 된다고 말씀드리는 것뿐이에요."

입가에 희미한 미소가 번졌다. 나는 꿈에서 깬 듯한 기분이었다. 분명히 할머니가 세상을 떠난 지금 와서는 어디까지가 사실인지 알아낼 도리가 없었다.

그녀는 갑자기 생각난 듯 손목을 힐끗 내려다봤다. 손목시계를 보는 것 같았다. 회진 시간이 되었는지도 모른다.

"이 전집은 어떻게 하실래요? 괜찮으시다면 저희가 매입할게요."

"아뇨, 가져가겠습니다. 정말 감사했습니다."

나는 자리에서 일어났다. 값어치가 나가는 물건은 아니더라도 이 전집에는 할머니의 과거가 담겨 있었다. 남에게 쉽게 넘기고 싶지 않았다.

"시노카와 씨의 이야기, 재밌었습니다. 정말입니다."

침대에 앉은 그녀와 눈이 맞았다. 이대로 돌아가는 건 너무 바보 같았다. 또 이야기를 들려달라는 등 다음을 기약하는 말을 하려고 조바심을 내고 있는데, 그녀가 『소세키 전집』이 든 쇼핑백을 내밀었다.

"……감사합니다."

그 쇼핑백을 받아 들자 그녀의 입술이 움직였다.

"고우라 다이스케 씨."

"아, 네."

느닷없이 이름을 불러서 긴장했다.

"혹시 할머님께서 지어주신 이름인가요?"

"네? 그런데요. 어떻게 아셨죠?"

친척들 말고는 아는 사람이 없을 터였다. 궁금해하는 이도 없을 테지만. 내가 대답하자마자 그녀의 표정에 살짝 그늘이 드리웠다.

"할머님께서 언제 결혼하셨죠?"

이건 또 뭐지? 아직 이야기가 끝난 게 아닌가?

당혹스러워하면서도 기억을 더듬었다. 정확한 날짜는 기억나지 않았지만, 그러고 보니 최근 누군가와 그런 이야기를 했던 것 같다. 나는 쇼핑백 안을 내려다보며 말했다.

"아, 맞다. 그러고 보니 이 책이 출간된 다음 해라고 들었습니다."

나는 쇼핑백을 들고 가장 위에 담긴 『그 후』를 가리켰다. 아주 잠깐이지만 그녀의 얼굴이 굳어진 것 같았다. 어쩌면 내가 잘못 본 것일지도 모른다.

"제 이상한 얘기를 끝까지 들어주셔서 정말 감사합니다."

그녀는 침대에 앉은 채 경직된 태도로 고개를 숙였다.

집으로 돌아와 결과를 보고하자 어머니의 낯빛이 달라졌다.

물론 할머니의 과거에 대해서는 한마디도 하지 않았다. 사인이 진짜가 아니라는 사실만 이야기했지만, 정작 어머니의 심기를 건드린 건 다른 일이었다.

"내가 언제 헌책방에 가져가라고 했니. 병원에까지 찾아가서 공짜로 감정을 받다니, 어쩜 그렇게 뻔뻔할 수가. 무전취식보다 더 악질이야."

썩어도 준치라더니. 거기서 무전취식을 꺼내는 걸 보니 식당 집 딸은 딸인가 보다.

식당 집 손자인 나도 그 비유를 듣고 뜨끔했다. 내일 당장에라도 뭐든지 하나 사 가서 정중하게 사과하라는 어머니의 명령을 얌전히 따르기로 했다. 본의는 아니었다지만 그래도 폐를 끼친 건 틀림없다. 더군다나 그녀를 만날 좋은 구실이다.

다음 날은 평일이었다. 나는 어제처럼 점심때쯤 일어났다. 어머니는 이미 출근한 뒤였다.

1층으로 내려가 우편함을 들여다보니 지원한 회사에서 온 통지서가 들어 있었다. 열어보니 제출한 이력서와 짤막한 불합격 통지서가 들어 있었다.

나는 한숨을 쉬며 그걸 쓰레기통에 버리고 식당 문을 열고 밖으로 나갔다.

여전히 뇌까지 녹을 것 같은 무더위였다. 끈적거리는 더운 바람이 바다 쪽에서 불어왔다. 희미하게 바닷내음이 나는 것 같았다. 쾌적함과는 거리가 멀지만, 어릴 적부터 수도 없이 지냈던 가마쿠라의 여름이었다.

역 앞의 맥도널드에서 끼니를 때우고 나서 부근을 돌며 '맛있는 것'을 찾았지만 도통 정할 수가 없었다. 그녀가 무엇을 좋아하는지 알지 못하기도 했고, 좀처럼 집중해서 고를 수가 없었다.

어제 병실을 나서기 전에 나눴던 대화가 아직도 마음에 걸렸다.

내 이름을 지은 게 할머니인지는 왜 물은 걸까? 할머니가 언제 결혼했는지는? 별다른 의미는 없는 질문 같았지만, 틀림없이 그녀는 내 대답에 동요했었다.

어젯밤 어머니에게 내 이름을 '다이스케'라고 짓게 된 경위를 물어봤다.

"널 낳았을 때 그 사람이 마음대로 정했어."

어머니는 내뱉듯 말했다. 20년도 더 지난 일인데도 아직도 마음에 품고 있는 듯했다. 자기 어머니를 '그 사람'이라 부르는 것도 이제는 좀 그만뒀으면 좋겠다.

"옛날부터 꼭 붙여주고 싶었던 이름이 있었다고 해서 그만 알았다고 했지 뭐니. '다이스케'란 이름을 붙이는 게 아니었어. 왠지 옛날 폭주속 같잖아."

옛날 폭주족이 아닌 나에게 동의를 구해도 할 말이 없다. 폭주족들에게 어떤 이름이 많은지 내가 알 리가 없지 않나.

"제일 좋아하는 소설에 나오는 이름이래. 한자는 다르지만 읽는 법은 같다고 했어. 무슨 소설인지는 잊어버렸네."

무슨 소설인지 나는 안다. 어제 집에 돌아와서 『그 후』를 펼쳐보니 주인공인 듯한 남자의 이름이 '다이스케代助'였다. 분명 내 이름은 거기서 따온 것이리라. 그녀도 그 사실을 알아챈 것이다.

책을 펼치자 식은땀이 흘렀지만 꾹 참고 앞부분을 조금 읽어보았다.

내가 읽은 부분에서는 하숙하는 서생과 아침밥을 먹으며 세상 돌아가는 이야기를 나눌 뿐이었다. 읽다가 다이스케가 아무 일도 하지 않는 백수라는 걸 깨닫고 갑자기 친근감이 느껴졌다. 적극적으로 뭔가 하려는 타입 같지는 않은데, 이 다이스케는 나중에 어떻게 될까?

그 '체질'만 없었다면 끝까지 읽었을 텐데.

그나저나 할머니가 무슨 생각으로 내 이름을 다이스케라고 지었는지 도무지 영문을 알 수 없었다. 설마 백주대낮부터 빈둥거리는 사람이 되기를 바란 건 아니었겠지?

그런 생각을 하며 상점가를 어슬렁거리던 나는 어느 서양과자점 앞에서 걸음을 멈췄다. 비스킷에 건포도가 든 버터크림을 넣은 레이즌 샌드가 유명한 집이다.

여기 과자라면 들고 가도 괜찮을 것 같았다. 그리고 더워서 더 이상 걷기 싫었다.

가게에 들어가려던 찰나, 낯익은 자그마한 여성이 안에서 나왔다. 까무잡잡하고 통통한 체구에 동그란 눈동자. 볼 때마다 아기 곰이 생각나지만, 어머니보다 손윗사람이다. 물건을 사고 나오는 길인지 상자가 든 비닐봉지를 들고 있었다.

"어머, 다이스케 아니니. 너도 이런 델 다 오니?"

후지사와에 사는 마이코 이모였다.

마이코 이모는 할머니의 큰딸로 친척 중에서는 가장 성공한 인물이었다.

어릴 적부터 성적이 좋아서 요코하마에 있는 기독교계 여대를 졸업하고 나서 바로 전력회사에 다니는 이모부와 결혼해 두 딸을 낳았다. 지금은 오후나 근처 후지사와 시구게누마에서 으리으리한 집을 짓고 네 식구가 즐겁게 살고 있었다.

남을 잘 살피는 선량한 분이지만 이야기하다보면 조금 숨이 막힌다. 할머니나 어머니와는 생김새가 판판으로, 돌아가신 할아버지의 사진과 판박이였다.

"우리 미나도 지지난 달에 회사를 그만뒀잖니. 여행도 다니고 친구도 만나며 쉬다가 얼마 전부터 다시 일을 시작했어. 그런데 그 회사가 가와사키 역 바로 옆이지 뭐니. 젊은 처녀니까 가와사키는 위험해서 안 된다고 했는데, 어디 말을 들어먹어야 말이지."

나는 빌딩 안에 있는 프랜차이즈 카페에 앉아 있었다. 가게 안에는 이모와 비슷한 연배의 여성 손님들로 가득했고, 남자는 나 혼자였다. 가시방석에 앉은 기분이었다.

"……그렇게 위험한 데는 아닌데."

이모는 사촌 누이 이야기에 열을 올리고 있었다. 일전에 일주기 때 얼굴을 본 뒤로 처음 듣는 소식이었다.

"그래도 가와사키는 옛날부터 남자들의 천국이었어. 야근도 많은 회사라 더 걱정이 되더라고."

이미 이모 마음속에서 가와사키는 유흥가로 낙인찍힌 것 같았다. 예전에는 그랬을지도 모르지만, 지금 역 주변은 평범한 쇼핑몰이 들어서 있다.

그렇게 말하려는데, 이모가 느닷없이 화제를 바꿨다.

"그러고 보니 에리는 요즘 어떻게 지내니? 일이 바쁘대?"

에리는 어머니의 이름이다. 요즘 야근이 많다고 불평했었다.

"……그런가 봐요."

"넌 어떻게 지내? 취업은 했고?"

"……아뇨, 아직요."

"어디 취직하고 싶은데? 제대로 구직은 하고 있는 거야?"

어느새 이야기가 설교로 바뀌었다. 어른이 되고 나서 조금씩 눈치가 생겼다. 이모가 자기 식구 이야기를 늘어놓는 건 상대가 어떻게 사는지 알고 싶을 때라는 걸.

나는 쩔쩔매며 몇 군데 지원은 했고, 취업센터에도 다닌다는 이야기를 했다.

"요즘 같은 불경기에 자기 적성을 잘 생각하지 않으면 취직하기 어려워. 넌 체력이 좋으니까 자위대나 경찰 시험을 보는 게 어떠니?"

말투는 우아했지만, 결국 하는 말은 어머니와 똑같았다.

달리 자매가 아니구나. 나는 속으로 고개를 끄덕였다.

"이모부도 걱정하시더라. 애써도 일이 잘 안 풀리면 언제든 찾아와봐."

그 말에 나는 귀가 솔깃해졌다.

이모부는 구게누마의 땅 부잣집 둘째 아들로, 후지사와에서는 나름대로 지역 유지였다. 작년에 정년퇴직했지만, 조만간 시의원 선거에 출마한다는 이야기도 들었다. 취직자리를 알아봐주려는 건지도 모른다.

"아, 네."

"네가 똑바로 안 하면 할머니도 하늘에서 걱정하실 거야. 널 눈에 넣어도 아프지 않을 만큼 예뻐하셨잖니."

나는 마시던 커피를 뿜을 뻔했다.

"그랬을 리가요."

그 가느다란 눈에는 먼지도 비집고 들어갈 틈이 없었다. 세상이 뒤집어져도 제 식구를 무턱대고 예뻐할 분이 아니다.

"에리하고 똑같은 소리를 하는구나. 어쩜 모자가 똑같이 할머니 마음을 몰라주니."

이모는 침울한 표정으로 한숨을 지었다.

"다른 사람들보다 할머니를 오래 봐온 나는 알아. 할머니는 너와 에리를 제일 예뻐하셨어. 돌아가시기 전에 갔던 마지막 여행에도 너희 둘을 데려갔잖아. 처음에는 우리 바깥양반이랑 내가 따라가겠다고 했는데, 할머니가 싫다고 하셨어."

처음 듣는 이야기였다.

분명히 회사원인 어머니와 취업으로 바쁜 나보다는 정년퇴직한 이모부와 전업주부인 이모가 시간적으로 여유가 있었으리라.

그러고 보니 할머니가 이모와 다투는 걸 한 번도 본 적이 없었다. 어머니와 달리 사이가 좋은가보다 했는데, 조금 데면데면한 모녀지간이었는지도 모른다.

"하지만 왜 어머니와 저를……."

나와 어머니는 생김새도, 성격도 싹싹한 맛이 없다. 할머니가 특별히 예뻐할 만한 구석이 없었다.

"키가 커서가 아닐까?"

"네?"

나는 얼빠진 목소리로 되물었다. 하지만 이모의 표정은 진지했다.

"우스갯소리가 아니라 정말로. 할아버지도 그러셨지만 우리 집안은 원래 다들 작아. 에리와 너만 유별나지. 덩치가 좋은 사람을 좋아하셨던 거야. 너도 알지? 할머니 방 들어가는 데 이런 게 있잖아."

이모는 손으로 네모난 모양을 만들었다.

잠시 생각하고 나서야 무슨 뜻인지 알았다. 문틀에 붙여 놓은 납작한 고무를 말하는 것이었다.

"그건 이모 어릴 적에 할머니가 붙이신 거야. 우리 집에 그렇게 키가 큰 사람은 없는데도 '다음에 태어날 동생이 자라서 이마를 찧으면 불쌍하잖니'라고 하시지 뭐야. 에리를 가지기 전이니까 벌써 45, 46년 전 일이네."

그 말에 나는 숨을 삼켰다. 머릿속에서 숫자가 휙휙 바뀌더니 불현듯 할머니의 목소리가 울려 퍼졌다.

"한 번만 더 이런 짓을 하면 이 집에서 못 살 줄 알아."

그랬던 건가. 나는 속으로 중얼거렸다.

동요를 감추려고 아이스커피를 한 모금 마셨다. 입안은 바싹 타들어갔지만, 손바닥은 축축하게 젖어 있었다.

"넌 거기에 이마를 찧은 적 있니?"

나는 말없이 고개를 끄덕였다.

"그럼 도움이 됐네. 할머니도 기뻐하실 거야."

이모의 말이 아득히 먼 곳에서 들리는 것 같았다. 어제 그녀가 왜 그렇게 놀랐는지 이제야 알 것 같았다. 아니, 아직 그게 완벽히 사실이라고 밝혀진 건 아니었다.

나는 고개를 들었다.

"그러고 보니 전부터 궁금했는데요."

나는 애써 태연한 척 물었다. 말과는 달리 방금 떠오른 질문이었다.

"할아버지는 어떤 사람이셨어요?"

찻잔을 들려던 이모의 손이 멈칫했다. 침묵이 흘렀.

주변 사람들의 목소리가 갑자기 또렷하게 들리기 시작했다. 옆 테이블에서 이모와 동년배의 중년 여성 둘이 커다란 목소리로 이야기하고 있었다. 최근 써본 건강식품 중에서 흑초가 가장 효과가 좋다는 이야기였다.

"할머니가 할아버지 이야기를 하신 적 있었니?"

그 말을 듣고서야 깨달았다. 할머니에게 할아버지 이야기를 들은 기억이 전혀 없었다.

"아뇨."

"그럼 할아버지가 어떻게 돌아가셨는지도 못 들었겠네."

"어머니에게 조금. 한여름에 가와사키 대사찰에 가셨다가 교통사고로 돌아가셨다고."

느닷없이 이모가 코웃음을 치더니 씁쓸한 표정을 지었다. 그 싸늘한 표정에 화들짝 놀랐다. 평소의 서글서글한 모습에서는 상상도 할 수 없는 얼굴이었다.

"에리는 어려서 그 말을 곧이곧대로 믿었구나."

이모는 혼잣말처럼 나지막하게 중얼거렸다.

"가마쿠라에도 신사며 절이 한두 개가 아닌데, 왜 일부러 가와사키까지 갔는지 이상하게 생각하지도 않았나. 거기다 이런 한여름에. 가와사키 대사찰에 간다는 건 네 할아버지가 농으로 둘러대던 핑계였어."

"핑계요?"

"경마와 경륜에 푹 빠져 사신 양반이었지. 가와사키 하면 그거잖아. 술도 얼마나 좋아하셨는지 몰라. 사고를 당한 날도 진탕 취해 계셨지."

나는 말을 이을 수가 없었다. 지금 이 순간까지 할아버지가 그런 사람이라고는 생각해본 적도 없었다.

"할아버지는 데릴사위였는데, 신혼 초에는 성실하게 일했다고 들었어. 하지만 이모가 태어나고, 네 증조할아버지와 증조할머니가 돌아가시고 나서부터 점점 이상해지셨대. 가와사키 대사찰에 간다며 나가 며칠이나 돌아오지 않는 날이 많아졌지."

이모가 가와사키를 싫어하는 이유를 그제야 알았다. 아버지가 노름을 하러 갔던 곳이니 좋아할 리가 없었던 것이다. 지금도 발길조차 하기 싫은 곳이리라.

"할머니가 갈라설 생각을 하지 않았던 게 신기해. 무슨 일을 겪어도 꾹 참는 분인데, 책장을 건드렸을 때만큼은 불같이 화를 내셨지. 그때는 정말 무서웠어."

나는 목구멍까지 차올랐던 말을 꿀꺽 삼켰다. 아직도 마음이 술렁거렸다.

"다이스케, 넌 할아버지 같은 사람이 되면 안 된다. 성실하게 일해야 해."

이모는 다시 설교조로 말했다.

어머니도 모르는 일을 가르쳐준 건 날 타이르기 위해서였는지도 모른다. 그 말이 신호라도 된 듯 이모는 의자를 뒤로 뺐다. 그만 일어나려는 모양이었다.

"……이모는 나쓰메 소세키의 『그 후』를 읽어보셨어요?"

서양과자점 봉투를 든 이모가 의아한 표정으로 내 얼굴을 올려다보았다. 두 눈을 몇 번이고 깜빡거린다.

"갑자기 그게 무슨 소리니?"

"할머니가 소중히 여기던 책인 모양인데, 최근에 읽기 시작했거든요."

그렇게 말하고 나서 이모의 낯빛을 살폈다. 당혹스러워하는 표정이었지만 놀란 것 같지는 않았다. 그 책에 숨겨진 비밀에 대해서는 아무것도 모르는 눈치였다.

큰딸인 마이코 이모가 모른다면 아마 가족 중에서 알아챈 건 나뿐이리라.

"난 안 읽었어. 영화로는 봤지만. 마쓰다 유사쿠가 주연을 맡았던 영화 있잖아."

나는 고개를 갸웃거렸다. 영화가 있다는 이야기도 처음 들었다.

"끝에 어떻게 돼요? 주인공이 일하지 않는 부분까지만 읽었는데."

"음, 그게……."

이모는 기억을 더듬듯 시선을 떨어뜨렸다. 그다지 기억에 남지 않았던 모양이다.

"주인공이 남의 아내를 뺏었지, 아마?"

병원을 찾아간 건 오후 햇살이 내리쬐기 시작했을 무렵이었다.

그녀는 어제처럼 침대에 기대 책을 읽고 있었다. 휘파람을 불려던 참이었는지 입을 오므리고 있었다. 내가 병실로 들어가자마자 얼굴을 새빨갛게 붉히며 몸을 움츠렸다.

"아, 안녕하세요."

그녀는 자그마한 목소리로 말했다. 어제 『소세키 전집』의 수수께끼를 풀었을 때와는 전혀 딴판이었다. 책 이야기를 하지 않을 때는 내성적인 성격으로 돌아가는 모양이었다.

"안녕하세요. 지금 시간 괜찮으세요?"

"아, 네. 이쪽으로 앉으세요."

쭈뼛거리면서도 앉으라고 의자를 권했다.

침대로 다가가자 그녀의 무릎 위에 놓인 책이 눈에 들어왔다. 오늘은 문고본이었다.

무슨 책일까 생각하는 나를 향해 그녀는 쑥스러운 표정으로 표지를 펼쳤다. 안나 카반의 『줄리아와 바주카』였다.

특이한 제목이다. 어떤 내용일지 상상도 가지 않았다.

나는 정식으로 어제의 무례를 사죄하고 사 온 레이즌 샌드를 내밀었다. 그녀는 당황한 듯 연신 고개를 저었다.

"아, 일부러 이러시지 않아도 되는데…… 저야말로 쓸데없는 이야기를……"

쓸데없다는 말에 힘이 들어갔다.

받을 수 없다며 사양하는 그녀에게 반쯤 억지로 과자 상자를 떠안겼다. 그녀는 어찌할 바를 모르겠다는 표정으로 상자를 내려다보았다.

너무 세게 나갔나. 그런 생각이 들 무렵이었다.

"……마, 마침 출출하던 참이었는데 감사합니다."

그녀는 작은 소리로 더듬거리며 말했다.

"괘, 괜찮으시면 같이 드실래요?"

물론 거절할 이유가 없었다.

그녀는 상자를 열고 포장된 과자 하나를 건넸다. 우리는 동시에 비닐 포장을 뜯었다.

레이즌 샌드는 생각보다 훨씬 맛있었다. 버터 향과 시큼한 건포도가 잘 어우러졌다. 바삭한 비스킷도 씹는 맛이 일품이었다.

"저도 종종 이걸 사 먹어요. 사놓고 다음 날에 먹어도 촉촉하고 맛있어요."

그녀는 미소를 머금은 얼굴로 말했다.

그건 몰랐는데, 이 과자를 고르길 잘했다.

나는 순식간에 다 먹어치웠지만 시노카와 씨는 아직도 가장자리를 우물거리고 있었다. 같이 먹자고 했으면서도 그녀는 대화를 하려고는 하지 않았다. 물론 『소세키 전집』에 대한 언급도 전혀 없었다.

그러나 그녀는 나에게 들은 이야기와 책에 적힌 사인만

으로 수십 년 동안 숨겨왔던 할머니의 비밀을 훤히 꿰뚫어 보았다. 그리고 비밀의 무게를 내가 알아채지 못하도록 배려해주었다. 아까 '쓸데없는 이야기'라고 했던 건 바로 그 때문이리라.

 물론 이미 늦었지만.

『그 후』가 출판된 건 1956년.

 지금으로부터 54년 전이다. 할머니가 그 이듬해에 결혼했다고 들었기에 다나카 요시오가 책을 선물한 것도 그 무렵이라고 생각했다.

 하지만 곰곰이 생각해보니, 출판되자마자 책을 선물했으리라고 단언할 수는 없었다. 오히려 소중히 간직했던 책을 선물했다고 보는 편이 자연스럽다.

 할머니가 비블리아 고서당에서 다른 책을 산 건 45, 46년 전이었다. 결혼하고 나서 10년쯤 지났을 무렵이었다.

 다나카 요시오가 할머니에게 책을 선물한 게 그즈음이라고 보면, 두 사람이 사귀었던 건 할머니가 결혼하고 나서라고 봐야 한다. 소세키의 『그 후』는 남의 아내를 뺏는 이야기라고 했다. 할아버지와 할머니의 결혼 생활은 원만하지 않았다.

 할머니는 그 주인공의 이름을 따서 나에게 '다이스케'란 이름을 지어주었다.

오래전부터 마음속에 정해둔 이름이었다고 말한 걸 보면 원래 날 위해 생각한 이름은 아니었으리라. 분명 어머니가 배 속에 있을 때 사내아이가 태어나면 붙이려던 이름일 것이다. 어머니가 태어난 건 할머니가 비블리아 고서당에서 『소세키 전집』을 사고 나서의 일이었다.

이모는 할머니가 키 큰 사람을 좋아했고, 그래서 우리 모자를 예뻐했다고 했다.

하지만 아마 그건 절반만 진실이리라.

고우라가에서 키가 큰 사람은 어머니와 나뿐이고, 나머지는 전부 덩치가 작았다. 우리 둘은 할아버지와는 닮은 구석을 찾아볼 수도 없었다.

할머니는 몰래 한 사랑의 흔적을 나와 어머니에게서 찾으려 했던 것뿐이 아닐까.

당신 방 문틀에 붙여놓은 납작한 고무판. 키가 작은 사람은 보통 그런 데까지 신경을 쓰지 않는다. 누군가가 이마를 찧는 모습을 보지 않는 한.

사실은 성장한 아이들을 위해 붙여놓은 게 아닐지도 모른다. 딸과 손자가 아닌 누군가가 다치지 않도록 방지하려던 것이었다면? 다른 가족들은 전혀 모르는, 나처럼 덩치가 큰 누군가를 위해서.

내 진짜 할아버지는 이 다나카 요시오이고, 할머니는 그 사실을 필사적으로 감추려 했던 게 아니었을까? '이 집에서 못 살 줄 알아'라는 할머니의 엄포는 말 그대로의 뜻이 아니었을까?

물론 이건 모두 내 상상에 불과하다. 할머니가 안 계신 지금에 와서는 이제 진실을 확인할 도리가 없었다.

단 하나의 가능성을 제외하고는.

"……다나카 요시오란 사람이 아직 살아 있을까요?"

그렇게 묻자 마지막 한입을 삼키려던 그녀가 동작을 멈췄다.

"살아 계실지도 모르죠. 어쩌면요."

그녀는 눈을 내리깔았다.

무슨 생각을 하는지 알 수 있었다. 다나카 요시오가 식당 일로 바빴던 할머니와 만났다면 근처에서 살았을 가능성이 크다.

어쩌면 지금도 이 근처에 살고 있는지도 모른다.

오후의 햇살이 내리쬐는 병실에 침묵이 흘렀다. 입에 담기조차 망설여지는 사실을 여기 있는 두 사람만 알고 있다. 우리 두 사람은 서로에 대해서는 아무것도 모르는데 어째서인지 비밀을 공유하는 사이가 되었다.

"저기 고우라 씨……."

그녀의 목소리가 갑자기 또렷하게 귀를 찔렀다.

"지금 무슨 일을 하세요?"

느닷없이 현실로 돌아왔다. 에둘러 말하면 통하지 않을 것 같아서 확실히 대답할 수밖에 없었다.

"무직입니다."

"아르바이트는?"

"지금은 안 합니다."

언제 면접 일정이 잡힐지 알 수 없어서 장기 아르바이트는 하기 어려운 상황이었다.

입 밖으로 내니까 더욱더 비참해졌다. 하지만 어째서인지 그녀의 얼굴에는 희색이 돌았다. 대체 뭐지? 내가 백수인 게 그렇게 기쁜가?

"실은 다리가 부러져서 퇴원하려면 조금 시간이 걸릴 것 같아요. 가뜩이나 일손이 부족한데 이렇게 되어서."

"……그렇군요."

나는 애매하게 맞장구를 쳤다. 무슨 이야기를 하려는 건지 도무지 파악할 수 없었다.

"그래서 말인데요, 혹시 괜찮으시다면 저희 가게에서 일해보지 않으실래요?"

나는 놀라 두 눈을 크게 부릅떴다. 그녀는 고개를 정중히 숙이며 말했다.

"제발 부탁드려요. 동생도 돕고는 있는데, 통 미덥지가 못해서."

"자, 잠깐만요. 전 책에 대해서 아무것도 모릅니다."

그리고 내 체질에 대해서도 분명히 이야기했다. 서점에서 일하면서 책을 읽지 못한다니, 그런 바보 같은 이야기는 들어본 적도 없었다.

"운전면허는 있으세요?"

"네."

"다행이다. 그럼 문제없어요."

그녀는 힘주어 고개를 끄덕였다.

"……책을 읽는 것보다 운전할 줄 아는지가 중요합니까?"

"고서점에서 일하려면 책의 내용보다 시장 가치에 대한 지식을 갖춰야 해요. 책을 많이 읽으면 더할 나위가 없지만, 읽지 않아도 배우면 돼요. 실제로 퇴근하면 책은 거들떠보지도 않는 사람들도 적지 않거든요. 저처럼 무슨 책이든 가리지 않고 읽는 게 드물지도 몰라요."

입이 떡 벌어졌다.

고서점의 이미지가 단번에 무너져 내렸다. 뭐랄까. 들어서는 안 될 이야기를 들은 기분이었다.

"어쨌든 무거운 책을 대량으로 운반해야 하니까 운전면허는 반드시 필요하고요. 당분간 매입 도서 감정과 가격 산정은 제가 할 테니까 고우라 씨는 제가 시키는 대로 하시면……."

그녀의 기세에 눌려 고개를 끄덕이려던 찰나 퍼뜩 정신이 들었다.

"그, 그래도 저보다 훨씬 적성에 맞는 사람이 있지 않을까요?"

"책 이야기를 듣는 게 싫지 않으시다면서요."

"네? 그, 그랬죠."

"전 책 이야기만 나오면 말이 길어져서요. 전에도 아르바이트 학생이 못 견디겠다면서 그만뒀어요. 저랑 맞는 분이 좀처럼 없더라고요."

말동무 겸 고용하겠다는 건가?

어안이 벙벙한 내 얼굴을 그녀는 애원하는 눈으로 바라보았다. 그 촉촉한 눈동자를 보니 머리가 어질어질했다.

그런 표정을 지으면 나보고 어쩌란 말입니까.

"고서점에는 힘쓸 일이 많고, 외워야 할 것도 많아요. 우리처럼 작은 가게에서는 시급도 많이 못 드리고……."

흘려들을 수 없는 발언이었지만 아무 말도 할 수 없었다. 책 더미에 에워싸인 그녀는 더욱더 내 쪽으로 몸을 내밀었다. 금방이라도 침대에서 떨어질 것만 같았다.

"……이런 일은 별로 좋아하지 않으시나 보죠?"

그때, 이 병원에서 죽기 전에 할머니가 했던 말이 떠올랐다.

"어릴 때처럼 지금까지 책을 꾸준히 읽었다면 네 인생은 사뭇 달라졌을 텐데."

눈앞에 있는 여자는 계속해서 책을 읽어온 사람이다.
지금의 나에게 딱히 불만이 있는 건 아니었다. 하지만 이렇게 책에 둘러싸여 살고 싶다고 마음 한구석에서 분명 그런 생각을 했었다.
그리고 또 하나, 나는 다나카 요시오를 떠올렸다. 아마 그 역시 할머니나 그녀와 같은 '책벌레' 이리라. 아직도 이 동네 어딘가에 산다면 언젠가 비블리아 고서당을 찾아올지도 모른다.
"알겠습니다."
나는 결심을 굳히고 고개를 끄덕였다.
"하지만 한 가지 조건이 있어요."
그녀의 표정이 굳어졌다.
"뭔데요?"
"나쓰메 소세키의 『그 후』에 대해 이야기해주세요. 어떤 이야기인지 가급적 자세히 알고 싶어요."

여러 사람의 손을 거친 오래된 책에는 내용뿐 아니라 책 자체에도 이야기가 존재한다.

나는 할머니가 간직했던 『소세키 전집』 제8권 『그 후』에 관련된 이야기를 알게 되었다. 작품에 담긴 이야기에도 관심이 생겼다. 하지만 나는 그 책을 끝까지 읽지 못한다.

"물론이죠."

고개를 끄덕이는 그녀의 웃는 얼굴에서 나는 눈을 뗄 수가 없었다.

기억을 더듬듯 그녀는 허공을 보았다. 그리고 이내 자그마한 입술에서 부드러운 목소리가 흘러나왔다.

"『그 후』는 1909년에 아사히신문에 연재되었던 장편소설인데, 이 작품과 『산시로』, 『문』을 합쳐서 삼부작이라고 불러요……."

그런 배경 지식부터 시작하려는 건가.

이야기가 길어질 것 같았다. 나는 한 마디도 놓치지 않겠다는 듯 조용히 의자를 침대 쪽으로 끌어당겼다.

小山清『落穂拾ひ・聖アンデルセン』――新潮文庫

02
이삭줍기 · 성 안데르센

고야마 기요시

신초문고

고야마 기요시 | 小山清, 1911년~1965년

도쿄 출신의 문인. 18세 때 천주교에 귀의하나 수년 후 종교를 버렸다. 어머니의 죽음 이후 가족이 뿔뿔이 흩어지고, 생계를 위해 신문 배달부가 되는 등 질곡 많은 인생을 살았다. 1940년 작가 다자이 오사무의 문하생이 되어 소설을 쓰기 시작했다. 대표작은 「이삭 줍기」, 「아저씨 이야기」 등 단편소설.

문고판 | 文庫判

치수 109×152mm인 소형 서적 판형으로, A4용지를 두 번 접은 크기. 신서판보다 작으며, 일본에서는 염가형 서적에 많이 쓰이는 대표적인 판형이다.

어느새 시곗바늘이 오전 11시를 가리키고 있었다.

가게 문을 열 시간이었다.

먼지가 수북한 서가 위를 먼지떨이로 느긋하게 털던 나는 황급히 권당 100엔인 균일가 문고본이 쌓인 판매대와 회전식 간판을 가게 앞에 내다놓았다.

애초에 밖에서 문을 열기를 기다리는 손님이 있는 것도 아니라 서두를 필요도 없었다. 역 승강장이 보이는 비좁은 골목에는 사람 그림자도 찾아볼 수 없었다. 나다니기에는 너무 더운 날씨였다.

승강장의 지붕 너머로 커다란 소나기구름이 보였다. 분명 오후에는 소나기가 쏟아지리라.

누군가가 토한 숨 같은 불쾌한 더운 바람을 맞아 '비블리야'라 적힌 간판이 천천히 돌아가 '고서당'이라는 글자가 나타났다.

어쨌든 하루가 시작됐다.

기지개를 쭉 펴고 나서 책으로 만든 동굴 같은 가게 안으로 들어왔다. 어스름하고 습하지만 그나마 바깥보다는 시원했다.

나, 고우라 다이스케가 비블리아 고서당에서 일한 지 사흘이 지났다.

지금까지 몰랐는데, 이 부근에서는 귀중한 책을 다루는 가게로 유명한 모양이었다. 인터넷에서 검색해봤더니, 어느 전시회에서 전시할 책을 빌려준 적도 있다고 했다.

책을 읽지 못하는 '체질'인 내가 여기서 일하게 된 건 할머니가 가지고 있던 『소세키 전집』을 가게 주인인 시노카와 시오리코 씨에게 감정을 부탁했던 일이 계기가 되었기 때문이다.

오래된 책에는 내용뿐 아니라 그 자체에도 이야기가 존재한다는 게 그녀의 지론이었다.

시노카와 씨는 내가 가져온 『소세키 전집』에 담긴 할머니의 '이야기'도 명쾌하게 풀어냈다. 그건 내 출생의 비밀에 관련된 이야기였다.

그녀는 고서에 대해서는 어마어마한 지식을 가졌고 뛰어

난 통찰력을 발휘하는 사람이었지만, 무척 내성적인 성격이라 책 이야기를 하지 않을 때는 남들과 눈조차 맞추지 못했다.

지난 사흘은 눈 깜짝할 새에 지나갔다.

지금까지 가게를 보던 시노카와 씨의 동생, 시노카와 아야카는 계산하는 법과 청소 도구를 놓아둔 곳 말고는 아무것도 가르쳐주지 않았다. 그녀는 고서점 운영에 대해서 아는 게 거의 없는 것 같았다. 그저 내 일거수일투족을 빤히 감시했다. 손님으로 찾아와놓고 하루 사이에 견습 점원이 된 나를 수상하게 여긴 모양이었다.

"우리 언니는 책 말고는 아무것도 모르는 사람이라……."

그런 이야기를 연신 반복했다.

"얼마 전에도 집에 도둑이 들었어요. 훔쳐간 건 없지만 이 동네도 치안이 나빠져서……."

시노카와 아야카는 마치 내가 그 빈집털이라도 되는 양 쳐다봤다.

애당초 입원 중인 시노카와 씨를 찾아가보라고 내 등을 떠민 장본인은 바로 그쪽이잖아. 그렇게 말하고 싶었지만 꾹 참고 말없이 일을 계속했다.

이래 봬도 평생 식당 집 손자로 살아온 몸이다. 정신만 제대로 차리면 최소한의 접객은 할 수 있다고 자신한다.

내가 일하는 모습을 보고 다소 경계를 풀었는지, 아니면 단순히 옆에서 감시하는 게 귀찮아졌는지는 모르지만 오늘 아침에는 가게 안쪽의 안채에서 나오지 않았다.

정적에 휩싸인 가게 안에서 계산대 구석에 있는 컴퓨터를 켰다.

메일을 체크하자 시노카와 씨가 보낸 장문의 메일이 도착해 있었다. '안녕하세요, 시노카와입니다'라는 문장으로 시작해 업무 지시가 빼곡하게 적혀 있었고, 끝에는 '잘 부탁드립니다, 무슨 일이 생기면 메일로 연락해주세요'라는 말로 마무리하고 있었다.

첫날부터 업무 지시는 메일로만 이루어졌다. 시노카와 씨가 입원한 오후나종합병원에서는 병실에서 휴대전화를 사용하지 못한다. 로비에서 통화하는 건 괜찮지만, 그녀는 침대 밖으로 나올 수 없는 신세였다.

물론 매입 의뢰가 들어온 책이 있으면 당당하게 병원으로 찾아갈 수 있었다.

문제는 책을 팔러 온 손님이 거의 없었다는 점이었다.

지난 사흘 동안 그녀와 이야기할 기회는 전혀 없었다.

오전 중에 내가 할 '일'은 인터넷으로 주문이 들어온 책들의 발송을 준비하는 것이다.

이 비블리아 고서당도 인터넷상의 고서 검색 사이트에 등록해놓은 까닭에 가게에 있는 상당수의 책을 인터넷으로 살 수 있었다. 보아하니 매출의 대부분은 인터넷 판매가 책임지는 모양이었다. 그래서 손님이 많이 오지 않아도 가게를 계속 꾸려나갈 수 있는 것이었다.

통로에까지 책을 쌓아놓은 가게 안을 돌아다니며 주문이 들어온 책을 찾았다.

나도 이제야 이 가게에서 어떤 책을 다루는지 알 것 같았다. 주로 문학, 역사, 철학, 미술 관련의 전문 서적들로, 만화와 문고본 코너도 있지만 대부분의 상품은 내가 모르는 책들이었다.

나는 주문이 들어온 책을 꺼내 계산대로 돌아가 시노카와 씨가 보낸 메일을 하나하나 확인하며 책을 포장했다.

당연하다면 당연하지만, 시노카와 씨가 보낸 메일에는 업무에 관련되지 않은 내용은 하나도 적혀 있지 않았다. '무슨 일이 생기면'이라고 적어놓은 말은 마치 별일 없으면 연락하지 말고 병원으로 찾아오지도 말라는 뜻저럼도 읽혔다.

병실로 찾아와 시시콜콜한 잡담을 하는 걸 그녀가 썩 반기지는 않을 것 같았다. '……그렇군요'라는 혼잣말 같은 대답이 돌아오고 나서 침묵이 이어지는 그런 광경이 눈에 선했다.

물론 책에 관련된 볼일이 있으면 사정은 달라지리라. 요전처럼 눈을 빛내며 이야기를 해줄 것이다. 그게 내가 바라는 바였다.

덜컹거리며 문을 여는 소리가 들렸다.

고개를 들자 머리가 하얗게 센 노부인이 가게 안으로 들어왔다. 양산을 들고 무늬 없는 단정한 원피스를 차려입고 있었다.

처음 보는 얼굴이지만 분명 이 근처 주민이리라.

장을 보고 돌아오는 길인지 고급 슈퍼마켓의 로고가 들어간 봉투를 들고 있었다. 웃는 얼굴로 인사를 하기에 나도 꾸벅 고개를 숙였다. 오전 중에 찾아오는 건 이런 나이 지긋한 손님들뿐이다.

노부인은 가게 안을 한 바퀴 둘러보았다. 곳곳에서 멈춰서 책을 펼치고 열심히 내용을 확인했지만, 끝내 원하는 책이 없었는지 나한테 다시 인사를 건네고 문을 열었다.

마침 다른 손님이 들어왔다. 노부인은 한 걸음 옆으로 비켜 길을 내줬다.

작업하던 나는 동작을 멈췄다. 새로 들어온 손님의 생김새가 한눈에도 범상치 않았던 까닭이었다.

퍼렇게 깎은 민머리에 눈이 커다란 작은 체구의 사내로, 까무잡잡하게 탄 얼굴의 주름을 보아하니 오십 대 후반 같았다. 영국 국기가 프린트된 헐렁한 티셔츠에 밑단이 너덜너덜한 청바지를 입었고, 목에는 핑크색 수건을 감고 있었다.

어떤 직업을 가진 사람인지는 알 수 없었지만, 월차를 낸 회사원이 아님은 한눈에 알 수 있었다. 손에는 커다란 가죽 가방을 들고 있었다.

노부인도 나와 마찬가지로 놀란 눈치였다. 남자의 옆을 지나쳐 도망치듯 밖으로 나가려 했는데, 순간 살짝 어깨가 부딪친 것처럼 보였다.

그러자 남자는 느닷없이 부인의 팔을 붙잡으며 낮고 험악한 목소리로 말했다.

"이봐, 거기 서."

노부인의 얼굴이 백지장처럼 새하얘졌다.

나는 황급히 일어났다. 한밤의 유흥가라면 몰라도 백주대낮에 고서점에서 이런 말썽이 일어날 줄은 꿈에도 몰랐다.

"뭐하는 겁니까!"

나는 남자를 노부인에게서 떼어내려 했다. 남자는 버럭 성을 내며 외쳤다.

"멍청한 자식, 날 붙잡으면 어쩌자는 거야. 눈 똑바로 뜨고 저걸 봐!"

그는 노부인이 들고 있던 봉투에 손을 넣어 가장 위에 들어 있던 것을 꺼냈다.

나는 놀라 비명을 지를 뻔했다.

남자의 손에 들린 그것은 케이스에 담긴 대형 서적이었다. 곤와 지로와 요시다 겐키치의 『고현학^{考現學, 변동이 격심한 현대의 풍속 세태를 조사 기록하여 장래의 발전을 위한 자료를 제공하는 학문}』. 아까까지 계산대 옆 서가에 진열되어 있던 책이었다. 제목이 특이해서 기억이 났다.

돌아보니 그 책이 있던 칸이 비어 있었다. 한마디로 슬쩍한 것이었다.

"아……."

노부인은 신음을 흘렸다.

휙 둘러보는 척하며 훔칠 만한 물건을 찾고 있던 것이었다. 화가 나기보다는 그저 놀라웠다. 가게에서 물건을 훔치는 건 중고등학생들이나 하는 짓인 줄 알았는데, 나이 지긋한 부인이 이런 짓을 하다니.

"이 정도는 너그럽게 넘어가줘요."

느닷없이 노부인은 아양을 떨듯 웃으며 말했다. 방금 전까지의 품위 있는 행동거지와는 달라도 한참 달랐다. 이쪽이 본성일지도 모른다.

"나도 이러고 싶어서 이러는 게 아니에요. 우리 같은 늙은이들은 이런 짓을 하지 않으면 살기 힘들 때가 있어. 불쌍한 늙은이라 생각하고 이해해줄 순 없을까?"

그녀는 눈웃음을 치며 나를 보았다.

이걸 어쩌지? 이런 경우에는 봐주는 거 없이 경찰에 넘기는 게 장사하는 사람의 철칙이지만, 솔직히 마음이 내키지 않았다. 할머니 손에서 자라서인지 나는 나이 든 여성들에게 약했다.

"나이도 먹을 만큼 먹은 양반이 궁색한 변명이라니."

민머리 남자가 성난 목소리로 말했다.

"세상에 당신 같은 뻔뻔한 늙은이들만 있는 줄 알아? 책을 훔칠 바에야 병아리라도 키워서 내다 팔라고!"

그는 점원인 나보다 더 화를 내고 있었다. 노부인에게 달려들려고 하는 걸 도리어 내가 나서서 말려야만 했다.

비좁은 골목에서 우리 둘이 실랑이를 벌이는 동안에 노부인은 슬쩍 빠졌다.

"그럼 수고해요."

홱 몸을 돌려 가게에서 뛰쳐나가더니 눈 깜짝할 사이에 내 시야에서 사라졌다.

황급히 나도 가게 밖으로 나갔지만 이미 사라진 뒤였다.

겉보기와는 달리 행동이 잽싼 할머니였다.

"저 할망구, 분명히 상습범이야."

가게 안으로 돌아온 나에게 민머리 남자가 말했다.

"자네도 가게를 볼 거면 똑바로 해. 눈 뜬 장님처럼 당할 거면 뭣 하러 서 있어?"

"……죄송합니다."

나는 고개를 숙였다. 도둑을 잡아준 건 고마웠지만 왜 이 사람에게 설교를 들어야 하는지 알 수 없었다.

대체 누구지?

궁금해하는 내 눈빛을 알아채고 그는 자기를 가리키며 말했다.

"나는 시다라고 하네. 이 가게 단골이지."

시다는 계산대로 다가와 문고본을 하나씩 올려놓았다. 전부 일고여덟 권이었다.

"이게 뭡니까?"

"보면 몰라? 팔려고 가져온 책이잖아."

가슴이 두근거렸다. 이제 당당하게 시노카와 씨의 병실로 찾아갈 수 있다. 나는 신이 나 다시 계산대로 들어왔다.

"지금 담당자가 자리를 비워서 죄송하지만 내일……."

"나도 알아."

시다가 지겹다는 듯 말했다.

"다쳐서 입원했다면서. 자넨 들어온 지 얼마 안 됐나? 어떻게 이런 가게에서 일할 생각을 했어? 그 주인 성격이 워낙 별나야지. 그렇게 내성적인 고서점 주인도 없을걸."

단골이라는 말대로 이곳을 자주 찾는 손님인 모양이었다.

멋대로 계산대 안쪽으로 손을 뻗어 서류 홀더에서 종이 한 장을 꺼냈다. 책을 팔려는 손님이 기입해야 하는 매입 서류였다. 물건이 어디 놓여 있는지 나보다 잘 아는 것 같았다.

그는 막힘없이 서류를 작성했다.

나는 불현듯 그의 오른손을 보았다. 손가락 다섯 개가 죄다 갈라졌고, 길게 자란 손톱은 까맣게 얼룩이 져 있었다. 고된 생활을 하는 사람의 손이었다.

"자, 이제 됐지?"

그렇게 말하며 그는 서류를 내밀었다. 주소는 '후지사와시 구게누마 해안 다리 밑'이었다.

나는 고개를 갸웃거렸다. 구게누마 해변 근처의 지리는 나름 잘 안다고 생각했는데, '다리 밑'이라는 주소는 처음 들었다.

"여기가 어딥니까?"

나는 물었다. 전화번호를 적지 않은 것도 마음에 걸렸다.

"그러니까 히키지가와 강이 이렇게 흐르잖아. 구게누마

해변 앞에 다리가 있는 건 알지? 바다를 따라 뻗은 국도보다 조금 위쪽이야."

시다는 집게손가락으로 허공에 지도를 그리며 말했다.

"네?"

"그 다리 밑이야. 내 아지트는."

나는 그의 얼굴을 구멍이 날 정도로 빤히 바라보았다. 무슨 말인지 알아들을 때까지 잠시 시간이 걸렸다.

한마디로 이 남자는 노숙자인 것이다.

"이 책은 이 근처에서 건져왔지. 난 '책등빼기'거든."

"'책등빼기'?"

무슨 말이지?

하지만 시다는 내 의문에는 답하지 않고 싱글벙글하며 가져온 책을 툭툭 쳤다.

"좌우지간 병원에 가져가서 감정을 받아줘. 이래 봬도 상당히 값이 나가는 물건이야. 주인 아가씨가 보면 좋아 할걸."

"아니, 저기……."

책등빼기가 뭐냐고 다시 물으려던 순간, 시다는 남의 눈을 의식하듯 계산대 너머로 몸을 들이밀었다. 가게 안에는 우리 말고는 아무도 없는데, 행동거지 하나하나가 과장된 사람이었다.

"팔러 온 김에 좀 부탁할 게 있는데, 주인 아가씨한테 전해줘."

"네?"

이야기의 흐름을 파악할 수 없었다. 하지만 끼어들 여지가 없다.

"단골 좋다는 게 뭐야. 들어줄 거지? 그저께 일인데……."

어안이 벙벙한 나에게 시다는 청산유수로 말을 쏟아냈다.

내가 병원에 간 건 그날 저녁이었다. 오후에 가게에 들른 시노카와 씨의 동생이 시간이 비었으니 대신 가게를 보겠다고 나섰다.

병실 문을 두드리자 가냘픈 목소리가 들렸다. 똑똑히 들리지는 않았지만 안에 있는 건 확실했다.

사흘 만에 만나는데도 나는 그리 마음이 들뜨지 않았다. 낮에 나타난 시다라는 손님, 그의 '부탁'에 온 정신이 쏠려 있기 때문이었다.

"고우라입니다. 들어가겠습니다."

나는 문을 열었다.

"아까 메일로 말씀드렸는데, 책 감정을……."

거기까지 말하고 나는 놀라 입을 다물었다.

시노카와 씨는 침대에 앉아 목욕 수건으로 머리를 말리고 있었다. 어딜 봐도 방금 목욕을 마치고 나온 모양새로, 하얀 피부가 발그레하게 물들어 있었다. 내 존재를 알아채자마자 얼어붙은 듯 꼼짝도 하지 않았다.

"죄송합니다. 밖에서 기다릴게요."

그길로 황급히 밖으로 나가려는 나를 모기만 한 목소리가 불러 세웠다.

"아, 아니에요. 들어오세요."

그녀는 고개를 숙인 채 앉으라고 권했다. 윤기가 흐르는 젖은 검은 머리가 눈가 위에 한 다발 내려와 있었다. 나는 저도 모르게 침을 꿀꺽 삼켰다.

"지, 지금 목욕을……. 좀 늦게 오실 줄……. 죄송합니다."

'방금 목욕하고 나온 참인데, 더 늦게 올 줄 알았다, 당황하게 해서 미안하다'라는 뜻인 듯했다.

가게를 봐줄 사람이 생겨서 생각보다 일찍 나온 탓이다. 나는 헛기침을 했다. 가만히 있으면 쓸데없이 의식하기 때문이었다.

"병원에서 목욕하신 겁니까?"

그녀는 고개를 끄덕였다. 희미하게 샴푸 냄새가 났다.

"간호사 선생님이……."

시노카와 씨는 목욕 수건을 개며 말했다. 간호사가 도와

줬다는 뜻이리라.

긴장을 풀려는 건지 느닷없이 그녀는 심호흡을 시작했다. 환자복 앞섶이 오르락내리락하는 모습을 보자 자연스레 그 언저리로 눈이 갔다. 체구도 작고 마른 편이라고 생각했는데, 내 착각이었는지도 모른다.

아니, 이러다 내 눈빛을 알아채면 어쩌지. 얼른 본론으로 들어가자.

"이 책인데 좀 봐 주시겠습니까?"

나는 가져온 쇼핑백을 건넸다. 솔직히 반신반의했다. 시다가 가져온 문고본은 본인이 자랑할 만한 '물건'처럼 보이지는 않았다. 모두 그리 오래된 책처럼 보이지 않은 까닭이었다.

하지만 책을 꺼내자마자 그녀의 표정이 확 달라졌다.

"어머, 굉장하네요."

시노카와 씨는 크리스마스 선물을 받은 아이처럼 환호성을 지르며 문고본을 꼭 껴안았다. 가슴팍에 파묻힌 책등을 보고 나는 더욱더 눈을 어디다 둬야 할지 알 수가 없어졌다.

"이거 보세요!"

시노카와 씨는 눈을 빛내며 내 쪽으로 책등을 내밀었다.

지쿠마문고와 고단샤학술문고.

찰스 디킨스의 『우리 모두의 친구』 상중하.
뤼시앵 페브르와 앙리 장 마르탱의 『책의 출현』 상하.
시키바 류자부로의 『니쇼테이=笑亭 기담』.
스기야마 시게마루의 『백마百魔』 상하…….

모두 어려워 보이는 책이었지만 어디가 어떻게 굉장한 건지 잘 이해할 수 없었다.

"……희귀한 책인가요?"

"네, 권당 2,3천 엔에 팔리는 책이에요."

"정말요?"

나는 놀랐다. 상상했던 것보다 훨씬 비쌌다.

보기에는 별로 오래된 책 같지 않았는데…….

"모두 꾸준히 찾는 사람이 있는데, 복간되지 않은 작품들이에요. 양장본도 있지만 2, 3천 엔으로는 구할 수 없죠. 이런 절판 문고본은 고서 시장에서 수요가 있어요."

시다의 의기양양한 표정이 떠올랐다. 겉보기는 수상쩍어 보였지만 책을 보는 눈은 확실한 모양이었다.

하지만 그걸 어떻게 입수했는지 궁금해졌다. '이 근처에서 건졌다'고 하던데.

"시다라는 손님이 가져왔는데요."

"역시 그랬구나! 그럴 줄 알았어요."

시노카와 씨는 들뜬 목소리로 말했다.

"그분의 전문 분야거든요."

"전문 분야요? 대체 어떤 분입니까?"

"그분은 책등빼기예요. 본인이 직접 말씀하시지 않았나요?"

"듣긴 들었는데……. 책등빼기가 뭡니까?"

본인에게는 물어볼 기회가 없었다. 아니, 끝까지 나한테 질문할 틈을 주지 않았다.

"고서점에서 싸게 파는 책을 사들여 높은 값에 되파는 일이나 그런 일을 하는 사람들을 말해요. 시다 씨는 이 일대의 서점과 고서점을 매일같이 돌고 계시죠."

난생처음 듣는 직업명이었다. 그렇게 돈을 버는 사람이 있다니.

"왜 책등빼기라고 합니까?"

"여러 가지 설이 있지만, 책등만 보고도 희귀 도서를 골라내서 그렇게 불린다고 해요. 시다 씨는 절판된 문고본을 주로 거래하시는데, 아마 그쪽은 저보다도 잘 아실 거예요."

"……."

한마디로 시다는 우리 가게에 희귀본을 팔아주는 고마운 손님이라는 말이었다. 조금 더 정중히 이야기를 들을 걸 그랬다.

"시다 씨가 뭔가 부탁을 하시지 않았나요?"

그녀는 안경 너머로 눈을 올려 뜨며 나를 보았다.

"어, 어떻게 아셨죠?"

"좋은 물건을 팔러 왔을 때는 항상 그러시거든요. 절판된 문고본 재고를 조금 나눠줄 수 없겠냐는 등. 아닌가요?"

시노카와 씨는 그렇게 말하며 웃었다. 분명 이런 부탁을 자주 받는 것이리라. 입수한 책을 고서점에 파는 이상 연줄을 가지고 있는 편이 유리할 것이 틀림없다.

"음, 뭐라고 해야 할지. 절판된 문고본에 관한 부탁이기는 한데……"

어디서부터 이야기해야 하는지 망설여졌다.

조금, 아니, 무척 이상한 부탁이었다. 좌우지간 주머니에서 쪽지를 꺼내 읽었다. 내용을 잊어버리지 않도록 적어두었다.

"고야마 기요시의 『이삭줍기 · 성 안데르센』이라는 문고본의 초판을……"

"신초문고의 단편집이네요. 초판은 1955년이었던가요."

척하면 척하고 관련된 정보가 술술 나왔다.

"그 책은 창고에 재고가 있을 거예요. 그리 희귀한 책은……"

"아니, 재고를 달라는 게 아니었습니다."

나는 고개를 저었다.

"책을 도둑맞았는데 찾는 걸 도와달라는 게 그분의 부탁이었습니다."

"네?"

그녀는 눈을 껌뻑였다.

나는 시다의 기나긴 이야기를 머릿속에서 정리했다. 그가 가게에 들어온 순간부터 순서대로 정확하게 이야기하는 편이 좋을 것 같았다.

……뭐, 나는 가진 것도 없고, 나이도 먹었지만 지금 사는 게 꽤 마음에 들어. 남의 도움을 받지 않아도 입에 풀칠은 할 수 있으니까. 늙은이들이란 아까 그 도둑 할망구처럼 다들 입만 열면 불평불만이잖아.

나한테는 무슨 일이 있어도 팔지 않겠다고 결심한 문고본이 있어.

누구에게나 소중한 책 한 권쯤은 있잖아. 나에게는 고야마 기요시의 『이삭줍기 · 성 안데르센』이란 단편집이 그래.

읽어본 적은…….

없는 모양이군. 공부 좀 하라고.

어쨌든 나한테는 부적 같은 책이라 항상 가지고 다녔어. 언제든 읽을 수 있게 말이야. 그런데 그저께 누가 그걸 훔쳐간 거야.

저쪽에—그는 북서쪽을 가리키며 말했다— 고부쿠로야 열차 건널목이 있잖아? 국도와 맞닿은 곳 말이야. 국도를 따라 조금 가다 첫 신호가 나오는 곳 아냐?

……그래, 거기.

사거리에서 왼쪽으로 꺾으면 오후나 역으로 가는 버스 정류장이 있는 데, 앞에 절이 있고. 그저께 오후에 나는 자전거를 타고 거기 갔었어.

왜 갔냐고? 일 때문이지, 일.

요전에 알게 된 동업자하고 재고 교환을 하려고 약속을 잡았거든. 오늘 가져온 『책의 출현』 하권은 그 친구가 준 거야.

……뭐? 달랑 하권이냐고? 정말 몰라서 묻는 건가?

절판본이란 뒷권으로 갈수록 구하기 어려운 법이라고. 상권만 샀다가 하권을 놓치는 사람은 있어도 그 반대는 없잖아? 하권은 시장에 얼마 나오지 않으니, 그만큼 값어치가 올라가는 거지.

좌우지간 만나기로 한 곳이 절 앞이었어.

먼저 도착한 나는 정문 옆에 있는 소나무 밑에 자전거를 세웠지. 아무도 없어서 조용했어. 시계는 없었지만 아마 오후 2시 전이었을 거야.

가마쿠라에는 더 큰 절도 많으니 관광객도 거의 없었지. 특히 그저께는 불볕더위였잖아. 나는 나무 그늘에 있어서 그나마 살 만했지만, 정류장에서 버스를 기다리는 사람을 보니 금방이라도 쓰러질 것 같더군.

기다리기 지루해서 소나무 밑에서 책이나 읽으려고 했어. 자전거 바구니에 짐을 넣어뒀는데, 물론 고야마 기요시의 책도 그 안에 있었지.

한데 그걸 꺼내려던 순간에 갑자기 배가 아픈 거야. 지저분한 이야기라 미안하지만 며칠 전부터 설사병에 걸려서 고생하고 있거든. 먹는 건 나름대로 신경을 쓴다고 썼는데, 날이 원체 더워야지. 우리 집에는 냉장고 같은 건 없으니까.

하지만 근처에 편의점도 공중전화도 없는 거야. 그래서 손님용 화장실을 찾아 절 안으로 들어갔지.

자전거와 짐은 그 자리에 놓아뒀어. 설마 누가 훔쳐가겠느냐 싶었는데, 지금 생각해보니 큰 오산이었시.

정문을 지나 안으로 들어가는데, 뒤에서 갑자기 쿵하는 소리가 나더라고.

돌아보니 내 자전거와 젊은 여자애가 쓰러져 있더군. 부덮쳐 쓰러진 것 같았어. 자전거를 길 쪽으로 세워놨었거든.
 괜찮으냐고 물었는데…….
 아마 나이는 열여섯, 일곱쯤 됐을 거야. 머리가 짧고 키가 컸어. 치마를 입고 있지 않았으면 남자인 줄 알았을 거야.
 절 문 앞에는 나와 그 여자애의 짐이 바닥에 어지럽게 흩어져 있었지. 내 짐에는 물론 그 책도 들어 있었고.
 '미안하지만 자전거 좀 세워주겠나?'
 나는 큰 소리로 외쳤지. 그때, 금방이라도 쌀 것 같았거든. 거기까지 돌아갈 여유가 없었어.
 여자애는 나를 본 체도 하지 않았어. 내 짐은 무시하고 자기가 떨어뜨린 쇼핑백만 주워 안을 확인했지. 아니, 그 안에 뭐가 들었는지는 몰라. 무늬 없는 붉은색 쇼핑백이었는데 여하간 고급스러워 보였어.
 그 여자애는 주변을 두리번거렸어. 뭔가 중요한 걸 흘린 것 같지. 그러고는 갑자기 뭔가를 주워 냅다 달려가지 않겠어.
 솔직히 그때 눈치가 조금 이상하긴 했지.
 여자애가 주운 게 문고본 같았거든.
 좌우지간 볼일을 보고 돌아오니 만나기로 한 친구가 내 짐을 주워줬더군. 고맙다는 말을 하고 물건을 확인했는데,

고야마 기요시의 책만 없는 게 아니겠어. 그제야 도둑맞았다는 사실을 깨달았지.

그 친구에게 물었더니 아까 키 큰 여자애를 봤다고, 길을 건너 버스 정류장으로 갔다고 하더군. 물론 정류장에는 아무도 없었어. 버스는 이미 지나간 뒤였지.

친구와 헤어지고 나서 혹시나 싶어 정류장으로 가서 잘 찾아봤지만, 역시 내 책은 없었어. 가지고 버스에 탔을 거야.

어쨌든 난 내 책을 찾고 싶어.

그래서 이 가게에 부탁을……

뭐? 그 여자애가 왜 책을 훔쳤느냐고? 당연한 걸 뭘 물어봐. 오래된 책이니 비싼 건 줄 알았겠지. 분명 책을 팔아서 돈으로 바꿀 작정인 게야.

그 절에서 가장 가까운 고서점이 여기야. 만일 그 여자애가 고야마 기요시 책을 팔러 오면 묻지도 따지지도 말고 사들여. 그걸 내가 다시 살 테니까.

……경찰?

아니, 경찰에 신고할 생각은 없어. 난 범인을 잡고 싶은 게 아니라 책을 되찾고 싶을 따름이니까. 순간의 실수는 누구나 할 수 있으니, 따끔하게 한마디 해주고 싶긴 하지만.

좌우지간 주인 아가씨한테 꼭 전해줘.

오늘밤에 다시 올 테니까. 그럼 부탁하네!

"대충 이런 내용이었는데, 어떻게 할까요?"

설명을 마치고 나서 나는 시노카와 씨의 낯빛을 살폈다. 그녀는 깍지 낀 손을 무릎 위에 올려놓고 사색에 잠긴 것 같았다.

"시다 씨는 정말 고야마 기요시를 좋아하시는군요. 책을 훔치려던 사람을 잡아준 이야기를 들으니 알겠어요."

그녀는 여전히 생각에 잠긴 표정으로 말했다. 저도 모르게 고개를 끄덕일 뻔했다.

"네? 그 일은 시다 씨의 부탁과 아무 상관없잖아요."

시다의 '부탁'을 전할 겸 설명했을 뿐이었다. 하지만 그녀는 미소 지으며 고개를 저었다.

"시다 씨가 가져온 단편집에는 표제작인 「이삭줍기」도 실려 있어요. 어떤 이야기인지 아세요?"

"아뇨."

"가난한 소설가의 일상을 담담하게 그린 단편이에요. 물론 모델은 작가 본인이고요. 그는 고서점을 경영하는 젊은 아가씨와 알게 되어 그녀에게 생일 선물을 받아요. 포장을 풀어보니……. 아, 죄송해요. 또 이야기가 다른 데로 빠졌네요."

 어느새 나는 몸을 내밀고 이야기에 귀를 기울이고 있었다. 고서점을 경영하는 아가씨와 교류한다는 점이 내 관심을 끌었다. 포장을 풀어보니 뭐가 들어 있었다는 걸까?

 하지만 그녀는 헛기침을 하며 화제를 바꿨다.

 "아무튼 본론으로 돌아와서 「이삭줍기」의 첫머리에 이런 구절이 있어요."

 허공을 바라본 채 그녀는 유려하게 그 구절을 낭송했다.

 "'나는 가능하다면 빨리 나이를 먹고 싶다. 허리가 조금 구부정해진들 별수 있나. 어쩌면 그때쯤에는 병아리를 키워 입에 풀칠할지도 모른다. 하지만 늙은이란 존재가 반드시 세상을 원망하라는 법은 없다.'"

 나는 입이 떡 벌어졌다. 분명히 시다가 그 노부인에게 했던 말과 일치했다. 뜬금없이 병아리 운운해서 이상하다는 생각은 했지만.

 하지만 내가 놀란 건 다른 이유 때문이었다.

 "지금까지 읽은 소설을 모두 외우고 있습니까?"

 그렇게 묻자 시노카와 씨는 손사래를 치며 말했다.

 "그, 그럴 리가요. 아니에요. 전부라니, 그 책에서 좋았던 부분을 몇 페이지쯤 외우는 정도인데······."

 "네? 그게 대단하다는 거죠. 그런 사람 처음 봤습니다."

솔직한 감상을 말했을 뿐인데, 그녀의 반응은 상상 이상이었다. 놀란 듯 입을 벌리더니 순식간에 얼굴이 새빨개졌다.

"……벼, 별 칭찬을 다 하시네요."

"네? 그런가요?"

"대단하다는 소리는 처음 들었어요."

말을 마친 그녀는 안경 너머로 힐끗 나를 보았다. 눈이 마주치려 하자 고개를 푹 숙인다. 이렇게까지 쑥스러워하니 나도 어쩔 줄 모르겠다.

"좌, 좌우지간 시다 씨를 돕죠."

이상야릇한 분위기가 얼마간 흐르고 나서 시노카와 씨는 다시 헛기침을 하며 화제를 바꿨다.

"고우라 씨는 『이삭줍기 · 성 안데르센』을 팔러 온 사람이 없는지 유심히 봐주세요. 그런데……."

그녀는 미간을 찌푸리며 말했다.

"조금 이상한 점이 있네요."

"이상한 점이요?"

"정말 그 소녀가 팔려고 책을 훔쳤을까요?"

나도 그 점이 마음에 걸렸다. 시다 같은 책등빼기라면 몰라도 평범한 사람이 우연히 눈에 들어온 헌책을 팔아서 금전적 이익을 얻으려는 생각을 보통 할까?

"한 권만 훔쳐간 것도 이상해요."

시노카와 씨는 그렇게 말했다.

"시다 씨는 다른 책등빼기와 재고 교환을 할 예정이었어요. 한마디로 그밖에도 값어치가 나가는 책을 가지고 있었다는 소리죠. 만일 돈이 필요했다면 다른 책을 그냥 둔 건 이상해요. 그렇지 않나요?"

나는 고개를 끄덕였다. 듣고 보니 이상했다.

팔짱을 끼며 생각에 잠겨 있는데, 느닷없이 그녀가 두 손을 침대에 대고 몸을 앞으로 내밀었다. 뭔가 섹시 화보 같은 포즈라고 생각했지만, 황급히 머릿속에서 그런 생각을 지웠다.

"뭐, 뭡니까?"

"왠지 이대로는 시다 씨의 책을 되찾지 못할 것 같아요. 차라리 저희가 그 소녀를 찾아보는 게 어떨까요?"

"네?"

그런 생각은 못했다. 시다를 위해 그렇게까지 할 필요는 없지 않은가.

하지만 나는 그만두자는 말을 쓱 삼켰다. 안경 너머로 보이는 그녀의 커다란 눈동자가 한층 동그래졌다. 책 매입 의뢰가 없어도 이곳을 찾을 둘도 없는 구실이 되리라.

그리고 범인을 찾는 것도 재미있을 것 같았다.

"그러죠. 실은 저도 그 말을 하려고 했습니다."

나는 힘차게 말했다. 이 정도 허세는 괜찮겠지.

그녀는 기쁜 듯 두 손을 꼭 모았다.

"고마워요. 고우라 씨라면 분명 그렇게 말해주실 줄 알았어요."

고우라 씨라면……. 그 말에 귀가 쫑긋 섰다.

그래, 이 사람은 나를 믿는 거구나. 살짝 상기된 표정의 나를 향해 그녀는 말을 이었다.

"그나저나 팔려는 게 아니라면 그 소녀는 왜 책을 훔쳐갔을까요? 고우라 씨는 어떻게 생각하세요?"

느닷없는 질문에 허를 찔렸다. 일전에 『소세키 전집』의 수수께끼를 풀었을 때처럼 나는 그저 그녀의 이야기를 듣기만 할 생각이었다.

"아, 그건 읽으려고 훔친 게 아닐까요? 우연히 읽고 싶어서 찾던 책이었을 수도 있고……."

"그럴 가능성은 없을 것 같아요."

반짝이는 눈으로 시노카와 씨는 단칼에 부정했다. 이런 표정으로 그런 말을 하니까 더욱더 충격이 컸다.

"그 책은 결코 희귀한 책이 아니에요. 고서점을 뒤지면 어렵지 않게 구할 수 있죠. 십오 년 전에 한 번 복간된 적도 있고요."

"그럼……. 아, 그렇지! 자기 책인 줄 알았던 게 아닐까요?"

그 소녀도 짐을 떨어뜨렸다고 했다. 비슷한 책을 가지고 있다가 뒤섞였을 가능성이 없다고 할 수는 없었다.

"저도 그 생각을 했어요. 하지만 그렇다면 대신 소녀가 가지고 있던 책이 남아있었겠죠. 어떤 이유가 있어서 책을 훔친 게 틀림없어요."

"음."

그 이상은 딱히 떠오르는 이유가 없었다. 내 머리로는 이게 한계……. 아니, 잠깐만. 그럼 뭔가 앞뒤가 맞지 않는데?

"팔려는 것도 아니고, 읽으려는 것도 아니라면 대체 무슨 이유로 책을 훔친 걸까요?"

"바로 그거에요. 그게 이 사건의 핵심이라고 생각해요."

시노카와 씨는 힘주어 말했다.

"책을 훔친 진짜 이유가 그 소녀를 찾는 실마리가 될 거예요. 일단은 그걸 밝혀내죠."

"네? 그걸 어떻게 알아낸다는 겁니까?"

"시다 씨의 이야기에서 유추할 수 있는 점이 몇 가지 있어요."

그녀는 그렇게 말하며 집게손가락을 펼쳤다. 나는 저도 모르게 그 자그마한 손톱을 눈으로 좇았다.

"먼저 그 소녀가 무척 서두르고 있었다는 점이에요. 길가에 세워둔 자전거에 부딪혀 넘어졌다는 건 상당한 속도로 뛰고 있었기 때문일 거예요."

"그렇겠죠."

고개를 끄덕이자 그녀는 이어서 가운뎃손가락을 펼쳤다.

"다른 하나는 언제 버스가 와도 이상하지 않은 상태였다는 점이에요. 시다 씨의 이야기로는 정류장에 이미 승객이 기다리고 있었다니까. 소녀는 정류장으로 가려고 서둘렀다고 생각할 수 있겠죠."

그 마음은 이해가 갔다. 정류장에 서있는 사람이 보이면 왠지 마음이 급해지는 법이다.

"하지만 그렇다면 이상한 점이 생기는데요. 그렇게 서두르고 있었다면 왜 일어나자마자 뛰지 않았을까요. 쇼핑백에 들어 있던 걸 줍고 나서 주변을 둘러보았다고 하지 않으셨어요?"

"아, 네, 떨어진 물건을 찾고 있었나 싶었다고."

"하지만 떨어진 물건을 주운 게 아니라 시다 씨의 책을 가지고 가버렸죠. 저는 다른 가능성이 있을 거라 생각해요."

한마디씩 끊어서 이야기하듯 그녀는 천천히 말을 이었다.

"쇼핑백 안에 들어있던 게 떨어진 것이 아니라, 혹시 부서진 건 아닐까요?"

"부서졌다고요? 뭐가요?"

"거기까지는 모르겠어요. 하지만 그랬을 경우 부서진 것을 대신할 물건이나, 수리할 수 있는 도구를 구하려 했어도 이상하지는 않죠. 황급히 주변을 둘러보다 발견한 게 문고본이었다……."

나는 빤히 그녀를 바라보았다. 일전의 『소세키 전집』 때도 그랬지만 사소한 실마리를 가지고 용케도 여기까지 생각해내다니 대단하다. 그것도 병실에서 한 걸음도 나가지 않고.

하지만 나는 이해가 가지 않는 점이 있었다.

"문고본을 대체 어디다 썼다는 겁니까?"

시노카와 씨는 한숨을 쉬며 펼쳤던 손가락을 오므렸다. 본인은 의식하지 않고 한 행동이겠지만 꼭 고양이처럼 보였다. 보는 내가 쑥스러워질 정도로 귀여웠다.

"그 점을 도무지 이해할 수가 없어요. 정보가 너무 없어서."

고양이 포즈로 그녀는 진지하게 말했다.

"시다 씨와 만나기로 했던 책등빼기에게 이야기를 들어보는 게 좋지 않을까요? 뭔가 알고 있을지도 모릅니다."

"네? 왜요?"

"그 사람은 소녀를 보았다고 했잖아요. 하지만 단순히

스쳐 지나간 거라면 어디로 갔는지는 알 수 없었겠죠. 정류장으로 간 걸 알고 있다는 건 돌아봤다는 소리 아닐까요?"

"……그렇구나."

소녀에게 관심을 끌 만한 뭔가가 있었다는 뜻이리라.

나중에 시다가 가게로 오기로 했다. 그 책등빼기에게 연락해보라고 해야겠다.

"하지만 그 책등빼기가 병원으로 와준다는 보장은 없잖아요."

"네, 그렇죠. 찾아가서 이야기를 들어봐야 할 것 같아요."

"그렇구나. 어? 누가 가는데요?"

그녀는 고개를 갸웃거리며 나를 보았다.

내가 생각해도 참 바보 같은 질문이었다. 시노카와 씨는 이 병원에서 나갈 수 없으니, 당연히 내가 찾아가야지.

다음 날은 비블리아 고서당의 정기 휴일이었다.

일하고 나서 처음 맞는 휴일이었지만 나는 햇볕이 내리쬐는 바깥에 있었다. 정확히 말해 가마쿠라 외곽에 있는 절 앞에 스쿠터를 세우고 있었다.

이곳은 시다가 책을 도둑맞은 '현장'이었다.

나는 나무 그늘에 서서 땀을 닦으며 주변을 찬찬히 둘러보았다.

이곳은 내가 다니던 고등학교와 가깝다. 학교 행사로 사찰 순례—가마쿠라의 학교에서는 연례행사다—를 했을 때 이곳에도 와본 적이 있었다.

주변 풍경은 그때와 거의 달라진 것이 없었다. 어쨌든 국도 근처인데도 편의점이나 패밀리 레스토랑을 찾아볼 수 없었다. 낮잠에 빠진 듯 고요한 주택가였다. 좌우 어디를 둘러봐도 사람의 모습은 없었다.

나는 이곳에서 시다의 동업자와 만나기로 했다.

어제 저녁, 비블리아 고서당을 다시 찾아온 시다는 책을 훔친 소녀를 찾는다는 우리의 말—그리고 문고본의 매입 가격—을 듣고 무척 기뻐했다. 동업자에게도 이야기를 들어보고 싶다고 하니까 당장 가게 전화로 연락했다.

직접 통화하지는 못했지만, 상대방도 만나고 싶다는 우리의 부탁을 흔쾌히 승낙해 약속 장소와 시간을 지정했다.

"자네도 한번 읽어봐, 「이삭줍기」란 작품."

동업자와 연락을 마친 시다는 그렇게 말했다.

"내가 그 작품을 처음 읽은 건 이 일을 시작하고 나서였어. 나도 옛날부터 이렇게 살았던 건 아냐. 회사에서도, 가정에서도 실패하고 나서……. 뭐, 그건 상관없는 이야기지만. 아무튼 다리 밑에서 읽기에는 너무 달짝지근한 이야기라고 생각했지."

시다가 비블리아 고서당에 나타난 건 몇 년 전이라고 들었다. 그 전에는 어디서 무슨 일을 하고 살았는지 시노카와 씨도 잘 모른다고 했다.

"사람 대하는 것도, 세상살이에도 서툰 가난뱅이가 아무 불평불만도 없이 산다는 건 그냥 자기 바람이라고 생각했지. 더구나 순진무구한 젊은 처녀가 나타나 다정하게 대해 준다니, 그게 있을 법한 일이냐고."

투덜대는 것 같았지만 시다의 목소리는 부드러웠다. 흡사 손 많이 가는 형제 이야기를 하는 것 같았다.

"하지만 그걸 알고도 작가는 그 이야기를 썼겠지. 읽으면 알 거야. 그건 달짝지근한 이야기를 쓰는 작가에게 감정이입하는 이야기야."

나는 고개를 끄덕였다. 읽고 싶다는 생각이 들게 하는 감상이었다.

"……솔직히 그 책을 되찾는 게 어려운 줄은 알아. 하지만 영 포기할 수가 없더라고. 책을 찾지 못한다고 자네를 탓하지는 않을 거야. 그건 걱정 마. '남작'한테도 잘 부탁한다고 전해주고."

"남작? 그게 뭐지?"

나는 소나무 아래에서 중얼거렸다. 오늘 만나기로 한 책 등빼기의 별명이라는데, 시다는 어떤 사람인지 전혀 알려주지 않았다. 좌우지간 만나보면 알 거라고 했다.

휴대전화를 들여다보았다. 약속 시간이 조금 지나 있었다. 연락처라도 물어볼 걸 그랬다고 생각한 순간.

"거기서 뭐합니까?"

누가 뒤에서 말을 걸었다.

돌아보니 하얀 셔츠를 입은 훤칠한 남자가 절 정문에서 나왔다. 나이는 분명 이십 대 후반. 흐트러진 곱슬머리에 날카로운 눈매, 하얀 피부에서 희미하게 향수 냄새가 났다. 가죽 파우치를 들고 있지 않았다면 촬영 중에 빠져나온 모델이라 해도 의심하지 않았으리라. 성묘를 다녀오는 길일까.

"사람을 기다리는 중입니다."

내가 그렇게 대답하자 남자는 눈을 깜빡이더니 새하얀 이를 보이며 서글서글하게 웃었다.

"나랑 똑같네요. 약속 시간보다 조금 일찍 도착해서 절 안을 한 바퀴 둘러보고 나오는 길인데……. 혹시 그쪽이 시다 씨의 책을 찾는 분입니까?"

"맞습니다."

그 말에 남자는 내 손을 꼭 잡더니 위아래로 흔들었다. 상황을 파악하지 못한 나는 남자의 손과 얼굴만 번갈아 보았다.

"난 시다 씨의 친구 가사이라고 합니다. 어찌 된 영문인지 시다 씨는 '남작'이라는 이상한 별명으로 부르더군요."

가사이는 어깨를 으쓱했다.

잡지에서 튀어나온 듯한 미남이었다. 남작이란 귀족의 작위로 부르는 것도 이해가 갔다.

가사이는 명함을 건넸지만 당연하게도 나는 명함이 없었다. 하는 수 없이 비블리아 고서당에서 일하는 고우라라고 대답했다.

"아, 거기서 일하는 분이시로군. 가게 앞을 지나간 적은 있지만 들어간 적은 없어서. 자네가 가게 주인인가?"

"아뇨, 전 점원입니다. 일한 지도 얼마 안 됐고요."

"그래, 다음에 한번 가봐야겠군."

그는 또렷한 목소리로 말했다.

"시다 씨가 아는 친구라고만 들어서 난 같은 바닥에 있는 사람인 줄 알았지. 평일 낮에 만나자고 해서 미안하네."

가사이는 머리를 긁적였다. 왠지 느끼하기는 하지만 나쁜 사람은 아닌 것 같았다.

받은 명함을 훑어보니 가사이 기쿠야라는 이름 위에 '가사이당 사장'이라고 적혀 있었다. 책등빼기라고 들었는데, 가게도 있는 모양이었다.

"가사이당이란 인터넷에서 쓰는 가게 이름이야. 난 매입을 주로 해서 인터넷 옥션에서 팔고 있지. 시다 씨와는 영업 방식이 좀 달라."

그런 책등빼기도 있구나.

나는 속으로 고개를 끄덕였다. 듣고 보니, 다른 가게가 아니라 직접 손님에게 판매하는 게 더 쉽고 수익도 나으리란 생각이 들었다. 하는 일은 일반적인 고서점과 그리 다르지 않을 것 같았다.

"뭐, 나는 책은 잘 몰라서 절판된 시디나 게임을 주로 다루지만. 시다 씨와는 서로 상품을 교환하는 사이지. 취급하는 분야도 겹치지 않으니까."

차림새를 보아하니 돈에 쪼들리지는 않는 것 같았다. 그 업계에서는 상당한 수완가일지도 모르겠다.

"아무튼 시다 씨의 책을 가져간 여자애에 대해 알고 싶다고?"

생각에 잠겼던 나는 가사이의 말에 퍼뜩 정신이 들었다. 바로 시노카와 씨가 추리한 이야기를 들려주고, 그녀의 부탁을 전했다. 고야마 기요시의 책을 가져간 소녀를 찾으려는데 정보가 부족하다, 그날 본 일을 자세히 가르쳐주었으면 한다는 그녀의 요청을.

내 이야기를 들은 가사이는 얼굴을 찡그렸다.

"그때 시다 씨에게 이야기를 할 걸 그랬네. 도둑맞은 게 그렇게 소중한 책인 줄을 몰랐어. 한마디도 안 했거든."

"뭔가 아시는 게 있습니까?"

"그 정도는 아닌데, 실은 그 여자애와 단순히 스쳐 지나간 게 아니었어. 이쪽으로 와보게."

그렇게 말하며 가사이는 국도를 따라 걸음을 옮겼다. 가는 쪽으로 버스 정류장이 보였고, 그 너머로 신호와 사거리가 보였다.

"스쳐 지나갔다기보다는 지나가다 봤다는 게 맞을 거야. 오후 두 시쯤에 내가 사거리에서 걸어오는데, 그 여자애가 이 문 앞에서 웅크리고 앉아 뭔가 꼬물거리고 있었어."

문은 절 안으로 움푹 들어가서 주변에서는 잘 보이지 않는 곳에 있었다. 나는 소나무 아래를 보았다. 위치로 미루어 소녀는 책을 훔친 뒤에 다시 걸음을 멈춘 듯했다.

"뭘 하고 있었습니까?"

"등을 돌리고 있어서 자세히는 모르겠는데, 바닥에 붉은색 쇼핑백을 놓고 그 안에 손을 넣고 있었어. 그러면서 정류장 쪽을 힐끗힐끗 보면서 무척 서두르는 눈치였지. 좀 이상하다 싶었지만 나도 기다리는 사람이 있어서 그냥 지나치려 했지. 그런데 그쪽에서 말을 걸더군."

나는 눈을 휘둥그레 뜨며 물었다.

"네? 그 여자애와 대화를 하셨습니까?"

"응. 혹시 가위 가지고 있냐고 물어보더군."

"가위요?"

"그래, 종이를 자르는 가위 말이야. 처음엔 무슨 말인가 싶었지. 길에서 가위를 빌려달라니 말이야. 뭐, 다행히도 난 가위를 가지고 있었어. 자주 택배를 보내야 해서 포장 도구를 아예 가지고 다니거든."

가사이는 자랑하듯 스테인리스 가위를 꺼내 싹둑싹둑 자르는 시늉을 했다.

나는 무딘 빛을 발하는 가위 끝을 뚫어져라 보았다. 만일 시노카와 씨의 말대로 소녀가 부서진 물건을 그 책으로 고쳤다면 시다의 책은 이미 갈기갈기 찢기지 않았을까.

"부탁대로 가위를 빌려줬어. 그때는 시다 씨의 책을 훔친 앤 줄은 몰랐고, 정말 곤란해 보였거든. 여자애는 일 분쯤 뭔가 작업을 하더니 가위를 돌려줬어."

"뭘 했는지 보셨습니까?"

"글쎄, 나한테서 등을 돌리고 있어서. 쇼핑백 안도 보지 못했거든. 아니, 잠깐. 가위를 빌릴 때 다른 한 손에 뭔가 들고 있었어. 아마……."

가사이는 잠시 허공을 바라보더니 이내 조심스레 말문을 열었다.

"보냉제였던 것 같아."

"보냉제라고요?"

"그 있잖아. 음식물을 상하지 않게 보관할 때 쓰는 그거. 뭔지 알지?"

나도 보냉제가 무엇인지는 안다. 내가 궁금한 건 왜 그 소녀가 보냉제를 가지고 있었느냐였다.

"쇼핑백 안에 먹을 게 들어있었던 걸까요?"

"그런 것 같아."

문고본, 가위, 보냉제. 어떻게 연결된 건지 도무지 알 수 없었다.

"가위를 돌려주자마자 바로 길을 건너 저기 정류장으로 뛰어갔어."

가사이는 길 반대쪽에 있는 정류장을 가리켰다.

지금도 교복을 입은 여고생 한 명이 서있었다. 내 모교의 교복이었다. 분명 동아리 활동을 마치고 돌아가는 길이리라.

"어제도 고등학생 한 명이 저렇게 서있었어. 기타를 든 금발 남학생이었는데……. 어쨌든 내가 봤을 때는 버스가 아직 오지 않은 상태였어. 더 이상 그 자리에 있을 수도 없어서 난 절 쪽으로 갔고."

"그럼 그 소녀는 버스에 탔겠군요?"

"탈 수 있었지. 하지만 타지 않았어."

"네? 무슨 말입니까, 그건?"

여기서 버스를 타면 오후나 역으로 간다. 나는 그래서 그 소녀도 역으로 가는 줄만 알았다.

"정문 앞에 도착한 난 시다 씨가 흘린 물건을 주웠어. 그러다 문득 그 애가 궁금해져서 정류장 쪽을 돌아봤지. 때마침 버스가 출발하려던 참이었어. 다른 손님들은 탔지만 그 여자애는 혼자 정류장에 서있었지."

"정류장까지 뛰어갔으면서 버스는 타지 않았다고요?"

"그렇지. 이유는 모르겠지만. 그러고 나서 여자애는 쇼핑백을 안고 사거리 쪽으로 걸어갔어. 내가 아는 건 이게 다야."

나는 고개를 갸웃거렸다. 가사이의 이야기를 들으니 오히려 상황이 더 복잡해지는 것 같았다.

보냉제가 든 봉투를 들고 문고본을 훔친 다음에 가위를 빌려 뭔가를 자르더니 버스 정류장으로 달려가 정작 버스는 타지 않고 그냥 보냈다.

이 행동에 무슨 의미가 있지?

내 머리로는 도무지 알 수가 없었다.

가사이와 헤어지고 나자 바로 전화가 울렸다.

모르는 번호라 조금 망설였지만 통화 버튼을 눌렀다. '여보세요'라고만 대꾸하고 상대가 말하기를 기다렸지만 침묵이 흐를 뿐이었다.

"여보세요, 누구세요?"

다시 물었지만 대답이 없었다. 장난 전화인가?

"뭐야."

혀를 차며 전화를 끊으려던 순간이었다.

"……시노카와예요."

귓가에 들린 가냘픈 목소리에 나는 화들짝 놀랐다.

"시, 시노카와 씨? 어, 어떻게 전화를……."

머릿속이 혼란스러웠다. 물론 번호는 알려줬지만 설마 진짜 전화를 할 줄은 몰랐다. 시노카와 씨가 입원한 병원에서는 병실에서 휴대전화 통화를 하지 못하도록 엄격하게 규제하고 있기 때문이었다. 통신기기를 통한 이메일 발송은 예외였지만.

"지, 지금 복도인데, 재활치료실로 가는 길에……."

그러고 보니 복도에는 입원 환자용 통화 구역이 있었다. 아마 그곳에서 통화하는 모양이다. 처음부터 그렇게 말해주면 좋았을걸.

"오늘 만나기로 했던 분과 이야기는 잘 끝나셨나 해서. 저, 전화까지 해서 죄송해요, 그럼."

시노카와 씨는 그렇게 말하며 전화를 끊으려 했다. 나는 깜짝 놀라 전화를 향해 외쳤다.

"아니, 아닙니다! 끊지 마세요!"

여기서 끊으면 영원히 오해가 풀리지 않을 것 같았다.

"할 말이 있습니다. 지금 막 그분과 이야기가 끝난 참이었어요!"

나는 숨도 돌리지 않고 가사이에게 들은 이야기를 전했다. 다행히도 그녀는 전화를 끊지 않았다.

하지만 이야기를 하는 동안 괜히 머리만 더 복잡하게 만드는 게 아닐까 하는 생각이 들었다. 이런 단편적인 정보로 무슨 일이 일어났는지 알 수 있는 사람이 과연 있을까.

그 소녀가 사거리 쪽으로 뛰어갔다는 이야기까지 마치고 나자, 시노카와 씨는 시원시원하게 질문을 던졌다. 신기하게도 당황한 기색은 전혀 느껴지지 않았다.

"그 소녀는 쇼핑백을 든 채로 정류장을 떠난 거군요?"

나는 안도의 한숨을 내쉬었다. 책에 대한 이야기를 들으니 다시 성격이 바뀐 모양이었다. 수수께끼를 해결할 때의 바로 그 모습이었다.

"네? 아, 그런 것 같습니다."

나는 그렇게 대답했다. 별로 중요한 일이 아니라고 생각했는데, 그녀는 대답을 듣더니 한숨을 쉬었다.

"그렇군요. 그 얘길 들으니 알겠어요."

"뭐가 말입니까?"

"그 소녀가 무엇을 하려고 했고, 왜 책을 훔쳤는지요."

나는 놀라 말을 잇지 못했다. 벌린 입이 다물어지지 않았다.

"저, 정말입니까?"

"조금 불분명한 점이 있지만, 대략적으로는 알겠어요."

"굉장하네요! 전 아무리 생각해봐도 전혀 모르겠던데."

이런 정보만 가지고 진상을 밝혀내다니 대단하다. 시노카와 씨만 할 수 있는 일이 아닐까. 역시 책에 관련된 일이라면 이 사람은 무시무시한 통찰력을 발휘한다.

"……아뇨, 대단한 건 아닌데."

침묵이 흘렀다. 흥분해 있던 나는 그제야 뭔가 이상하다는 걸 알아챘다. 수수께끼를 풀었는데도 그녀의 목소리는 시무룩했다. 하나도 기쁘지 않은 것 같았다.

"대체 어떻게 된 일입니까?"

덩달아 나까지 목소리가 침울해졌다. 잠시 뜸을 들였다 그녀는 말을 이었다.

"선물이었어요."

"네?"

"그 소녀가 들고 있던 쇼핑백 안에 든 것이요. 보냉제가 필요한 음식물이었겠죠. 쇼핑백에 상표가 없었다고 하니, 산 게 아니라 직접 만든 음식일 거예요. 그걸 주려고 서둘렀겠죠."

"주다니, 누구한테……."

거기까지 말하다 나는 가사이의 말을 떠올렸다. 정류장에는 다른 승객이 기다리고 있었다고 했다. 분명 기타를 든 금발 소년이라고 했지.

"그럼 버스에 타지 않았던 건……."

"버스에 타려던 게 아니라 정류장에 있던 소년에게 선물을 주는 게 목적이었겠죠. 하지만 도중에 문제가 생겼어요. 시다 씨의 자전거와 부딪혀 선물이 든 쇼핑백을 떨어뜨렸죠."

"그래서 내용물이 부서졌다?"

내가 떠올린 건 시노카와 씨와 함께 먹었던 레이즌 샌드였다. 가장 최근에 먹은 과자가 그것이었던 까닭이다. 그런 종류의 과자였을까?

"아뇨, 그렇다면 아예 선물하는 걸 포기했겠죠. 과자가 아니라 그 바깥에 뭔가 있었을 거라고 생각해요."

"바깥에?"

"이성 친구에게 주는 선물이니까 분명 예쁘게 포장을 했을 거예요. 아마 포장에 단 장식 같은 게 떨어진 게 아닐까요? 바로 고쳐야 했지만 재료도, 도구도 가진 게 없었죠. 근처에 편의점도 없었고요. 그때 눈에 들어온 게 시다 씨의 문고본이었……."

"아뇨, 그건 아닌 것 같은데요."

얌전히 듣고 있던 나는 참지 못하고 반박했다.

"책으로 포장을 한다는 말은 들어본 적도 없습니다."

"저도 책으로 포장을 했다고 생각하지는 않아요. 제가 말하고 싶은 건……."

그때 멀리서 버스 문이 열리는 소리가 들렸다. 어느새 정류장 앞에 커다란 버스가 서있었다.

나는 아, 하고 소리쳤다.

한 소년이 뒷문으로 내렸다. 교복 바지에 하얀 셔츠를 입고 기타 케이스를 메고 있었다. 분명 학교에서 연습하려는 것이리라. 내가 나온 고등학교는 해마다 여름방학이 끝나면 축제를 개최한다. 친구와 밴드를 결성한 걸까, 아니면 밴드부에 소속되어 있는 걸까.

소년의 짧은 머리는 밝은 금색이었다. 탈색한 것 같았다.

"왜 그러세요?"

"지금 버스에서 고등학생이 한 명 내렸는데, 시다 씨가 책을 도둑맞았을 때 정류장에 서 있던 학생일지도……."

"얼른 뒤따라가세요!"

시노카와 씨가 수화기 너머에서 외쳤다.

"그 학생한테 그 소녀에 대해 물어보세요."

"아, 알겠습니다. 나중에 다시 걸게요."

나는 전화를 끊고 잽싸게 달려갔다.

문을 닫은 버스가 멀어져갔다. 소년은 나에게 등을 돌린 채 걷고 있었다. 그동안 교칙이 바뀌지 않았다면 저만큼 눈에 띄게 머리 색깔을 바꾼 건 교칙 위반이었다. 여름방학 동안에만 염색한 것일까.

"미안하지만 잠깐 말 좀 물어도 될까?"

소년은 걸음을 멈추고 뒤돌아봤다. 아직 앳된 티가 남아 있었지만 눈매는 날카로웠다. 아주 잠깐이지만 커다란 덩치의 날 보고 눈이 휘둥그레지는 게 보였다. 일부러 인상을 쓰고 다니는 건지도 모르겠다.

"……뭔데요?"

그는 날 선 목소리로 말했다. '-요'라는 어미를 흐지부지 발음해서 거의 '뭔데?'라고 들렸다. 요즘 애들이 쓰는 불량스런 말투였다. 나도 물론 중고등학교 때는 저렇게 말했다.

"며칠 전에 저기 정류장에서 어떤 여학생한테 선물을……."

말을 잇던 내 머릿속에 어떤 생각이 퍼뜩 떠올랐다. 그 소녀는 쇼핑백을 들고 가버렸다고 했다.

한마디로 이 소년은 선물을 받지 못한 것이다.

"너한테 선물을 주려고 했던 여학생이 있었지? 그 일로 좀 물어보고 싶은 게 있는데."

소년은 벌레 씹은 표정으로 얼굴을 찌푸렸다.

"고스가 말입니까? 걔랑 아는 사이에요?"

고스가라는 이름을 나는 기억해 두었다. 이 소년과는 아는 사이인 모양이었다.

"사정이 있어서 찾고 있는데, 혹시 주소나 연락처 아니?"

"아저씨, 경찰이에요?"

"아니, 그건 아닌데……."

나는 말문이 막혔다.

잘못 생각했다.

소년을 불러 세우는 데만 급급해 어떻게 정보를 알아낼 것인지를 생각하지 않았다. 이런 질문에 아는 사람의 개인 정보를 가르쳐줄 사람이 어디 있다고.

그렇게 생각하며 난처해하고 있는데, 소년은 뜻밖에도 휴대전화를 꺼내 주소록을 펼쳤다. '고스가 나오'라는 이름 밑에는 휴대전화 번호와 메일 주소가 입력되어 있었다.

"이 근처에 살 텐데 어딘지는 몰라요. 번호랑 메일밖에 모르는데, 괜찮아요?"

"……고마워."

내심 당혹스러웠지만 그렇게 말하자, 소년은 한쪽 입술을 올려 씩 웃었다. 만화에나 나올 법한 삐뚜름한 웃음이었다. 꼭 거울을 보고 연습한 것 같았다.

"걔가 무슨 짓 저질렀어요? 좀 이상하다 싶었는데……."

소년은 관심을 보이며 물었다. 고스가 나오라는 소녀를 걱정하는 것 같지는 않았다. 이 상황을 즐기는 걸 한눈에도 알 수 있었다.

"무슨 소리지?"

"뭔가 이유가 있어서 찾는 거 아니에요. 이제 걘 어떻게 되는데요? 시멘트에 담가서 바다에 풍덩?"

나는 얼굴을 찌푸렸다. 아무래도 날 조직폭력배로 오인한 모양이었다. 남들 눈에는 내가 그렇게 보이나.

"그 학생이랑 아는 사이 아니야?"

"아뇨. 그냥 같은 반이에요. 교실에서 몇 마디 하긴 해도. 난 거만한 여자가 싫거든요."

"그래서 선물을 거절한 거야?"

"생일 선물이라는데, 나한테도 거절할 권리는 있잖아요. 너한테 축하받고 싶지 않다고 했더니 엄청 놀라더라고요."

학교에서는 겉으로만 친한 척 굴다가 남들이 보지 않는 곳에서는 손바닥 뒤집듯 태도를 바꾼다. 그리고 그걸 뒤에서 자랑스럽게 떠벌리고, 낯선 사람에게 남의 개인 정보를 아무렇지도 않게 가르쳐주다니.

내가 뭐라고 할 입장은 아니었지만 영 듣기 불편했다. 하지만 고스가 나오의 연락처를 알아내야만 했기에 내키지 않아도 휴대전화로 데이터를 옮겨 받았다.

"그럼 갈게요. 밴드 연습이 있어서."

소년이 떠나고 나서도 나는 잠시 그 자리에 우두커니 서 있었다.

중요한 정보를 입수했는데도 하나도 기쁘지 않았다.

오래된 책의 행방을 좇다 보니 소녀가 생일 선물을 주려고 했다는 사실을 알게 됐다. 결국 상대는 받아주지도 않았지만. 시노카와 씨가 고스가 나오가 쇼핑백을 들고 떠났는지를 물어본 것은 바로 그 점을 확인하기 위해서였으리라.

불현듯 고야마 기요시의「이삭줍기」를 떠올렸다.

서점에 들러 고야마 기요시의 단편집을 샀다. 돈을 내고 책을 사는 건 오랜만이었다.「이삭줍기」는 무척 짧은 소설이라 속이 울렁거리기 전에 끝까지 읽을 수 있었다.

소설가인 주인공은 가난하지만 평온한 나날을 보낸다.

딱히 하는 일 없이 장을 보고, 밥을 지어 먹고, 책을 읽는 생활이다.

어느 날 주인공은 '책의 파수꾼'이라 자칭하는 고서점의 소녀와 가까워진다. 바지런하고 솔직한 그녀는 주인공의 생일에 손톱깎이와 귀이개를 선물한다. 그 선물을 받은 주인공이 기뻐하는 데서 이야기는 끝난다.

시다의 말대로 달짝지근하지만 왠지 모를 쓸쓸함에 마음이 차분해지는 이야기이기도 했다.

분명히 주인공이 그런 체험을 했는지 아닌지는 정확히 밝히고 있지 않았다. 소설가인 주인공이 쓰는 거짓 일기 같다는 생각도 들었다.

이야기에 등장하는 것처럼 서로 선물을 주고받으며 마음이 포근해지는 일은 현실에서는 거의 일어나지 않는다. 선물을 주려고 해도 상대가 거절하는 경우도 있다. 꼭 방금 그 소년처럼.

생각에 잠겼던 나는 정신을 차렸다. 어쨌든 소년에게 들은 정보를 시노카와 씨에게 보고하고, 앞으로 어떻게 할 것인지 상의해야 한다.

나는 휴대전화를 꺼내 그녀의 번호를 눌렀다.

병실 창밖에서 해가 저물어가고 있었다. 금방이라도 스러질 것 같은 희미한 달이 하늘에 떠있다.

침대 옆 의자에 앉아있던 나는 전화를 꺼내 시계를 보았다.

오후 7시.

약속 시간이었다.

"……정말 올까요?"

나는 시노카와 씨에게 물었다.

"올 거예요. 그렇게 답장을 보냈잖아요."

낮에 나에게 이야기를 들은 시노카와 씨는 고스가 나오에게 메일을 보냈다. 우리가 주인 대신 책을 찾는다는 것과 일단 병원으로 와달라는 말을 전하자 '갈게요'라고만 적힌 메일이 돌아왔다. 우리와 이야기할 생각은 있는 것 같았다.

"책이 무사히 돌아오면 좋겠네요."

그녀는 가사이에게 가위를 빌렸다. 어떠한 형태로든 책을 찢었음은 분명했다. 원형을 보존하고 있지 않을 가능성도 있었다.

"괜찮아요. 읽지 못하게 되지는 않았을 거예요."

"어떻게요? 가위로 잘랐다면서요."

"자르긴 했어도……."

시노카와 씨가 말을 끝까지 잇기 전에 힘찬 노크 소리가 들렸다. 우리가 들어오라고 말하기도 전에 문을 활짝 열고 청바지에 티셔츠를 입은 훤칠한 소녀가 들어왔다. 야무진 눈매에 또렷한 이목구비가 미소녀라기보다는 미소년을 연상케 하는 생김새의 여학생이었다.

그녀는 병실 한가운데에 서더니 사방을 둘러보고 나서 우리를 노려보듯 내려다보았다.

"제가 고스가 나오인데요."

"아, 아, 안녕? 나, 난 시, 시노카와라고……."

"뭐라고요? 좀 크게 말해요! 안 들리잖아요."

매서운 말투에 시노카와 씨의 얼굴이 새빨갛게 물들었다.

"아니, 그게……."

더욱더 무슨 말을 하는지 알아들을 수 없어졌다. 고스가 나오가 느닷없이 나타난 탓에 혼란에 빠진 것 같았다. 어찌 된 영문인지 책을 훔친 장본인은 당당하기 그지없었고, 그걸 밝혀낸 사람은 와들와들 떨고 있다.

"우리는 기타가마쿠라 역 근처에 있는 비블리아 고서당에서 일하는 사람들이야."

하는 수 없이 내가 대신 말문을 열었다. 가게 이름을 말했지만 소녀는 반응을 보이지 않았다. 가게의 존재 자체를 모르는 것 같았다.

"난 고우라 다이스케라고 해. 그곳 직원이지. 여기 있는 시노카와 씨가 주인이고. 도둑맞은 책의 주인이 우리 단골 손님이라 찾는 걸 돕게 된 거야."

말을 하던 나는 고스가 나오가 손에 아무것도 들고 있지 않다는 사실을 깨달았다. 가져간 책은 어디 있는 거지?

"책을 훔쳐간 게 너지?"

그녀는 팔짱을 낀 채 건방지게 가슴을 펴고 말했다.

"그런데요."

적반하장으로 나오는 소녀의 태도에 나는 할 말을 잃었다. 잘못을 인정하지 않든지, 인정하고 사과하든지 둘 중 하나이리라 생각했다. 그 소년의 말대로 소녀는 왠지 거만했다.

"그쪽은 어떻게 내 메일 주소를 알아냈죠? 난 아무한테나 가르쳐주지 않는데. 어디서 훔친 거 아니에요?"

나는 발끈했다. 남을 도둑이라 탓할 처지가 아닐 텐데.

"너랑 같은 반 친구가 알려줬어."

"같은 반 애가요? 누군데요?"

"금발 남학생이었어. 너희 집 근처 정류장에서 만났지."

그 말을 듣자마자 그녀의 얼굴이 새하얗게 질렸다.

"니시노?"

이름이 니시노였구나. 나는 그제야 그 소년이 자기 이름은 밝히지 않았다는 사실을 깨달았다. 자기 개인 정보는 새어 나가지 않게 조심했던 것이리라.

"그 책 얘기를 니시노한테 했어요?"

고스가 나오는 신음하듯 말했다.

"아니, 말 안 했어. 하지만 금방 알려주던데."

"니시노가……. 말도 안 돼!"

소녀의 어깨가 떨리고 있었다. 그녀로서는 두 번 배신당한 것이나 마찬가지였다. 첫 번째는 선물을 건넸을 때, 그리고 지금.

"책을 돌려주겠니?"

나는 그렇게 물었다. 싸구려 동정심을 표현해도 이 아이는 눈곱만큼도 반기지 않으리라. 둘 사이에 일어난 일은 어디까지나 그녀 개인의 문제였다. 시다의 책을 되찾는 게 우리 역할이다.

"……지금은 못 줘요."

고스가 나오는 휙 고개를 돌렸다.

"뭐라고?"

나도 모르게 언성이 높아졌다.

"못 주다니, 그게 무슨 말이지?"

"시끄러워요! 당신들하고는 상관없는 일이잖아! 어떻게 된 일인지 아무것도 모르면서!"

"잠깐만. 왜 네가 성을 내는데? 책을 훔친 건······."

"······어떻게 된 일인지 대충 알겠어요."

갑자기 침대에 앉아 있던 시노카와 씨가 말문을 열었다. 그녀는 허리를 꼿꼿이 편 채 고스가 나오를 바라보고 있었다. 방금 전까지의 자신 없는 태도는 온데간데없었다. 흡사 다른 사람이 된 것 같았다.

"학생 사정을 이야기하면 책 주인도 당분간 기다려줄 거예요. 아니면 제가 직접 이야기할까요?"

그 목소리는 고스가 나오뿐 아니라 나까지 순간적으로 입을 다물게 할 만큼 묵직했다. 하지만 그것은 순간에 지나지 않았고, 소녀는 다시 시노카와 씨에게 따가운 시선을 보냈다.

"누가 당신들 멋대로 하래요! 당신이 내 사정을 설명할 수 있다는 거야?"

"네, 대충은요."

시노카와 씨는 차분하게 말했다. 소녀의 눈매가 더욱더 사나워졌다.

"그럼 지금 설명해봐요! 정말인지 아닌지 내가 들어줄 테니까."

큰일이군. 나는 내심 속이 탔다.

만일 조금이라도 다른 부분이 있으면 책을 돌려주지 않

겠다고 떼를 쓸지도 모른다. 물론 경찰에 신고해 해결할 수도 있지만 피해자인 시다가 그것을 바라지 않았다.

"괜찮겠어요?"

나는 시노카와 씨에게 속삭였다. 그녀의 통찰력을 의심하지는 않지만, 이 소녀를 납득시킬 수 있을지 알 수 없었다. 하지만 그녀는 단호하게 고개를 끄덕였다.

"네, 괜찮아요."

그렇게 말하며 눈을 감더니 막힘없는 목소리로 이야기를 시작했다.

"그날, 학생은 같은 반 니시노 학생의 생일 선물로 줄 과자를 만들었어요. 보냉제가 필요하고, 떨어뜨려도 부서지거나 뭉개지지 않았으니, 아마 타르트 종류였겠죠. 그걸 포장해서 붉은색 리본까지 붙이고 나서 쇼핑백에 담아 집을 나왔어요. 니시노 학생이 동아리 활동을 끝내고 돌아오는 길에 근처 버스 정류장에서 버스를 타는 걸 알고 있었기 때문이죠. 여기까지 사실과 다른 점이 있나요?"

고스가 나오는 놀란 듯 벌린 입을 다물지 못했다. 모두 일치하는 모양이었다.

"절 앞에서 학생은 자전거와 부딪혀 쇼핑백을 떨어뜨렸어요. 안에 든 과자는 무사했지만 포장이 찌그러졌죠. 아마 리본 매듭에 단 장식, 꽃 장식이 떨어진 게 아니었을까요.

그걸 다시 고정하기 위해서 끈이 필요했죠."

"끈이요?"

나도 모르게 물음이 튀어나왔다.

시노카와 씨는 눈을 뜨더니 책 더미 속에서 문고본 한 권을 꺼냈다.

포크너의 『성역』 신초문고.

그녀는 그 책의 중간쯤을 펼쳐 붉은색 끈으로 된 책갈피를 집었다.

아, 나는 나지막하게 외쳤다. 그렇게 된 거구나.

"신초문고에는 이 끈으로 된 책갈피, 가름끈이 달려있어요. 옛날에는 대부분의 문고본에 달려있었지만 지금은 신초문고에서만 찾아볼 수 있죠. 『이삭줍기·성 안데르센』에도 이와 같은 붉은색 가름끈이 있고요. 당신은 이것 때문에 그 책을 가져간 거예요."

"……혹시 어디 숨어서 보고 있었어요?"

고스가 나오가 중얼거렸다.

"아뇨."

"그럼 어떻게 리본 색깔에서부터 장식까지……. 안에 든 건 나밖에 몰라. 니시노도 본 적 없고."

"가름끈이 필요했다는 사실을 알면 리본 색깔도 대충 짐작이 가죠. 쇼핑백도 붉은색이었으니 포장도 그 색에 맞췄을 거라고 생각했어요. 그리고 문고본의 가름끈은 길지 않아요. 고칠 수 있는 건 한정되어 있죠."

시노카와 씨는 『성역』을 덮고 침대 옆 책 더미에 올려놓았다.

"처음에 학생은 가름끈을 손으로 뜯으려 했을 거예요. 하지만 구조상 쉽게 떼어낼 수 없었죠. 하는 수 없이 지나가던 사람에게 가위를 빌려 가름끈을 잘라냈어요. 책은 더 이상 필요 없었지만 남자가 보고 있었기에 그 자리에서 버릴 수도 없었어요. 학생은 선물을 주는 게 급했기 때문에 책을 가지고 버스 정류장으로 달려갔지만······."

순간 시노카와 씨는 말을 흐렸다.

"상대는 끝내 선물을 받아주지 않았죠. 학생은 책을 처분하는 걸 잊고 그대로 정류장을 떠났고요. 지금까지 제가 한 말 중에 사실과 다른 점이 있나요?"

힘이 빠진 듯 고스가 나오는 그 자리에 주저앉았다. 한동안 아무도 입을 열지 않았다.

"······어떻게 그런 것까지 알지?"

소녀는 무릎 사이에 얼굴을 파묻은 채 힘없이 중얼거렸다.

"혹시 내가 왜 그 책을 돌려주고 싶지 않은지도 알아요?"

"확신은 없지만 가져간 뒤에도 처분하지 않았다는 점, 돌려줄 생각은 있다는 점, 자세히 설명하지 않는 점을 종합해보면……."

어느 사이엔가 시노카와 씨의 목소리에 부드럽고 다정한 빛이 깃들었다.

"지금 그 책을 읽는 중이라서. 아닌가요?"

소녀는 고개를 들었다. 귀가 발그레 물들어있다. 그녀는 동요한 모습을 보인 게 부끄러운 듯 침대에서 눈을 돌렸다.

"딱히 읽을 생각은 없었어요. 난 책 같은 거 좋아하지도 않고. 하지만 버리기 전에 별생각 없이 펼쳐봤는데……."

"「이삭줍기」가 나왔죠?"

시노카와 씨가 말을 받았다.

그랬구나. 나는 마음속으로 중얼거렸다.

그 책은 시다의 애독서였다. 좋아하는 단편은 여러 번 읽었을 테니 펼치면 곧바로 나왔을 터였다.

"그 소설에는 십 대 소녀가 남자 주인공의 생일에 선물을 주는 장면이 있어요."

나도 어떻게 된 일인지 대충 알 것 같았다. 자신과 같은 또래의 소녀가 생일 선물을 주는 에피소드를 보았으니 관심을 가질 법도 하다.

고스가는 웅크린 채로 무릎 위에 두 팔과 턱을 올려놓았다. 눈매에서 사나운 기운이 사라지자 제 나이다운 앳된 느낌이 들었다.

"좋아하는지는 잘 모르겠지만, 아무튼 특별하다고 생각했기 때문에 선물을 줬어요. 걔가 날 싫어하는 줄은 꿈에도 몰랐죠. 시간과 노력만 허비한 꼴이었어요."

그녀는 홀가분하다는 듯 말했다. 애를 쓰는 건지, 아니면 벌써 털어버린 건지는 알 수 없었다.

"그 이야기는 작가의 꿈으로 가득 차 있었어요. 처음에는 이런 여자가 세상에 어디 있냐고 생각했지만, 가만히 보니 작가도 꿈이라는 걸 알고 썼더라고요. 그게 분명하게 드러나 있어서 나도 모르게 좋은 이야기라고 생각했어요. 그 책에 실린 다른 이야기도 지금 읽고 있는데, 모두 비슷한 느낌이더라고요."

그렇게 말한 고스가는 무릎에 손을 대고 힘차게 일어났다.

신기하게도 그녀가 방금 말한 감상은 시다의 감상과 비슷했다. 나이도, 성별도, 처지도 전혀 다르지만 같은 책을 좋아하게 되는 사람들은 비슷한 감성을 가지고 있는지도 모르겠다.

"책을 훔친 것과 가름끈을 사온 건 사과할게요."

그녀는 그렇게 말했다.

"가름끈이 없어도 되면 책은 내일 반드시 여기로 가져올게요. 조금만 더 읽으면 되니까……."

"안 돼요."

조용하지만 또렷한 목소리로 시노카와 씨가 말을 잘랐다. 그녀는 어안이 벙벙한 소녀를 향해 말을 이었다.

"우리가 아니라 책 주인에게 직접 돌려주세요. 그 책 주인은 시다 씨라고 하는데, 학생과 마찬가지로 「이삭줍기」를 무척 좋아하는 분이세요. 그런 마음이 전해지도록 성심껏 사과를 하면 분명 용서해주실 거예요."

나는 그제야 알았다. 이곳으로 불렀을 때부터 시노카와 씨는 시다 본인에게 직접 용서를 구하게 할 셈이었으리라. 우리가 받아서 돌려주는 것보다 그게 훨씬 낫다.

분명 시다도 기뻐하리라.

"알았어요. 그렇게 할게요."

고스가는 망설임 없이 고개를 끄덕였다.

며칠 뒤, 나는 고스가를 데리고 구게누마 해변을 찾았다. 관광객들을 태운 차들로 해안 국도는 정체에 시달리고 있었다. 윈드서핑을 하는 보드들이 바다 위를 미끄러지듯 가르는 풍경이 한가로웠다.

직접 책을 돌려주겠다는 이야기가 나왔을 때 알아챘어야 했는데. 막히는 차 안에서 나는 그런 생각을 하고 있었다.

고스가는 시다의 아지트가 어딘지 물론 알지 못했다. 때문에 누가 데리고 가야 했다.

갈 만한 사람은 나밖에 없었다.

국도를 꺾어 히키지가와 강 옆 좁은 길로 들어갔다. 갑자기 오가는 사람이 적어졌다.

오늘 고스가는 약속대로 책을 가져왔다. 아니, 직접 보지는 못했지만 조금 큰 쇼핑백을 들고 있었다. 물론 우리가 간다는 건 시다에게도 미리 말해두었다. 그는 아지트에서 기다리겠다고 했다.

차를 대고 걷는 동안 그녀는 한마디도 하지 않았다. 잔뜩 긴장했다는 걸 알 수 있었다.

"아마 저기일 거야."

나는 철근으로 된 다리 밑을 가리켰다.

콘크리트 교각 아래에 파란 비닐 시트로 된 텐트 같은 게 세워져 있었다. 말이 끝나자마자 입구를 열고 안에서 민머리의 중년 남자가 나왔다.

시다의 생김새를 보고 고스가는 놀란 듯 눈을 크게 떴지만, 순간에 지나지 않았다.

"이제 됐어요. 나 혼자 갈게요."

그녀는 빠른 걸음으로 경사면을 내려갔다.

나는 황급히 뒤를 쫓았다. 본인은 됐다고 했지만 나한테는 끝까지 지켜볼 의무가 있었다. 시다는 우리를 보자 목에 두른 수건을 풀었다.

소녀는 시다의 정면에서 걸음을 멈췄다.

"……고스가라고 합니다."

"난 시다라고 한다. 잘 왔다."

시다도 자기소개를 했다.

소녀는 잔뜩 굳어서 쇼핑백에서 커버를 씌운 문고본을 꺼내 두 손으로 시다에게 내밀었다.

"돌려드릴게요. 마음대로 가져가서 죄송합니다."

말없이 책을 받아 든 시다는 확인하듯 커버를 벗겼다. 고야마 기요시 『이삭줍기・성 안데르센』이라는 제목이 보였다. 꽤 오래된 책인지 누렇게 빛이 바래 있었다.

시다는 책장을 넘기더니 가름끈을 잘라낸 부분을 어루만졌다.

"가엾은 것."

한숨을 쉬는 그의 모습에 고스가는 어두운 표정으로 눈을 내리깔았다.

"어떻게든 고쳐보려고 했는데 잘 안됐어요. 정말 죄송……."

"아니, 내가 말한 건 책이 아니야."

시다는 고개를 저었다.

"네?"

"너 말이다. 이렇게까지 애를 썼는데 선물을 받아주지 않았다면서."

허를 찔린 소녀는 그 자리에서 꿈쩍도 하지 않았다. 표정도 점점 굳어졌다.

"전 사과하러 왔을 뿐이에요."

고스가는 감정을 억누르듯 낮은 목소리로 중얼거렸다.

"동정 같은 건 필요 없어요. 그 일은 상관없어."

"상관없기는. 그놈은 네 마음을 짓밟고 상처를 줬어. 그건 틀림없는 사실이야. 그런 거짓말은 안 해도 된다."

시다는 조용히 말했다. 고스가는 기가 죽은 듯 더듬거리며 말했다.

"거, 거짓말이 아니라……."

"그렇게 허세를 부릴 것 없다. 평소 네가 아는 사람들은 여기 아무도 없어. 괜찮다면 무슨 일이 있었는지 나한테 말해주겠니?"

고스가는 이를 악물고 와들와들 온몸을 떨었다.

"그런 소리를 한다고 뭐가 달라져요? 아무 소용도 없다고요."

"그야 그렇지."

시다는 순순히 수긍했다.

"하지만 누구한테 털어놓기만 해도 마음이 편해지는 일

도 분명 있는 게 아니겠냐. 「이삭줍기」에도 나오잖아. '도움이 되고 안 되고를 떠나서 우리가 서로에게 필요한 사이가 된다면 얼마나 좋을까?' 달짝지근하지만 가슴을 저미는 말 아니더냐? 가슴에 쌓인 게 있으면 뭐든 말해도 좋다. 얼마든지 들어줄 테니."

느닷없이 소녀가 눈을 꼭 감더니 입을 크게 벌렸다.

소리를 지르려는 줄 알고 움찔했는데, 생각지도 못한 일이 벌어졌다.

고스가는 눈물을 뚝뚝 흘리기 시작했다. 흐느끼는 소리조차 내지 않았다. 소리 없는 눈물이었다.

이내 시다가 나를 보며 말했다.

"자네는 이제 그만 가봐. 나머지는 우리가 알아서 할 테니까."

"네?"

나는 눈이 휘둥그레졌다. 이 둘만 남겨놔도 괜찮을까? 아니, 시다가 이 소녀에게 무슨 짓을 할 리는 없지만. 그래도 우는 여학생을 이대로 두고 가도 괜찮은 건가.

"자넨 제삼자잖아. 책을 찾아준 답례는 내 다음에 꼭 함세."

시다는 성가신 표정으로 말하더니 고스가에게도 물었다.

"넌 어떠냐? 이 친구가 계속 있었으면 좋겠냐?"

그녀는 주저하지 않고 고개를 젓더니 훌쩍거리며 말했다.

"가보세요."

당사자들이 그렇게 말하니 어쩔 수 없었다. 나는 소외감을 느끼며 발길을 돌렸다.

그로부터 며칠 동안은 별일 없이 평온했다.

시다와 고스가가 어떤 이야기를 나누었는지는 알 수 없었다. 시노카와 씨에게 보고하자 알았다며 고개를 끄덕일 뿐, 더 이상 이 일에 관심이 없는 눈치였다.

뭐, 그때 시다가 말한 대로 우리는 제삼자의 입장이니 더는 관여할 이유가 없긴 했다.

하지만 새로운 한 주가 시작됐을 때, 비블리아 고서당에 나타난 책등빼기 가사이가 신경 쓰이는 이야기를 물고 왔다. 구게누마 해변 다리 밑으로 시다를 찾아갔지만 찾을 수 없었다는 것이다.

"짐은 그 자리에 있었는데, 자전거가 없었어. 며칠 동안 집을 비운 것 같던데. 좀 염려스러워서."

가사이는 걱정스러운 표정으로 말했다.

노숙자 지원 시설 같은 데 있을 수도 있지만 어디서 사고나 사건에 휘말렸을 가능성도 있었다. 시노카와 씨에게 상의하는 게 좋을지도 모르겠다. 아니, 그 전에 고스가에게 메일로 물어보는 게 낫겠다.

일을 하면서 이 생각 저 생각 하고 있는데, 저녁나절쯤 시다 본인이 고서당에 홀연히 나타났다.

"오랜만이군. 일은 잘하고 있나?"

시다는 싱글벙글하며 계산대로 다가왔다. 얼굴은 전보다 훨씬 까무잡잡해졌고, 민머리에도 희끗희끗한 머리가 삐죽삐죽 자라나 있었다. 전에 만났을 때보다 옷도 훨씬 지저분했다. 갖은 고생을 하고 살아 돌아온 조난자 같은 행색이었다.

"일전에는 이 녀석 일로 신세가 많았어."

그렇게 말하더니 그는 가죽 가방에서 커버를 씌운 문고본을 꺼내 표지를 보여주었다. 고야마 기요시의 『이삭줍기 · 성 안데르센』이었다.

"자네가 돌아가고 나서 그 애와 강가에 앉아 한참 이야기를 나눴어. 고야마 기요시 이야기로 시간 가는 줄 몰랐지. 붙임성은 없지만 괜찮은 애야."

시다는 조용한 목소리로 말하더니 문득 떠오른 듯 가방에서 종이봉투 하나를 꺼내 계산대에 올려놓았다. 선물인지 봉투 입구에 예쁜 리본이 달려 있었다.

"이것도 주더라고. 가름끈을 못 쓰게 만들어서 미안하다면서. 한번 열어봐."

그러고 보니 그날 고스가가 들고 있던 봉투는 책 한 권을 넣기에는 너무 컸다. 그 안에 선물도 같이 들어있었던 걸까.

리본은 한 번 풀었던 티가 났다.

고개를 갸웃거리며 봉투를 열어본 나는 눈이 휘둥그레졌다. 작은 손톱깎이와 귀이개가 들어 있었다.

"센스가 제법이지? 비싼 게 아니라 더 좋고."

시다는 히죽거리며 말했다.

이 선물이 무슨 뜻인지 나도 알 수 있었다. 이건 「이삭줍기」에서 주인공이 젊은 아가씨에게 받은 선물과 같았다. 자세히 보니 오늘 시다의 손톱은 깔끔하게 정돈되어 있었다. 받자마자 사용한 모양이었다.

"이 책이 내 품으로 돌아온 건 여기 주인 아가씨 덕분이야. 그 애도 그러더라고. 병원에 계속 있었을 텐데 하나부터 열까지 용하게 맞추더라고."

그리고, 잠시 망설이더니 한마디 덧붙였다.

"오싹해질 정도로 딱 맞췄다고 하더군."

나는 살짝 불만을 느꼈다. 분명히 시노카와 씨가 하나부터 열까지 맞추기는 했지만, 나도 적지 않은 공헌을 했다.

"좌우지간 이렇게 빨리 책을 찾아내다니 수완이 보통이

아니야. 나도 성의 표시를 해야지. 이 책 말인데……."

시다는 손톱깎이와 귀이개를 도로 넣더니 대신 문고본 한 권을 나에게 건넸다.

고야마 기요시의 책은 아니었다. 그보다 새것처럼 보였지만 요즘 책도 아닌 것 같았다.

『살아있는 시체』 피터 디킨슨 지음. 산리오SF문고.

들어본 적은 없지만 출판사를 보니 SF소설이리라.
"이게 뭡니까?"
"이게 뭐라니, 당연히 팔 책이지!"

시다는 소리를 꽥 질렀다.

"그쪽에서 부르는 값으로 팔지. 단돈 1엔이라도 좋아."

나는 『살아있는 시체』를 내려다보았다. 표지가 얇아서 싸구려처럼 보였다. 정가 480엔. 시다가 큰소리를 칠 만큼 값어치 있는 물건처럼 보이지는 않았지만 일단 시노카와 씨에게 가져가봐야겠다.

"요 며칠 동안 어디 다녀오셨어요?"
"어디긴 어디야. 일하러 다녀왔지. 여기저기 돌면서 어렵게 찾아낸 책이야. 고맙다는 인사 정도는 하라고."

왜 내가 고맙다고 해야 하지? 책을 찾아줘서 고맙다고

가져왔다면서.

"……감사합니다."

그렇지만 나는 고개를 숙였다. 걱정했던 내가 바보지.

병원을 찾은 건 가게 문을 닫고 해가 저물어갈 무렵이었다. 병실 침대에서 노트북을 보고 있던 시노카와 씨는 나를 보자 어색하게 인사를 건넸다.

"수, 수고하셨어요."

그렇게 말하더니 더 이상 입도 벙긋하지 않았다. 가게에서 일한 지도 벌써 일주일이 지났지만 책 말고 다른 이야기를 한 적이 거의 없었다.

"……수고하셨습니다."

그리고 침묵. 자주 얼굴을 보는 사이가 되었어도 이렇게 입 다물고 있기만 하면 아무 의미가 없다. 일단 일상적인 이야기를 꺼내기로 했다.

"다친 데는 어떠세요?"

"다친 데요?"

"일전에 재활치료실에 다녀오셨다고 했잖아요."

"아, 네. 재활 치료 받고 있어요."

그녀는 고개를 숙인 채 작은 소리로 대답했다.

"어쩌다 다치신 거예요? 그러고 보니 그 얘기를 못 들었네요."

허리에 코르셋 같은 기구를 착용하고 있는데, 두 다리에는 기브스를 하지 않았다. 다리를 다쳤다고 들었는데, 거의 다 나은 걸까?

"……."

시노카와 씨는 대답하려는 듯 우물거렸지만 끝내 아무 말도 하지 않았다.

나는 살짝 실망했다. 조금은 가까워졌다고 생각했는데, 이런 대화조차도 제대로 나누지 못하다니.

"저, 저기……."

느닷없이 시노카와 씨가 말문을 열었다. 그녀는 자기 목소리에 놀란 듯 어깨를 움찔했다.

"저, 전 책 말고 다른 이야기를 잘 못해서……. 하, 하지만 고우라 씨와는 그래도 많이 말하는 편이에요."

그 말을 들은 나는 잠시 생각에 잠길 수밖에 없었다. 이게 많이 말하는 거면 대체 다른 사람과는 어떻다는 거지?

"저기 저희 가게 그만두시는 건 아니죠?"

"네?"

"고우라 씨와는 일하기 편해요. 그러니까……."

나는 그녀를 뚫어져라 바라보았다. 무슨 말을 하려는지

알았다. 물론 대답은 정해져 있었다.

 알면 알수록 별난 사람이지만, 나를 필요로 해준다는 사실이 기뻤다.

 "계속 일할 겁니다. 책 이야기도 듣고 싶고."

 책을 읽고 싶은데도 읽지 못하는 나에게는 둘도 없는 환경이었다. 뭐, 월급에 대해서는 불만이 없는 건 아니지만.

 "아, 맞다."

 나는 이곳에 책 이야기를 하러 왔다는 사실을 떠올리고 쇼핑백 안에서 시다가 가져온 디킨슨의 『살아있는 시체』를 꺼냈다.

 "오늘 시다 씨가 가게에 오셨어요. 이 책을 팔겠다고 하시던데……."

 내가 내민 문고본을 그녀는 조심스레 쳐다보았다. 갑작스레 안경 속 두 눈이 휘둥그레지더니 표정이 환해졌다. 늘 그렇지만 흡사 다른 사람으로 바뀐 듯한 변화였다.

 "앗, 『살아있는 시체』네요!"

 말이 끝나기가 무섭게 내 손에 들려 있던 책은 시노카와 씨의 손으로 옮겨가 있었다. 그녀는 행복한 표정으로 다양한 각도에서 문고본을 살펴보았다. 커버에 인쇄된 검은 옷의 여자 그림이 빙글빙글 돌았다.

 "이 책을 어디서 구해오신 걸까요. 다른 말씀은 없으셨어요?"

"네. ……귀한 책입니까?"

"산리오SF문고는 마니악한 라인업으로 유명했어요. 일본에서는 아직 낯선 비영미권 SF소설과 환상문학을 다수 출판했는데, 매출 부진으로 십 년쯤 지나 없어졌어요. 이 브랜드에서만 번역판이 나온 작품이 꽤 많아요. 이곳에서 나온 모든 책을 모으는 SF팬들도 적지 않죠."

기운을 되찾은 그녀는 여느 때처럼 신이 나 설명했다.

"이『살아있는 시체』는 그 가운데에서도 특히 소량만 출판했던 작품이에요. 고서 시장에는 거의 나오지 않고, 지금까지 저희 가게에 들어온 적도 없었죠."

그녀가 왜 이렇게 흥분했는지 알 것 같았다. 한마디로 아주 희귀한 책인 모양이다. 저번의 그 문고본과 비슷한 급일까?

"대충 얼마에 팔리는 책입니까?"

"음, 책머리와 책발_{책을 세웠을 때 윗부분을 책머리, 아랫부분을 책발이라고 한다}도 바래지 않았고, 커버도 깨끗하니까 5만 엔 이상은……."

나는 말문이 막혔다.

이 문고본 한 권에 5만 엔이라고?

그렇게 비쌀 줄은 몰랐다. 시다는 그런 희귀본을 단돈 1엔에라도 팔겠다고 했다. 고서점에 이보다 더한 '성의 표시'는 없으리라. 시노카와 씨의 말대로라면 손에 넣기까지 고생깨나 했을 것이다.

"시다 씨가 그 여학생에 대해서는 뭐라고 말씀하지 않으시던가요?"

시노카와 씨는 문고본을 살펴보며 물었다.

"그때 둘이서 고야마 기요시 이야기를 한참 나눴다고 하더라고요."

손톱깎이와 귀이개를 자랑하던 시다의 얼굴은 무척 기뻐 보였다. 거기에는 같은 작가를 좋아하는 사람과 만난 기쁨도 컸으리라.

"그 애가 시다 씨에게 선물을 했는데……."

"손톱깎이와 귀이개죠?"

그녀는 태연하게 말했다. 신이 나 이야기하던 나는 화들짝 놀랐다.

"어, 어떻게……."

그때 머릿속에서 번득인 생각에 나는 말하다 입을 다물었다. 고스가 나오와 이곳에서 대화를 했을 때, 시노카와 씨는 시다도 「이삭줍기」를 좋아한다고 가르쳐주고 나서 이렇게 말했다. 그런 마음이 전해지도록 성심껏 사과하라고.

지금 생각해보니 고스가 나오가 손톱깎이와 귀이개를 선물하도록 넌지시 힌트를 주었던 것인지도 모르겠다. 시다가 기꺼이 그녀를 용서하리라는 것을 알고.

나는 천진난만한 얼굴로 눈을 빛내는 시노카와 씨의 얼굴을 바라보았다. 아까 『살아있는 시체』를 놓고 가게를 나가며 시다가 한 말이 떠올랐다.

"이번에는 내가 신세를 졌어. 고마울 따름이지. 하지만……."

시다는 말을 흐리더니 진지한 표정을 지었다.

"여기 주인 아가씨는 수완이 너무 좋아. 난 외려 그게 걱정되더라고. 머리가 좋은 것도 도가 지나치면 문제가 되지. 그 아가씨는 그런 생각은 못할 테니 자네가 한마디 해주는 게 좋지 않겠나?"

그때는 지나친 걱정이라고 생각했다.

이 사람을 움직이는 원동력은 책에 대한 애착뿐이다. 그런 사람이 문제를 일으킬 리가 없다.

지금도 그 생각이 바뀐 것은 아니었다. 하지만 손톱깎이와 귀이개가 조금 마음에 걸렸다. 그녀에게 악의가 없었던 건 알지만, 다른 사람을 제 뜻대로 조종했다고 볼 수도 있는 문제였다. 만일 조종당한 사람이 이 사실을 안다면 썩 기분이 좋지는 않으리라.

내가 앞으로도 그녀와 같이 일하려면 신경을 쓰는 게 좋을지도 모르겠다.

책장을 넘기는 시노카와 씨의 벌어진 입술 사이에서 희미한 숨소리가 새어 나왔다. 휘파람을 부는 모양이었지만, 여전히 본인은 의식하지 못하는 듯했다.

ヴィノグラードフ・クジミン共著『論理学入門』——青木文庫

03
논리학 입문

비노그라도프, 쿠즈민

아오키문고

삼단논법 | syllogism

아리스토텔레스가 창안한 추론 방법. 흔하게는 '정언삼단논법'을 대표적인 삼단논법으로 삼는다. 다음이 아리스토텔레스가 예로 든 정언삼단논법이다.
"인간은 모두 죽는다."(대전제) "소크라테스는 인간이다."(소전제) "따라서 소크라테스는 죽는다."(결론)

노크를 했지만 답이 없어서 문을 열고 병실로 들어갔다.

오후의 햇살이 쏟아져 들어오는 병실 안으로 들어가자, 순간적으로 침대가 보이지 않았다. 더욱더 거대해진 책 더미에 반쯤 파묻혀 있던 까닭이었다.

침대 위에 환자—내 고용주인 시노카와 시오리코 씨의 모습도 보이지 않는다.

재활 치료 중일지도 모른다. 지금 시간에는 병실에 없는 일이 많았다. 황급히 나갔는지 베갯맡에 놓인 컴퓨터가 켜져 있었다.

아무리 병원이라고 해도 너무 조심성이 없다.

침대 옆에 있는 선반에 작은 금고도 달려 있는데, 사용할 마음은 없는 모양이었다.

나는 허리를 굽히고 문을 지나갔다. 아침에는 가게를 보고, 저녁에는 손님이 가져온 책을 들고 여기 오는 게 요즘 내 일과였다.

시노카와 씨가 책을 감정하고 값을 매기면 가게로 가지고 돌아와 손님과 교섭을 한 다음, 거래가 성사되면 상품을 가게에 진열한다. 내가 하는 일은 그 반복이었다.

"아, 안녕하세요."

뒤쪽에서 들려온 가녀린 목소리에 나는 뒤를 돌아봤다.

열린 문 너머로 파란 파자마에 카디건을 걸친 여자가 휠체어에 앉아 있었다. 긴 검은 머리에 동그란 안경. 내가 바라보자 당황한 듯 고개를 푹 숙이고 몸을 비비 꼰다.

"안녕하세요."

나는 휠체어가 들어올 수 있도록 황급히 옆으로 비켜섰다.

중년 간호사가 휠체어를 밀고 있었다. 그녀는 무뚝뚝한 표정으로 장애물을 피해 침대 쪽으로 휠체어를 밀고 갔다. 난폭하게 밀지는 않았는데, 어쩌다 바퀴 하나가 책 더미에 부딪혔다.

바닥에 쌓여 있던 『일본사상대계』 전집이 휘청거렸다.

"아!"

두 여자가 한목소리로 외쳤다.

시노카와 씨는 책 쪽을, 간호사는 휠체어 쪽을 걱정스레 살펴보았다.

"전에도 말씀드렸지만, 병실에 이렇게 책을 쌓아놓으시면 안 돼요."

시노카와 씨가 침대로 이동하는 것을 도우며 간호사는 따끔하게 주의를 주었다.

그러면 그렇지.

이렇게 책을 쌓아뒀는데 한마디도 안 할 리가 없다. 나는 내심 납득했다.

"······아, 네, 죄송합니다. 앞으로 조심할게요."

침대에 누운 시노카와 씨는 정중하게 고개를 숙였지만, 정말 알아들은 것인지는 미심쩍었다. 이 아리따운 여성은 손쓸 수 없을 정도의 '책벌레'로, 숨을 쉬듯 책을 읽는다.

"제 말 흘려들으시면 안 돼요. 그쪽도요!"

느닷없이 간호사는 내 쪽으로 화살을 돌렸다. 멀뚱하게 이야기를 듣던 나는 놀라서 허리를 꼿꼿이 폈다.

"저 말입니까?"

"그래요! 문병이라는 핑계로 더 이상 책을 가져오지 마세요. 여자 친구 부탁이라고 오냐오냐 들어주면 안 돼요."

"네?"

나는 말문이 막혔다.

간호사는 휠체어를 접어 침대 옆에 세우더니, 우리를 한

번 찌릿 노려보고 나갔다. 그녀가 나가고 난 병실에는 이상 야릇한 분위기가 감돌았다.

"다, 당황스럽네요."

나는 애매한 말로 침묵을 깼다.

물론 우리는 사귀는 사이가 아니다. 하지만 단순한 고용주와 피고용자 관계도 아니었다. 다른 사람과 책 이야기가 하고 싶어도 그러지 못하는 시노카와 씨는 마음껏 책에 대해 이야기하고, 책을 읽고 싶어도 읽지 못하는 나는 그 이야기를 마음껏 듣는, 이른바 상부상조하는 사이였다.

"그, 그러게요. 다, 당황스럽네요."

침대에 앉은 시노카와 씨도 힘껏 목소리를 짜내 말했다. 자세히 보니 귀까지 빨개졌다.

"제, 제가 여, 여자 친구라니. 실례겠죠, 고우라 씨에게."

"아, 아닙니다! 그런 뜻이 아니라!"

맞장구를 치려던 나는 황급히 부정했다.

"그런 게 아니라 오해를 받아서 당황스럽다는 뜻입니다! 실례라고 생각하지 않습니다, 저는. 오히려 기쁘다고 할까……"

나는 화들짝 놀라 입을 다물었다.

위험한 발언이었다. 왠지 고백하는 것 같지 않은가.

"아, 저도 똑같은 생각을 했어요."

시노카와 씨는 그렇게 말했다.

어느 쪽이 내 생각과 똑같다는 건지 묻고 싶은 욕구가 솟아올랐다. '오해를 받아서 당황스럽다'는 쪽인지, 아니면 '오히려 기쁘다'는 쪽인지. 하지만 말을 고르는 동안에 타이밍을 놓치고 말았다.

"재, 재활 치료는 잘하셨습니까? 이제 걸을 수 있나요?"

나는 결국 상관없는 이야기를 꺼내 말을 돌렸다.

"아, 네, 조금은. 붙잡고 걸으면 조금씩이나마……."

"퇴원 날짜는 정해졌습니까?"

"아직 확실하게는. 다음 달쯤……."

"그렇군요."

나는 그렇게 말했다. 남들이 보기에는 어색하기 그지없는 대화겠지만 예전에 비하면 엄청난 발전이었다. 애당초 시노카와 씨는 책과 상관없는 대화가 아주 서툴렀다.

슬슬 업무 이야기를 꺼내는 게 좋을 것 같았다.

간이 의자에 앉은 나는 쇼핑백에서 문고본을 꺼내 그녀에게 내밀었다.

"책 감정 부탁드립니다."

비노그라도프와 쿠즈민의 공저인 『논리학 입문』.

제법 오래된 책으로 표지 가장자리와 모서리가 벗겨져 있어서 그리 상태가 좋은 편은 아니었다.

"아, 아오키문고네요!"

하지만 시노카와 씨는 해사한 미소로 책을 받아 들었다. 항상 그랬지만 흡사 딴사람이 된 듯한 변화였다. 그녀는 강아지의 머리를 쓰다듬듯 조용히 표지를 어루만졌다.

"오랜만에 봤어요! 지금은 없어졌거든요."

아닌 게 아니라 아오키문고라는 이름은 나도 처음 들었다. 이 책도 절판본일 것이다.

"비싸게 팔리는 책입니까?"

"아뇨. 그렇지는 않아요."

그녀는 아쉬운 듯 고개를 저었다.

"네? 하지만 희귀한 책이라면서요?"

"좋은 책이기는 하지만 고서 시장에서 그다지 수요가 있는 책은 아니에요. 이 책은 상태도 별로 좋지 않으니, 아마 500엔쯤이 적정 가격이겠죠."

나는 눈을 동그랗게 떴다. 일전에 책등빼기 시다에게 사들인 산리오SF문고와는 전혀 딴판이기 때문이었다.

"아오키문고는 1950년대부터 거의 삼십 년 동안 책을 발행한 종합 브랜드에요. 사회과학 이론서나 옛 공산국가의 문학 작품이 이 브랜드를 통해 많이 세상에 선을 보였죠. 『논리학 입문』은 제목대로 논리학 해설서인데, 오랫동안 증쇄를 거듭했던 스테디셀러에요. 어떤 분이 가져오신 책인가요?"

"오십 대 후반에 정장을 입은……."

나는 말을 흐렸다. 그 손님의 모습이 생각이 나기는 했지만, 한마디로 잘 설명할 수 없었던 까닭이었다.

"왜 그러세요?"

"실은 시노카와 씨 의견이 듣고 싶어서요. 좀 이상한 손님이었는데……."

"이상하다고요?"

그녀는 고개를 갸웃거렸다.

"네, 이야기하자면 길어지는데……."

9월에 들어선 지도 얼마 되지 않았는데, 그 남자는 양복 정장을 차려입고 넥타이를 꽉 조여 매고 있었다. 뒤로 빗어 넘긴 머리에 깔끔하게 면도한 얼굴. 지방 은행의 지점장 같은 인상이었지만 짙은 선글라스를 쓰고 있는 게 특이했다.

가게에 들어온 남자는 다른 데는 쳐다보지도 않고 곧바로 계산대로 다가왔다. 훤칠한 키에 마른 편이었지만 피부가 까무잡잡해서 건강해 보였다.

"이 책을 팔고 싶은데."

남자는 낭랑한 목소리로 한 마디씩 또박또박 말하더니 『논리학 입문』을 계산대에 내려놓았다.

은행원 같다는 첫인상은 바로 머릿속에서 수정했다. 프로 내레이터나 아나운서처럼 보이기도 했다.

"담당자가 지금 자리에 없어서 내일쯤 답변을 드릴 수 있을 것 같습니다만, 그래도 괜찮으시겠습니까?"

나는 막힘없이 설명했다. 지난 삼 주 동안 손님을 대하는 법도 제법 몸에 익었다.

"상관없네."

"감사합니다. 그럼 여기에 성함과 주소를 적어주십시오."

나는 매입 서류와 볼펜을 꺼내 이름과 주소 칸을 가리켰다.

남자는 선글라스를 벗고 서류를 작성했다.

이름은 사카구치 마사시. 1950년 10월 2일 생. 주소는 가마쿠라의 옆 동네인 즈시 시였다.

단정한 차림새에 비해 글씨는 그다지 잘 쓰는 편이 아니었다. 나름대로 또박또박 쓰고 있었지만 칸 밖으로 글자가 튀어나왔다.

사카구치가 서류를 쓰는 모습을 바라보던 나는 그의 오른쪽 눈꼬리에 또렷한 흉터가 남아있는 것을 그제야 알아챘다. 이 흉터를 감추려고 선글라스를 쓴 건지도 모르겠다. 최근에 입은 상처는 아닌 것 같았다.

아무튼 그 탓에 딱딱한 얼굴이 더욱 매서워 보였다. 이렇게 보니 또 다른 느낌이 들었다. 양복 정장을 차려입고, 근엄한 말투에, 얼굴에 흉터가 있는 남자. 전체적으로 무슨 일을 하는 어떤 인물인지 파악할 수 없었다.

매입 서류의 직업 칸에는 '회사원'이라고만 적었다.

"이제 됐나?"

"아, 네."

"매입 가격은 얼마든 상관없지만, 팔리지 않을 법한 물건이라면 다시 돌려주게."

"알겠습니다."

"내일 열두 시에 다시 오겠네. 그때까지 감정이 끝났으면 하네. 만일 그 시간에 못 오게 되면 다시 연락하겠네. 내 이야기는 끝났는데, 더 할 말 있나?"

내가 할 말은 아무것도 없었다. 너무 없어서 불안해질 정도였다.

"딱히 없습니다."

"그래, 그럼 잘 부탁하네."

사카구치는 다시 선글라스를 끼고 행진하듯 절도 있는 걸음걸이로 비블리아 고서당을 나섰다.

"무척 깍듯하신 분 같네요."

거기까지 이야기를 끝내자 시노카와 씨가 말문을 열었다.

"네, 절도 있는 사람이기는 했는데, 뭔가 좀 마음에 걸리는……. 뭐랄까, 도가 지나치다고 해야 하나?"

사카구치의 행동에 수상쩍은 점이 있었던 건 아니었다. 다만 대화에 너무 빈틈이 없었던 점이 마음에 걸렸다. 처음부터 모든 대화를 머릿속에 넣고, 어떤 대답을 할지까지 미리 정해놓은 것처럼 보였다. 단순히 극단적으로 앞뒤가 딱딱 맞는 대화를 선호하는 사람인지도 모르지만.

"고우라 씨가 그 손님을 이상하다고 느낀 이유가 또 있나요?"

시노카와 씨의 말에 나는 내심 놀랐다.

역시 이 사람은 예리하다.

"네, 그뿐만이 아닙니다."

나는 그렇게 말했다. 그래, 문제는 바로 지금부터였다.

"사카구치라는 사람이 돌아가고 나서 한 시간쯤 지나서였는데……."

시간은 오후 2시가 지났을 무렵이었다.

나는 비블리아 고서당을 찾아온 책등빼기 가사이와 이야기를 나누고 있었다.

인터넷으로 고서의 매입 의뢰가 들어왔다는데, 고서에 대한 지식이 없는 가사이는 처리할 수 없는 일이라고 했다.

시다에게도 도움을 요청하기는 했지만 비블리아 고서당도 도와줄 수 없겠느냐, 적절한 사례는 하겠다는 것이 가사이의 용건이었다.

딱히 손해 볼 것은 없는 제안이라고 생각하는데, 가게 전화가 울렸다.

"감사합니다. 비블리아 고서당입……."

수화기를 들고 말하는 도중 새된 목소리가 귀를 찔렀다.

"여보세요, 거기 고서점이죠? 거기서 책을 사들이기도 하죠? 오늘 사카구치라는 사람이 문고본을 팔러 오지 않았어요? 키가 크고 무뚝뚝한 얼굴에 딱딱한 말투의 아저씨. 사카구치 마사시. 한자는 비탈 판版에 입 구口 자를 쓰고, 이름은 창성할 창昌에 뜻 지志 자를 쓰는데……."

갑작스런 상황에 넋이 나가 있던 내가 제정신을 되찾은 것은 이즈음이었다.

"저기 실례지만 누구시죠?"

"사카구치의 와이프 되는 사람이에요. 이렇게 말하니까 뭔가 쑥스럽네요. 우후후후후후, 난 몰라!"

상대는 말을 하다 갑자기 웃음을 터뜨렸다.

대체 뭐 하는 사람이지?

사카구치라는 남자도 꽤 별난 편이었지만, 부인이라는 여자는 더욱더 이상했다. 그보다 정말 부인이 맞나? 사카구치가 왔다는 이야기를 해도 괜찮을까?

"여보세요? 우리 바깥양반이 다녀갔죠?"

나는 인상을 찌푸리며 생각에 잠겼다. 사카구치의 이름과 문고본을 팔러 왔다는 사실도 알고 있으니 부인은 맞으리라. 뭔가 급히 연락할 일이라도 있는 걸까.

"……네, 다녀가셨습니다."

"어머, 그래요. 그래서 그 문고본을 벌써 사들였어요? 혹시 누가 사갔나요?"

"아뇨, 아직입니다. 이제 담당자가 감정을 해야 합니다."

"그 감정은 언제 할 건데요?"

"오늘 저녁쯤에……."

"그럼 우리 남편이 다시 그쪽으로 가겠네요. 오늘 오기로 했어요? 아니면 내일?"

"내일입니다."

"알았어요! 고마워요! 그쪽 이름이 뭔가요?"

"고우라라고 합니다."

"고우라 씨, 그럼 나중에 봐요!"

"네?"

나는 무심코 되물었다.

'나중에 보자'니, 대체 무슨 뜻이지?

하지만 물어볼 새도 없이 이미 상대방은 전화를 끊고 난 뒤였다.

"……무척 기운이 넘치는 분이네요."

시노카와 씨는 조심스레 말했다. 기운이 넘친다기보다 뭔가 정신 산만했다.

"어떻게 생각하세요? 부부 사이에 무슨 일이 있었던 걸까요?"

그녀는 주먹을 입에 대고 잠시 생각에 잠기더니, 이내 뜻밖의 질문을 했다.

"사카구치 씨의 부인이 통화 후에 가게로 오셨나요?"

"아뇨. 그건 왜 물으시죠?"

"나중에 보자고 했잖아요. 가게로 찾아가겠다는 뜻이 아닐까요?"

"네?"

듣고 보니 그런 뜻으로 들리기도 했다. 전화를 받은 내 이름도 물어봤었다.

"하지만 가게에 왜 찾아온다는 거죠?"

"거래가 성립되기 전에 그 책을 되찾으려는 게 아닐까요? 저희가 언제 감정을 하는지, 남편이 언제 찾아오는지를 확인했으니까요."

"아."

그렇구나. 그 일방적인 발언들도 그렇게 생각하니 이해가…… 가는 건 아니었지만, 일단 앞뒤는 맞는 것 같았다.

"그럼 그 책은 부인의 물건이었을까요?"

"왜 그렇게 생각하시죠?"

"책을 못 팔게 하려는 거잖아요. 자기 책을 남편이 마음대로 팔려고 해서."

"그건 아닐 거예요."

시노카와 씨는 고개를 저었다.

"그러면 통화했을 때 먼저 사정을 설명했겠죠. 감정을 제어하는 스타일은 아니었다면서요."

"그렇구나."

남편에게 화가 난 것 같지는 않았다. 오히려 부인이라고 말할 때 쑥스러운지 웃기까지 했다. 만일 남편이 마음대로 책을 팔려던 거였다면 분명 불평불만을 퍼부었으리라.

"음, 그러면 그 사카구치라는 사람이 자기 책을 팔려는 걸 부인이 막으려고 하는 겁니까?"

"네, 그렇게 봐야겠죠."

"그게 더 이상하죠. 왜 그러는 거죠?"

시노카와 씨는 『논리학 입문』의 표지를 나에게 내밀었다. 제목 아래에 빗 모양 도형이 크게 인쇄되어 있었다. 옛날 책은 거의 이런 느낌이었을까. 수수한 표지였다.

"분명 이 책에 뭔가 비밀이 숨겨져 있을 거예요."

그렇게 말하더니 시노카와 씨는 책장을 넘기기 시작했다.

나도 고개를 내밀어 들여다봤지만 『소세키 전집』과는 달리 사인 같은 건 없었다. 필기가 된 페이지도 전혀 없었다. 상태가 좋지 않은 것은 여러 번 읽었기 때문이지, 험하게 다루었기 때문은 아닌 것 같았다.

"저기, 논리학이 뭡니까?"

나는 그렇게 물었다. 너무 근본적인 질문이었지만 시노카와 씨는 딱히 신경 쓰는 것 같지 않았다.

"이 책에서 다루는 건 기호논리학이에요. 음, 이를테면 'A=B, B=C, 따라서 A=C' 같은……."

나는 기억을 더듬었다. 분명히 들어본 적이 있었다.

"삼단논법이었던가요?"

"네, 그런 논리적 추론 과정을 수학적인 기호를 사용해 설명하는 게 기호논리학이에요. 이 책은 러시아…… 당시는 소련이었는데, 그쪽 학교에서 사용했던 교과서의 번역본이에요. 내용은 물론 기호논리학의 입문서이지만 예제로 '노동자'나 '집단농장 농민'이 등장하는 게 재미있지 않나요? 스탈린 저서의 인용문도 군데군데에서 찾아볼 수 있어요."

논리적 추론 과정이라는 말을 듣고, 나는 그 사카구치라는 남자를 떠올렸다. 이런 책을 열심히 읽다 보면 그렇게 정리된 화법을 사용하는 사람이 되는 걸까.

"이 책은 초판이네요."

시노카와 씨는 판권면을 펼치고 말했다. 고개를 내밀어 들여다보자 1955년 7월 1일 발행된 초판이었다.

"사카구치 마사시 씨는 새 책으로 이 책을 산 건 아닌 것 같아요."

"그걸 어떻게 아시죠?"

시노카와 씨는 내가 책 사이에 끼워놓은 매입 서류를 꺼내 생년월일을 가리켰다.

사카구치 마사시. 1950년 10월 2일 생.

그렇구나. 이 책의 초판이 나왔을 때 그는 겨우 다섯 살이었다. 유치원생이 사서 읽을 만한 책은 아니었다.

"그럼 고서점에서 샀다는 겁니까?"

"아니면 누가 선물한 책이거나……. 아!"

느닷없이 시노카와 씨가 날카롭게 외쳤다. 그리고 제 목소리에 놀란 듯 입을 막았다. 그녀가 이렇게 큰 소리를 내는 일은 드물었다.

"아, 죄송해요."

그녀는 『논리학 입문』의 마지막 페이지에서 눈을 떼지 못했다.

책날개의 신간 목록을 가리듯 종이 라벨 같은 게 붙어있었다. 오른쪽 끝에 '개인 도서 열람 허가증'이라고 적혀 있었고, '제목', '소유자', '감방' 등을 적은 칸이 있었다. '제목'에는 『논리학 입문』, '소유자'에는 '사카구치 마사시'라고 적혀 있었고, 이름 위에는 뭔지 모르지만 '109'라는 숫자가 적혀 있었다.

'허가일'에 적힌 날짜는 47년 10월 21일이었다. 아마 서력이 아니라 일본식 연호인 쇼와 47년이리라. 쇼와 47년은 1972년이다. 올해는 2010년이니, 이 종이는 지금으로부터 거의 40년 전에 붙여진 것이다.

"이게 뭡니까?"

도서관의 대출 카드는 아닌 것 같았다. '개인 도서'나 '감방'처럼 낯선 단어들이 눈길을 끌었다.

시노카와 씨는 내 질문에 대답하지 않았다. 어두운 표정으로 '개인 도서 열람 허가증'을 뚫어져라 바라볼 따름이었다.

"시노카와 씨?"

조금 큰 소리로 부르자 그제야 말문을 열었다.

"헌책을 다루다 보면 가끔 이런 책들을 볼 수 있어요."

말하기 꺼려지는 듯 무거운 말투였다.

"교도소의 도서관에서 수감자에게 대출하는 책을 '관용 도서', 수감자가 개인적으로 들여온 책을 '개인 도서'라고 해요. 이건 '개인 도서'에 붙이는 허가증이에요."

나는 말없이 '개인 도서 열람 허가증'을 내려다보았다. 얼마간 시간이 흐르고서야 겨우 상황을 파악할 수 있었다. 이 허가증에는 사카구치의 이름이 적혀있다. 그렇다면······.

"그 손님이 전과자라는 겁니까?"

"아마도요. 이 '109'라는 숫자는 수감자 번호일 거예요."

"그럴 수가."

별난 사람이라고 생각하기는 했지만 범법자처럼 보이지는 않았다. 전과자와 만난 적은 없지만.

"정말 복역했는지 한번 알아볼까요?"

"네? 그런 걸 알 수 있습니까?"

"실마리 정도는 잡을 수 있을 거예요."

시노카와 씨는 침대 옆 탁자에 놓아둔 노트북을 꺼내 내가 볼 수 있도록 전원을 켰다.

귀여운 데스크톱을 기대했지만, 바탕화면에 깔린 이미지가 책 표지 사진이라 김이 빠졌다. 책 제목은 『만년晩年』이었다.

정말 책을 좋아하는구나. 기가 차기보다는 그 자세에 감복했다.

"아, 저기 이건 보지 마세요."

그녀는 새빨개진 얼굴로 브라우저를 켰다.

노트북 옆에는 공유기가 꽂혀 있어서 병실에서도 인터넷에 접속할 수 있었다. 접속한 곳은 대형 신문사의 데이터베이스였다. 검색창에 재빨리 '사카구치 마사시'란 이름을 입력했다.

"아!"

나는 그녀의 의도를 파악했다. '사카구치 마사시'에게 뭔가 사건을 일으킨 전력이 있다면 신문 기사에 실렸을 수도 있으리라.

이런 방법으로 조사한다는 건 상상조차 못했다.

나는 마른침을 삼키며 검색 결과가 나오기를 기다렸다. 커다란 기사가 여러 개 떴는데, 모두 같은 사건을 보도하고 있었다.

1971년 1월 9일.

그 허가증이 발행되기 1년 전이었다.

호도가야에서 은행 강도 사건 발생, 한낮의 추격전 펼쳐

8일 오후, 요코하마 시 사가미노 은행 호도가야 지점에 사냥총을 든 괴한이 침입해 현금 40만 엔을 훔쳐 세워둔 승용차를 타고 도주했다. 괴한은 신고를 받고 달려온 경찰차의 추격을 받으며 달아나던 끝에 약 1킬로미터 떨어진 곳에 있는 주택의 담을 들이받고 강도, 절도 혐의로 체포되었다. 범인은 인근에 사는 공장 직원 사카구치 마사시(20)로, 현재 경찰에서 조사를 받고 있다.

 나는 벌린 입을 다물지 못했다.
 은행원처럼 보이던 그 손님이 은행 강도였다니. 상상이 가지 않았지만 본인이라고밖에 생각할 수 없는 상황이었다. 나이가 정확히 일치하는 데다 다른 기사에는 이런 구절이 있었다.

주택 담을 들이받았을 때 사카구치는 얼굴에 가벼운 부상을 입어 현재 병원에서 치료를 받고 있다. 조사에 지장은 없다고 한다.

 나는 사카구치의 눈꼬리에 있는 흉터를 떠올렸다. 이 사건으로 입은 상처임이 분명했다.
 "그 손님이 정말 전과자였다니."
 "네."
 시노카와 씨는 무거운 표정으로 고개를 끄덕였다.
 "하지만 이 사건 이후로 '사카구치 마사시'란 이름은 신문에서 찾아볼 수 없어요. 아마 죄를 저지른 건 이때뿐이고, 지금은 새사람이 되었다는 뜻이겠죠."

나도 그러기를 바랐다. 지금도 범죄자의 삶을 살고 있다면 큰일이다. 내일 사카구치와 대면해야 하는 건 바로 나니까.

"이 책은 어떻게 할까요?"

"평소대로 매입하면 될 것 같아요. 이 책의 매입가는 100엔이라고 전해주세요."

정말 여느 때와 다를 것이 없었다. 그녀의 말대로 상대가 누구건 하던 대로 거래하는 게 당연하다. 하지만 불안을 전혀 느끼지 않는다면 거짓말이라고 해야겠지.

"한 가지 마음에 걸리는 점이 있어요."

그녀는 그렇게 말하며 컴퓨터를 끄고 다시 나를 보았다.

"그게 뭡니까?"

"왜 사카구치 씨가 책을 팔려는 건지, 왜 부인이 그걸 막으려는 건지요."

"네? 이제 쓸모가 없으니까 파는 게 아닐까요?"

"하지만 사십 년 동안이나 계속 가지고 있던 책이잖아요. 매입 금액은 얼마든 상관없다고 했으니 돈이 없어서 파는 건 아닐 거예요. 책 한 권을 둘 곳이 없어서 그러는 것도 아닐 테니. 왜 굳이 팔려는 걸까요?"

나는 팔짱을 꼈다.

듣고 보니 오랫동안 보관하던 책을 이유도 없이 팔지는

않을 것 같았다. 어쩌면 사카구치의 부인이 건 전화와 뭔가 상관이 있을지도 모르겠다.

그때, 고요한 병실에 딸깍거리는 구두 소리가 들렸다. 우리가 복도 쪽을 돌아본 순간, 문을 활짝 열고 작은 체구의 여자가 들어왔다.

"안녕하세요! 사장님 병실이 여기인가요?"

새된 목소리에 머리가 띵해졌다.

여자는 붉은 원피스를 입고 갈색 머리를 둥그렇게 말았다. 얼굴이 동그랗고 쌍꺼풀이 있어서 전체적으로 앳되어 보였지만 내려간 눈꼬리와 입매에 주름이 잡혔다. 아마 삼십 대 후반쯤은 되지 않았을까.

밋밋한 얼굴에 화장을 짙게 해서 억지로 음영을 주었다. 자외선 방지용 긴 장갑만이 이질적인 느낌을 주었지만, 어디를 봐도 출근길 술집 접대부의 차림새였다.

그녀는 눈을 가늘게 뜨고 병실을 둘러보며 말했다.

"책이 어마어마하네요! 이런 건 처음 봤어요. 거기 안경 쓴 예쁜 언니가 사장님이에요? 9월인데도 정말 덥네요. 오후나 역에서 여기까지 걸어왔는데, 어찌나 땀이 나는지. 아, 미안해요. 내 소개도 안 하고 주절주절 떠들어서."

소개를 듣지 않아도 누구인지 대충 알 것 같았지만 그녀는 정중하게 고개를 숙이며 말했다.

"난 사카구치 마사시의 안사람 시노부라고 해요. 우리 남편이 가져온 책을 돌려주세요!"

사카구치 시노부는 싱글벙글 웃으며 말도 없이 간이 의자를 가져다 앉았다. 그러는 동안에도 쉴 새 없이 재잘거렸다. 눈길을 끄는 미인은 아니었지만 감정이 풍부하고 서글서글한 인상을 주는 사람이었다.

"일단 가게 쪽에 들렀는데, 아르바이트 학생이 사장님이 이 병원에 입원해 있다고 해서 여기까지 왔어요. 어머, 그러고 보니 병원에 오는 데 빈손으로 왔네! 미안해요."

갑작스런 말에 시노카와 씨는 얼굴을 붉히며 손사래를 쳤다.

"아, 아니에요. 신경 쓰지 마세요. 저는 시노카와라고 합니다. 처음 뵙겠습니다."

그녀는 웅얼거리듯 불분명한 목소리로 대답했다. 아까부터 책의 위치를 조금씩 바꾸며 내 뒤에 숨으려 하고 있었다. 얼른 책 이야기를 꺼내지 않으면 계속 이렇게 뻣뻣하게 굳어있으리라.

나는 헛기침을 하며 물었다.

"책을 돌려달라니, 그게 무슨 말씀이시죠?"

"아, 그쪽이 아까 통화한 고우라 씨에요? 키가 크네요. 우리 자기…… 가 아니라 남편보다 훨씬 크네요."

남편을 '자기'라는 애칭으로 부르는 건가. 어울리는지 아닌지는 깊이 생각하지 않기로 했다.

"남편분께서 본인의 책을 저희 가게에 파시는 거죠?"

"그건 그런데, 뭔가 이상해요! 오랫동안 소중히 간직했던 책을 갑자기 팔겠다니. 아무리 캐물어도 대답도 안 하고, 그러지 말라고 말려도 듣지도 않고. 어쨌든 책을 되찾으려고 여기까지 왔어요. 만나봤으니 알겠죠. 우리 남편, 말투가 정말 딱딱하죠?"

"네? 아, 네."

갑자기 화제가 바뀌어서 순간적으로 무슨 말인가 했다.

"그게 다 『논리학 입문』이라는 책 때문이래요. 젊었을 적에는 바보처럼 살았는데, 절에서 수련을 할 때 고등학교 시절 선생님이 그 책을 줬대요. 여러 번 반복해서 읽다 보니까 남하고 대화할 때 말을 조리 있게 하게 되더래요. 사람의 성격을 바꿔놓을 만큼 굉장한 책인 셈이죠."

순간 시노카와 씨와 나는 서로를 마주 보았다.

절?

"……절이요?"

"아, 미안해요. 우리 남편은 스무 살 때 출가해서 어느 절에서 오 년 동안 있었대요. 스님이 될 생각은 없었지만, 사정이 있어서 그럴 수밖에 없었다나요."

나는 아무렇지도 않은 척하려고 애썼다. 아무래도 이 사람은 남편의 전과에 대해 아무것도 모르는 것 같았다. 절에 들어갔었다니, 그 말을 믿는 건가.

"어쨌든 엄청 엄한 곳이었대요. 담이 높아서 밖에는 나가지도 못하고, 찾아오는 사람이 있어도 아주 잠깐밖에 만날 수 없었대요. 수련을 관두고 밖으로 나와보니 세상이 딴판으로 달라져서 깜짝 놀랐다고 했어요."

그게 교도소 생활이 아니면 무엇이란 말인가.

나는 마음속으로 중얼거렸다. 이렇게까지 말했는데도 교도소라는 걸 알아채지 못하다니, 사카구치 시노부는 남의 이야기를 곧이곧대로 믿는 성격인 모양이었다.

아니, 그뿐 아니라 남편을 진심으로 믿는 것이리라.

"좌우지간 그 책은 팔면 안 돼요. 분명히 나중에 후회할 거라고요. 거기 있는 게 우리 남편 책 맞죠? 아직 사들이지 않았다니 내가 가지고 돌아가도 되죠?"

사카구치 시노부는 자리에서 일어나 시노카와 씨의 무릎에 놓인 『논리학 입문』을 가리켰다. 당장에라도 책을 가로채 갈 것 같았다.

말려야 할지 고민하는데, 시노카와 씨가 단호한 어조로 말했다.

"죄송하지만, 이 책은 드릴 수 없습니다."

그녀는 더 이상 내 뒤에 숨으려 하지 않고 사카구치 시노부를 똑바로 바라보고 있었다. 책 이야기를 할 때의 그녀였다.

완강한 거절에 시노부의 눈이 휘둥그레졌다.

"그게 무슨 소리에요? 왜 못 돌려주는데요?"

"이 책의 주인은 남편분이십니다. 그리고 남편께서 팔기를 원하시고요. 고서를 다루는 사람으로서 손님의 요청을 무시할 수는 없습니다. 만일 거래를 중지하기를 원하신다면 저희가 아니라 남편분과 상의하세요."

책을 꼭 쥔 채로 시노카와 씨는 공손히 고개를 숙였다.

사카구치 시노부는 맥이 빠진 듯 털썩 자리에 앉았다. 딴사람처럼 얼마간 입을 꼭 다물고 있더니, 이내 시노카와 씨를 보며 힘없이 웃었다.

"그래요. 사장님 말이 맞네요. 난 깊이 생각하는 걸 싫어해서 억지를 부렸어요. 미안해요."

그리고 한숨을 쉬더니 눈을 가늘게 뜨며 천장을 올려다보았다.

"대체 왜 책을 팔려는 걸까요? 아무리 생각해도 모르겠어요. 남편은 아무 말도 안 하고, 누구 알 만한 사람 없을까요?"

그런 사람이 있을까? 가족도 모르는 사정을 '알 만한 사람'이 어디 있겠는가.

아니, 있기는 있다.

나는 시노카와 씨를 돌아보았다. 그녀는 이런 수수께끼를 기막히게 풀어내는 사람이었다.

"남편분과 정말 금슬이 좋으시네요."

시노카와 씨의 말에 시노부는 쑥스러운 듯 웃으며 고개를 끄덕였다.

"네, 맞아요! 결혼한 지 벌써 이십 년이 다 되어가지만, 지금도 신혼이랍니다!"

20년 차인데도 신혼부부처럼 금슬이 좋다는 건가. 시노카와 씨도 덩달아 웃었다.

"두 분은 어떻게 만나셨나요?"

정보를 얻으려는 것이다. 시노부는 진지한 표정으로 우리 쪽으로 몸을 내밀며 말했다.

"이야기하면 길어지는데, 괜찮겠어요?"

우리가 말없이 고개를 끄덕이자 그녀는 망설임 없이 말문을 열었다.

"남편과 만난 건 내가 고등학교를 졸업한 이듬해였어요……"

그 시절 난 술집에서 일했어요. 아, 지금도 친구네 바에서 일해요. 오늘도 출근길에 들른 거고요.

난 부모님과 사이가 좋지 않았어요. 두 분 다 좋은 대학을 나온 똑똑한 분들이었죠. 그런데 자식인 난 공부를 못했어요. 어릴 때부터 바보, 멍청이, 그런 말들을 귀에 딱지가 앉도록 들었죠. 좋게 말하면 교육열이 높은 거였지만, 난 그게 너무 싫었어요.

그래서 고등학교를 졸업하자마자 바로 집을 나왔죠. 처음에는 평범한 회사에서 사무를 봤어요. 그런데 일하는 요령이 없어서 실수만 하다 보니까 반년 만에 잘렸죠.

먹고는 살아야 하니까 이것저것 안 해본 일이 없지만 어디를 가도 일 못한다고 혼이 났어요. 이런 나한테도 맞는 일이 있을 거라는 생각에 룸살롱에서 일하기 시작했죠.

요새는 룸살롱도 많이 없어졌죠.

내가 젊을 때도 그렇게 많은 편은 아니었는데, 요코하마 역 서쪽 출구에 제법 오래된 룸살롱이 있었어요. 거기 면접을 보러 갔더니 한번 같이 일해보자고 하더라고요.

보면 알겠지만 내가 좀 수다스러운 편이잖아요? 그때는 훨씬 심했어요. 접대부는 손님 이야기를 들어줘야 하는데, 자기 얘기만 하고.

룸살롱에 다니는 손님들은 다들 나이가 있으니까 갓 고등학교를 졸업한 어린애 이야기가 뭐가 재미있겠어요. 나름대로 열심히 한다고 했는데, 거기서도 혼만 났죠.

계속 이럴 거면 그만두라는 이야기를 듣고 풀이 죽어있을 때 남편이 혼자 가게에 왔어요.

아주 더운 날이었는데도 양복을 쫙 빼입고 허리를 꼿꼿하게 세우고 들어왔죠. 겉모습은 지금과 다를 바가 없었어요. 평소에는 이런 데서 술을 마시지 않지만, 오늘은 기분전환 겸 왔다고 했어요.

처음에는 무서운 사람인 줄 알았어요. 자기 이야기는 아무것도 안 하고, 말투도 딱딱했거든요. 왠지 우리 아빠랑 비슷했죠. 분명 좋은 대학을 나와 은행 같은 데서 일하는 사람일 거라고 생각하니까 긴장이 되더라고요. 30분쯤 아무 말도 안 하고 술만 마셨어요.

그런데 갑자기 이런 말을 하는 거예요.

'난 내 이야기를 잘 못하니까 아가씨 이야기를 들려주게. 무슨 이야기든 들어줄 테니.'

그때까지 생각 없이 아무 얘기나 하지 말라는 말은 들었어도 마음대로 이야기하라는 사람은 처음이었어요.

엄청 놀랐지만 그렇게 말하는데 안 할 수도 없잖아요? 어제 저녁 메뉴나, 어릴 적에 키웠던 강아지 이야기……. 그냥 생각나는 대로 아무 이야기나 했어요.

그러다 보니 긴장도 조금씩 풀어졌지만, 언제 잘릴지 모르는 신세였잖아요. 어느새 고민 상담을 하고 있는 거예요. 손님한테 훌쩍거리면서 신세타령까지 했죠. 머리가 나빠서 무슨 일을 해도 잘 안 풀린다, 어디서 뭘 먹고살아야 할지 모르겠다······.

지금 생각해보면 어떻게 그런 이야기를 들어줬나 싶어요. 그냥 하소연이었거든요.

그런데 여기부터가 중요해요!

실컷 하소연을 하고 나서 이렇게 말했어요. '멍청한 여자는 접대부를 할 수 없다, 난 멍청하니까 접대부도 못한다'고요.

그 말에 그때까지 말없이 내 이야기를 듣고만 있던 남편이 갑자기 술잔을 내려놓는 거예요. 쾅 소리가 나서 화들짝 놀랐죠.

내가 또 뭔가 실수했구나······.

그런데 그게 아니었어요. 그 사람은 진지한 얼굴로 이렇게 말했어요.

'지금 아가씨는 삼단논법에 따라 말했어. 멍청한 사람은 그러지 못하지. 아가씨는 바보가 아냐.'

이상하죠?

삼단논법이 뭔지는 몰랐지만 나를 위로해주려는 건 알겠더라고요. 가슴이 뭉클해졌어요. 누구한테 그런 말을 들은 적이 거의 없었거든요.

그 사람은 내 손을 꼭 잡고 이렇게 말해줬어요.

'아가씨는 젊었을 적의 나보다 훨씬 머리가 좋아. 이 손으로 열심히 돈을 벌면서 사는 게 바로 그 증거지. 누가 뭐라고 해도 당당하게 살아.'

그 이야기를 들은 순간 태어나서 처음으로 남자와 살고 싶다는 생각을 했어요. 아니, 기다릴 게 아니라 내가 먼저 움직여야겠다고 생각했죠.

실제로 내가 먼저 대시해서 그대로 결혼에 골인했어요, 우후후후후.

나이 차이가 많이 난다, 성격이 이상하다, 이러쿵저러쿵 떠드는 사람들도 있지만 그런 말은 하나도 신경 쓰이지 않았어요. 같이 산 지도 오래됐지만, 지금도 무척 행복해요.

우리 남편, 좀 무서워 보이잖아요? 하지만 보기와는 다르게 얼마나 자상한지 몰라요.

젊었을 때 고생을 많이 해서 그런가. 이렇게 괜찮은 남자가 또 어디 있을까 싶을 정도로 나한테는 과분한 사람이에요!

그러고 나서도 얼마 동안 침이 마르도록 남편 칭찬을 하고 사카구치 시노부는 자랑스럽게 가슴을 폈다.

"그렇죠? 정말 좋은 사람이죠?"

이야기를 듣는 동안 나는 마음이 무거워졌다. 사카구치가 안쓰러웠다. 이렇게까지 자신을 믿어주는 사람에게 어떻게 전과가 있다는 소리를 할 수 있겠는가. 출가라는 말도 안 되는 핑계를 둘러댄 것도 이해가 갔다.

"요즘에 남편분이 뭔가 달라진 점은 없었나요?"

시노카와 씨가 물었다. 그 말을 들은 시노부의 표정이 어두워졌다.

"한 달쯤 전부터 좀 이상해졌어요. 평소보다 더 말수가 적어졌고, 웃지도 않고, 나하고 눈도 마주치지 않아요. 아, 그리고 그 선글라스! 얼마 전에 사왔는데, 대체 그 꼴이 뭐냐고요! 그게 제일 이상해요!"

아니, 그게 제일 신경 쓰지 않아도 될 부분 같은데……

시노카와 씨는 『논리학 입문』의 표지를 시노부에게 내밀며 말했다.

"부인께서는 이 책을 읽어보셨나요?"

"아뇨."

그녀는 고개를 저었다.

"남편이 소중히 간직해온 책이고, 난 읽어도 무슨 말인지 모르니까. 아, 하지만 일전에 청소할 때 살짝 펼쳐봤어요. 거실에 놓여 있었는데, 먼지가 많이 쌓였더라고요. 그

때 쓱 훑어봤죠."

사카구치 시노부는 그렇게 말하며 책을 훑어보는 시늉을 했다.

시노카와 씨의 낯빛이 달라진 걸 알 수 있었다. 『소세키 전집』의 진상을 알아챘을 때와 마찬가지였다.

"그때 남편분이 근처에 계셨나요?"

"남편이요? 아, 네, 있었던 것 같아요. 청소할 거니까 나가 있으라고 했거든요. 밖에서 라디오를 듣고 있었는데, 요즘 라디오 듣는 데 푹 빠졌거든요."

"그렇군요."

시노카와 씨는 나지막하게 중얼거렸다.

나도 진상을 알 것 같았다. 이 책에 붙어 있는 '개인 도서 열람 허가증'은 사카구치 마사시에게 전과가 있음을 알려주는 증표였다.

만일 아내가 자신의 과거를 알게 되면 결혼 생활이 파국을 맞이할 수도 있다고 생각했으리라. 아주 조그만 위험 요소라도 없애고 싶었겠지.

"잠깐 그 책 좀 줘볼래요? 한번 보게요."

시노부의 말에 나는 눈을 부릅떴다. 시노카와 씨도 당혹스런 기색이 역력했다.

"이제 돌려달라는 말은 안 할게요. 하지만 좀 보는 건 상관없잖아요."

그녀는 생글생글 웃으며 천진난만하게 손을 내밀었다.

어느새 나는 이렇게 말하고 있었다.

"저기 누구에게나 들키고 싶지 않은 비밀이……."

"고우라 씨!"

시노카와 씨의 날카로운 목소리에 퍼뜩 정신이 들었다.

나도 모르게 쓸데없는 소리를 지껄였다. 하지만 시노카와 씨는 고개를 저었다.

"아니에요. 그런 게 아니라고요."

"네?"

아니라니, 대체 뭐가? 내 말에 잘못된 부분이 있나?

사카구치가 과거 복역했다는 사실, 그것을 나타내는 '개인 도서 열람 허가증'이 그가 가지고 있던 『논리학 입문』에 붙어있었다는 점, 최근 사카구치의 아내가 그 책을 펼쳐본 뒤에 우리 가게에 책을 팔러 왔다는 점.

아무리 생각해도 자신의 전과를 감추기 위한 행동으로 보일 따름이었다. 그게 아니면 대체 무엇이란 말인가?

"왜 그래요? 지금 무슨 얘기를 하는 거죠?"

시노부는 우리의 얼굴을 번갈아 바라보더니 『논리학 입문』을 보았다.

"이 책이 어쨌는데요?"

시노카와 씨는 대답하지 않았다. 병실은 정적에 휩싸였다.

나는 자신의 실수를 후회했다. 지금 이 책을 보여주면 '개인 도서 열람 허가증' 때문에 우리가 동요했다는 걸 알아챌지도 모른다.

하지만 그렇다고 보여주지 않는다면 더욱 수상쩍게 여기리라. 어떻게 해야 할지 모르겠다.

그때, 문을 두드리는 소리가 들렸다.

나는 가슴을 쓸어내렸다.

"들어오세요."

시노카와 씨가 대답하자 조용히 병실 문을 열고 누군가가 들어왔다. 양복 정장을 갖춰 입고 선글라스를 쓴 훤칠한 남자였다. 급히 달려왔는지 숨을 몰아쉬고 있었다.

"아, 자기야!"

시노부가 환한 얼굴로 손을 흔들었다.

사카구치 마사시였다.

"자기야, 여기 앉아, 여기!"

시노부는 간이 의자를 하나 더 가져와 자기 옆에 놓았다.

사카구치 마사시는 말없이 의자에 앉았다. 함께 있는 모습은 다정하기 그지없었지만, 부부라기보다는 오랜만에 만난 부녀지간 같았다.

"여긴 어떻게 알고 왔어?"

"내일 예정이 변경돼서 가게로 전화를 했더니 당신이 병원에 갔다고 하더군. 그래서 여기로 왔지."

사카구치는 웃음기 없는 표정으로 대답하더니 한마디 덧붙였다.

"남들 앞에서는 '자기야'라고 부르지 마. 전에도 분명히 말했잖아."

"아, 미안해. 음, 여보, 저 책 팔지 마!"

시노부는 난데없이 핵심을 찔렀다. 그 말을 들은 사카구치의 표정이 굳었다.

"미안하지만 그건 내가 정할 일이야. 이제 필요 없어졌으니 팔기로 한 거라고."

"거짓말! 지금까지 소중히 간직했잖아!"

시노부는 그렇게 말하며 『논리학 입문』을 가리켰다.

"처음 만났을 때도 저 책으로 내 마음을 훔쳐갔잖아! 삼단논법에 대한 책 맞지? 나한테도 추억이 담긴 책이란 말이야!"

"……그러려고 당신한테 그 이야기를 한 건 아니야."

"내가 넘어갔으니까 그게 그거지! 내가 고백했더니 당신도 키스해줬잖아!"

사카구치는 힐끗 우리를 보았다. 여전히 무표정했지만

이마에 구슬땀이 맺혀 있었다.

안쓰러운 마음이 들었다. 계속 말하게 두었다가는 부부의 사생활까지 발설할지도 모른다.

"최소한 왜 팔려고 했는지 그 이유라도 알려줘. 요즘에 당신 이상해졌어. 말도 안 하고, 기운도 없고. 그리고 그 선글라스! 정말 이상해!"

선글라스가 어지간히 마음에 들지 않는 모양이었다.

그 말을 듣자마자 사카구치의 눈빛이 살짝 흔들렸다. 어찌 된 영문인지 모르지만 동요하고 있었다. 겨우 선글라스 가지고 동요하다니, 대체 뭐지?

"······사카구치 씨."

시노카와 씨가 조심스레 말문을 열었다.

"언젠가 주변 사람들도 알게 될 거예요. 영원히 감출 수 없는 일이에요. 다른 일과는 달리."

그녀는 마지막 말을 할 때에만 힘을 주어 또박또박 말했다.

역시 뭔가 이상하다. 전과가 있다는 것 말고도 다른 비밀이 있다는 투였다. 시노카와 씨도 내 말을 부정하며 '아니에요'라고 했던 게 떠올랐다.

대체 주변 사람들이 뭘 알게 된다는 거지?

"음."

사카구치의 얼굴이 파랗게 질렸다. 시노카와 씨가 전과에 대해 이야기한다는 걸 알아챈 모양이었다. 그는 선글라스로 감춘 눈을 가늘게 뜨며 우리를 차례로 바라보았다.

"자네들은 내 사정을 다 아는 모양이로군."

저도 모르게 손을 번쩍 들 뻔했다. 아니, 전 모릅니다.

40년 전의 사건 말고 어떤 비밀이 있는 거지? 시노카와 씨는 무슨 수로 알아낸 걸까? 그녀가 아는 사실은 나도 모두 알고 있을 터였다.

"당신이 자기 이야기를 하기 싫어하는 건 알아."

시노부가 말했다.

"하지만 고민이 있으면 알려줘. 제발, 부탁이야."

사카구치는 천천히 선글라스를 벗었다. 그는 한동안 아내의 얼굴을 바라보고 나서 조용한 목소리로 담담하게 말했다.

"이렇게 들여다봐도 이제 당신 얼굴이 또렷하게 보이지 않아. 눈을 감았는지 떴는지조차 모르겠어."

"어?"

시노부는 놀란 듯 숨을 삼켰다.

"나는 눈병을 앓고 있어. 눈 안에 물이 차는 병이지. 유감이지만 완치는 불가능하다는군. 게다가 나는 젊었을 적에 눈을 다친 적이 있어. 그 때문에 진행이 더 빠르다고 해.

……그 책을 팔려던 건 이제 읽을 수 없기 때문이야."

병실이 정적에 휩싸였다.

사카구치는 우리를 보며 말했다.

"자네들은 어떻게 알았지? 잘 속였다고 생각했는데."

나도 그걸 알고 싶었다. 지금까지 들었던 이야기 어디에 실마리가 감춰져 있었던 거지?

침대 쪽을 보자 시노카와 씨가 차분한 목소리로 말했다.

"이게 계기였어요."

그녀는 『논리학 입문』을 펼쳐 매입 서류를 꺼냈다. 사카구치는 몸을 내밀어 서류를 들여다보았다.

"사카구치 씨가 저희 가게에서 쓴 서류인데, 글자가 모두 칸 밖으로 삐져나왔어요. 꼼꼼한 분이라고 들었는데, 이상하다고 생각했죠."

"……글자가 삐져나왔는지도 몰랐어."

사카구치는 자조하듯 중얼거렸다.

"내가 썼는데도 알아볼 수가 없군. 그 사실만 가지고 알아챈 건가?"

"아뇨. 아까 부인께서 최근에 사카구치 씨가 달라지셨다고 말씀하셨는데, 그 이야기를 듣다가 알아챘어요. 라디오를 듣는 건 신문을 읽을 수 없게 되었기 때문이겠죠. 선글라스를 쓰는 건 눈을 보호하기 위해서고요. 책에 먼지가 쌓인 것도 이제 책을 읽지 못하기 때문에……. 모두 시력이 나빠진 사람의 행동처럼 보였어요."

나는 말문이 막혔다. 듣고 보니 하나도 틀린 말이 없었다.

애초에 시노카와 씨는 사카구치와 이야기를 나눈 적도 없다. 같이 사는 아내에게도 계속 숨겨온 비밀을 이야기만 듣고 알아채다니. 역시 머리 회전이 비상한 사람이다.

"왜 부인께 말씀하지 않으셨습니까?"

나는 사카구치에게 물었다. 일반적으로는 가족에게 가장 먼저 털어놓기 마련인데.

사카구치는 조용히 눈을 내리깔았다.

"나는 영영 앞을 못 볼지도 모르네. 앞으로 다른 사람의 도움 없이는 생활하지 못하게 될 테지. 지금 다니는 회사는 곧 정년퇴직을 앞두고 있는데, 그만두고 나면 다른 일을 구하기 어려울 거야. 경제적으로도 빠듯해질지 모르고. 나이 많은 나와 결혼한 탓에 아내는 지금까지 고생을 많이 했어. 털어놓기 전에 마음을 정리할 시간이 필요했네."

사카구치는 내 얼굴을 올려다보았다.

이제야 안 사실이지만, 그는 나와 제대로 눈을 맞추지 못했다. 상대가 또렷하게 보이지 않는 것이리라.

"가족이기 때문에 털어놓기 힘든 일도 있네. 세상에는 그렇게 생각하지 않는 사람도 많겠지만, 나 같은 사람은 달라."

 전과자이기 때문이다. 그런 뜻이리라.

 사카구치는 지금까지도 큰 비밀을 안고 살아왔다. 고백한다는 행위 자체에 거부감을 느끼는 것일지도 모른다.

 "지금까지 숨겨서 미안해."

 그는 아내를 향해 고개를 숙였다.

 사카구치 시노부는 인상을 쓰며 팔짱을 꼈다. 앳된 얼굴이라 어두운 표정이 어울리지 않았다. 이내 그녀는 새된 목소리로 말했다.

 "자기야, 난 잘 모르겠어."

 다시 '자기'라는 호칭으로 불렀지만 사카구치는 아무 말도 하지 않았다.

 "뭘 모르겠다는 거지?"

 "그러니까 왜 책을 팔려는 거야?"

 "아까도 말했듯이 이제 읽을 수 없으니까. 책이라는 건 누군가에게 읽히기 위해 존재하는 거야. 버리는 것보다 다른 주인을 찾아주는 게……."

 "내가 읽어주면 되잖아, 자기한테."

 그녀는 눈도 깜짝하지 않고 말했다. 놀란 남편을 향해 그녀는 계속 말을 이었다.

 "자기한테 소중한 책이잖아. 내가 날마다 읽어줄게. 책을 낭독해본 적이 없어서 어설플 테지만, 그래도 되지?"

그녀는 하얀 이를 보이며 생긋 웃었다.

"나한테 말 못할 일이 있어도 괜찮아. 자기 눈이 보이든, 보이지 않든 난 항상 곁에 있을 거야. 만일 나한테 하고 싶은 말이 있으면 자기 목소리가 들리는 곳에 있을게. 난 자기와 함께 있는 게 제일 좋으니까!"

사카구치는 동상처럼 아무 말도 하지 않았지만 곧 입가에 희미한 미소가 떠올랐다.

"당신 마음 알았어. 고마워."

그러고는 자리에서 일어나 시노카와 씨에게 다가가 말했다.

"미안하지만 그 책은 팔지 않기로 했네. 돌려주겠나?"

시노카와 씨는 고개를 끄덕이며 사카구치에게 『논리학 입문』을 건넸다.

"물론이죠. 여기 받으세요."

책을 건네받은 사카구치는 아내 곁으로 돌아왔다.

"아직 출근하려면 시간이 있지? 앞으로 어떻게 할지 둘이서 상의했으면 하는데."

"그래, 그러자!"

사카구치 시노부는 그렇게 대답하며 일어났다.

나는 내심 가슴을 쓸어내렸다. 사카구치가 전과자라는

사실이 밝혀지지 않고 무사히 마무리된 것 같다. 시노카와 씨는 사카구치의 병에 대해 알아챘을 때부터 이런 방향으로 이야기하려고 계획했으리라.

자신의 과거를 고백할 것인지는 앞으로 사카구치가 천천히 생각해서 결정할 문제였다.

"……실은 할 얘기가 더 있어."

사카구치가 그렇게 말한 순간까지도 나는 여운에 젖어 있었다. 그의 아내는 고개를 갸웃거리며 남편을 올려다보았다.

"뭔데?"

"난 전과자야."

"응?!"

그 말을 듣고 놀란 사람은 사카구치 시노부가 아니라 나와 시노카와 씨였다. 기껏 비밀이 탄로 나지 않고 무사히 넘어갔는데, 왜 굳이 그런 말을 한 거지?

"출가했다는 건 거짓말이야. 스무 살 때 다니던 공장에서 잘린 나는 입에 풀칠조차 하지 못할 형편이었지. 어떤 방법이든 상관없으니 먹고살 수 있을 만한 큰돈을 가져야겠다고 생각했어. 아는 사람 집에서 차와 총을 훔쳐서 근처에 있던 은행을 털었지. 물론 금방 붙잡혔지만."

그는 남의 뉴스를 전하듯 담담한 목소리로 자신이 저지

른 죄를 털어놓았다. 시노부는 입을 벌린 채 남편의 얼굴을 바라보았다.

사카구치는 눈꼬리의 흉터를 가리키며 말했다.

"이 흉터도 그때 생긴 거야. 지금까지 당신한테 숨겨서, 거짓말해서 미안해."

사카구치는 깊이 고개를 숙였다. 표정은 보이지 않았지만, 그가 떨고 있다는 건 알 수 있었다. 옆에서 보는 나도 긴장한 나머지 손에 땀이 배었다.

장장 20년이라는 세월의 무게가 실린 고백이었다.

시노부는 후, 하고 한숨을 내쉬더니 남편의 얼굴을 들여다보았다. 그녀의 목소리가 긴 침묵을 깼다.

"어휴, 난 또 무슨 이야긴가 했네."

그녀는 남편의 팔짱을 끼며 말했다.

"알고 있었어."

나와 시노카와 씨는 다시 숨을 삼켰다. 아까부터 이 부부는 거듭 우리를 놀라게 했다.

"알고 있었다고?"

사카구치는 눈을 휘둥그레 뜨며 물었다.

"응, 바보 천치가 아니면 당연히 알지."

그녀는 의미심장한 표정으로 남편을 보며 웃었다.

"난 바보 천치가 아니잖아. 그래서 훨씬 전부터 알고 있었어. 아, 이것도 삼단논법인가?"

"그래, 그렇지……. 당신 말이 맞아."

두 사람은 우리를 돌아보며 인사하더니 팔짱을 끼고 밖으로 나갔다.

"……당신과 결혼하길 잘했어."

사카구치의 혼잣말과 함께 원래대로 문이 닫혔다.

사카구치 부부가 돌아가고 나니 병실이 더 휑하게 느껴졌다. 말 그대로 한차례 폭풍이 지나간 자리 같았다.

"언제부터 알았을까요?"

내가 중얼거렸다. 같이 살다 보면 알게 될 수도 있지만, 뭔가 계기가 있었을 터였다.

하지만 시노카와 씨는 고개를 저었다.

"사실은 몰랐을 거예요."

"네? 그렇지만 알고 있었다고 했잖아요."

"만일 정말 알고 있었다면 남편의 과거를 쉽게 남한테 이야기하지 않았겠죠. 혹시라도 우리가 비밀을 알아채지 못하도록 세심한 주의를 기울였을 거예요."

그 말에 나는 사카구치 시노부가 했던 말들을 떠올렸다. 아닌 게 아니라 남편이 전과자라는 사실을 알았다면 사카구치가 지어낸 출가 이야기를 쉽게 입에 올리지는 않았을 것이다.

"그러면 왜 그런 거짓말을……."

"만일 몰랐다고 하면 남편은 이십 년 동안 부인을 속인 셈이 되니까요. 사실이지만, 사카구치 씨는 그렇지 않아도 병에 대해 부인에게 털어놓지 못하고 벙어리 냉가슴을 앓고 있었어요. 더 이상 남편이 그런 죄책감을 느끼지 않았으면 좋겠다, 그런 마음에서였겠죠. 그거 말고는 설명할 길이 없어요."

"아하."

나는 감탄을 흘렸다.

만일 그게 사실이라면 남편의 엄청난 비밀이 밝혀졌는데도 눈도 깜짝하지 않고 웃으며 거짓말을 한 셈이다. 정말로 그런 사람이 바보 천치일 리가 없다.

"사카구치 씨도 부인의 거짓말을 알고 있었을 거예요. 논리적으로 생각하면 부인의 말은 전혀 앞뒤가 맞지 않으니까요. 하지만 그 거짓말을 지적한들 무슨 소용이 있겠어요. 부인의 따뜻한 배려를 받아들인 거예요."

늘 그렇지만 시노카와 씨의 추리는 정말 놀라울 따름이었다. 오래된 책이 관련되면 어떤 수수께끼든 단번에 풀 수 있을 것 같았다.

나는 시노카와 씨의 옆모습을 바라보았다.

지난 삼 주 동안 여러 책들에 대해 이야기했지만, 자신에 대한 이야기는 거의 하지 않았다. 오래된 책을 좋아하고, 책에 대해 말하는 걸 좋아한다는 점 말고는 그녀에 대해 아는 게 없었다. 사카구치 마사시처럼 자기 이야기를 하는 걸 좋아하지 않는 성격일까.

그래도 상관없다. 지금 이대로도 충분히 즐거우니까.

"그럼 전 그만 가보겠습니다."

시노카와 씨의 동생에게 가게를 너무 오래 맡겨두었다. 화가 머리끝까지 나있을지도 모른다.

자리에서 일어나려던 나는 순간 동작을 멈췄다. 시노카와 씨의 흰 손이 내 옷자락을 붙잡고 있었다. 뭔가를 결심한 사람의 눈이었다.

"……왜 그러시죠?"

갑자기 체온이 올라가는 것 같았다. 이런 일은 처음이었다. 나는 다시 의자에 앉았다.

"만일 사카구치 씨처럼 저한테도 비밀이 있다면……."

"네?"

"알고 싶으세요?"

흡사 내 머릿속을 들여다본 듯한 말투였다. 당황스러웠다. 대체 어떻게 된 일이지?

"알고 싶습니다."

머릿속이 혼란스러웠지만 나는 또렷하게 대답했다. 그녀는 문이 닫힌 걸 확인하고 나지막한 목소리로 천천히 이야기를 시작했다.

"예전에 저한테 물어보셨죠. 어쩌다 다쳤느냐고."

"아, 네."

"두 달 전, 저는 근처에 사시는 아버지의 친구 댁을 찾아갔어요. 언덕 위에 있는 집이었죠. 가는 길에 가파른 돌계단에서 떨어졌어요. 비가 많이 내리던 날이었는데, 다른 사람들에게는 발이 미끄러졌다고 얘기했어요."

침묵이 흘렀다. 나는 꿀꺽 침을 삼켰다.

"사실은 그게 아니었던 겁니까?"

그녀는 고개를 끄덕였다. 어느새 우리는 뺨이 맞닿을 정도로 가까운 거리에서 이야기하고 있었다.

"이 이야기는 지금까지 아무에게도 하지 않았어요. 하지만 고우라 씨에게는 말하고 싶어요. 들어주시겠어요?"

"네."

나는 대답했다.

가슴이 쿵쾅거렸다. 뭔가 엄청난 이야기가 시작될 것 같은 예감이 들었다.

"누가 돌계단에서 저를 밀쳤어요. 지난 두 달 동안 그 범인을 계속 찾는 중이에요."

 시노카와 씨는 나와 눈을 맞추며 말했다. 굳건한 의지가 담긴, 책 이야기를 할 때의 바로 그 눈빛이었다.

太宰治『晩年』——砂子屋書房

04

만
년

다자이 오사무

마나고야
쇼보

다자이 오사무 | 太宰治

나쓰메 소세키와 함께 일본 근대를 대표하는 문인이며, 그의 작품 세계는 이후 많은 일본의 젊은 작가들에게 큰 영향을 주었다. 대표작으로는 『인간실격』 등이 있다.

마나고야쇼보 | 砂子屋書房

1935년 시인 야마자키 고헤이가 세운 출판사. 규모는 작지만 시인과 신예 작가의 책을 아름다운 장정으로 내는 것으로 정평이 났다. 도중 '스나고야쇼보'로 개명하고 1943년에 영업을 중지했다. 1981년 역시 시인인 다무라 마사유키에 의해 같은 상호로 부활하여 현재에도 고급스러운 책을 내고 있다.

갑자기 유리문 바깥이 새까매지더니 다른 색깔이 녹아드는 듯 부예졌다. 이내 한여름처럼 소나기가 내리기 시작한다.

나는 손님이 없는 가게 안에서 진열장 안을 정리하다 빗소리를 듣자마자 밖으로 뛰어나갔다. 균일가 100엔 상품을 쌓아둔 판매대가 빗물에 젖지 않도록 덮개를 씌워야 하기 때문이었다.

바로 옆에 있는 기타가마쿠라 역의 승강장을 보니 열차를 기다리던 사람들이 지붕 아래로 대피했다. 이곳 상행선 승강장은 일부에만 지붕이 있었다.

계산대 위에 상품을 꺼내두었다는 걸 떠올리고 황급히 가게 안으로 들어가자마자 안채로 이어진 문이 열렸다.

끝자락이 넓게 퍼진 티셔츠에 운동복 바지를 입은 열예

닐곱 살의 소녀가 나타났다. 학교에서 돌아와 빨래를 하던 중이었는지 앞머리를 괴상한 모양으로 넘겨 묶고 있었다. 가게 주인인 시노카와 씨의 여동생이었다.

이름은 시노카와 아야카라고 한다.

"비가 또 오네."

아야카는 그렇게 말하며 다가왔다. 예전에는 나를 보는 눈이 곱지 않았는데, 요즘에는 제법 친해졌다. 지금 차림새를 보면 너무 친하게 생각하는 것 같아 오히려 걱정스러웠다.

내가 가족이 아닌 외부인이라는 사실을 잊은 게 아닐까.

"손님은 좀 왔어요?"

"아니, 거의 없어. 뭐, 평일이니까."

나는 진열장 앞에서 작업하며 대답했다.

"경기가 나쁘긴 나쁜가 봐. 우리도 이러다 문 닫는 게 아닌지 모르겠어요."

태평한 얼굴로 불길한 소리를 하는군. 나는 인상을 찌푸렸지만 딱히 대꾸하지는 않았다.

여기서 일한 지도 벌써 한 달이 되어가니 매상이 예전보다 줄었다는 건 알고 있었다. 가게를 꾸려나가던 주인이 두 달이나 자리를 비웠으니 잘되는 편이 이상하리라.

나는 파라핀지에 싼 책을 진열장에 가지런히 배치했다.

조금 빛이 바랜 뿌연 표지에 손글씨 같은 서체로 『만년』이라 인쇄되어 있었다. 누런 띠지에는 유명 문인인 사토 하루오와 이부세 마스시의 추천사가 실려 있었다.

"어? 그 책!"

시노카와 아야카는 놀란 듯 소리쳤다.

"그거 옛날부터 있었던 엄청 비싼 책인데! 그 있잖아요, 유명한 작가. 다, 다, 다……. 뭐였지?"

"다자이 오사무."

나는 조용히 말했다.

『만년』은 1936년에 발행된 다자이 오사무의 기념할 만한 처녀 작품집이지만, 안타깝게도 책을 읽지 못하는 나는 내용을 몰랐다.

"그 책 내놓는 거예요? 언니가 이건 무슨 일이 있어도 절대로 팔지 않겠다고 했는데. 역시 그렇게 매출이 좋지 않나?"

진열장을 잠그려던 나는 유리에 비친 소녀의 얼굴을 힐끗 보았다.

"요즘 이 책을 사겠다는 손님이 있었어?"

"아뇨, 전혀."

그녀는 고개를 저으며 씩 웃었다.

"언니랑 같은 질문을 하네요. 언니도 매번 그것만 물어봐요. 이 책을 사겠다는 사람이 왔느냐, 만일 그런 사람이 찾아오면 곧바로 연락하라고. 무슨 일 있어요?"

"아니, 없어."

나는 거짓말을 했다. 자세한 사정은 나와 시노카와 씨 둘만의 비밀이었다.

"그 책, 언니가 병실 금고에 넣어둔 책이죠?"

"그래."

"이렇게 깨끗한 책이었나?"

순간 나는 동작을 멈췄다. 언니와는 닮은 데가 없는 것 같았는데, 뜻밖에도 예리한 구석이 있었다. 생각지도 못한 곳에서 핵심을 찔렀다.

"전에 봤을 때는 더 지저분해 보였는데, 모서리 같은 데가."

그 이야기는 더 이상 하고 싶지 않았다. 이 책에 더 관심을 갖지 못하게 하려면 어떻게 해야 할까.

속으로 끙끙대고 있는데, 가게 밖에서 푸르스름한 빛이 번뜩였다. 곧이어 격렬한 천둥소리가 대기를 뒤흔들었다.

"와오오."

동시에 시노카와 아야카는 이상한 소리를 냈다. 무서워하는 게 아니라 감탄하는 것 같았다. 그녀는 가벼운 걸음으로 문으로 달려가 새까만 먹구름을 올려다보았다.

"굉장하다. 분명 이 근처에 떨어졌을 거예요!"

기타가마쿠라는 산이 많은 지역이다. 산꼭대기에 세워진 송전탑에 벼락이 떨어지는 일도 드물지 않았다.

불현듯 병원에 있는 시노카와 씨가 떠올랐다.

지금쯤 혼자 병실에서 하늘을 바라보고 있을까. 어쩌면 천둥, 번개를 무서워할지도 모른다. 두 달 전 돌계단에서 떨어졌던 날도 이렇게 천둥이 치고 비가 왔다고 했다.

시노카와 씨의 비밀을 알게 된 건 일주일 전.

사카구치 부부가 병실을 나가고 나서였다.

"……누가 밀쳤다니, 어떻게 된 겁니까?"

나는 그녀에게 물었다. 느닷없이 '누가 뒤에서 밀쳤다'고 말해도 어떻게 이해해야 좋을지 알 수 없었다.

"그 이야기를 하기 전에 먼저 보여드릴 물건이 있어요."

말이 끝나자마자 시노카와 씨는 환자복 첫 단추를 풀었다. 목 주변 쇄골이 또렷하게 보였다. 눈을 부릅뜨며 뻣뻣하게 굳은 내 앞에서 그녀는 가슴팍에 손을 넣었다.

그녀가 꺼낸 것은 목에 걸고 있던 작은 열쇠였다.

나에게 내민 그 열쇠에는 아직도 그녀의 체온이 남아 있었다.

"그 금고 안에 있는 걸 꺼내주세요."

시노카와 씨는 침대 옆 선반을 가리켰다. 선반 아래에는 작은 금고가 있었다. 지금까지 저 안에 무엇이 들어 있는지 생각해본 적도 없었다.

나는 시키는 대로 금고를 열었다.

보랏빛 비단보로 싼 네모난 물건이 보였다. 꺼내보니 무척 가벼웠다. 다시 의자에 앉아 보자기를 풀어보니 파라핀지에 싸인 책이 나왔다.

표지에 『만년』이라고 적혀 있었다. 사토 하루오의 추천사가 인쇄된 띠지도 있었다.

오래된 책이지만 상태는 좋은 편이었다. 잘은 모르지만 희귀본이라는 건 짐작이 갔다. 책을 읽지 못하는 나지만 『만년』이라는 제목은 들어본 적이 있다.

분명히······.

"『만년』은 다자이 오사무의 처녀작이에요. 이 책은 1936년에 마나고야쇼보에서 발행된 초판본이에요."

나는 고개를 끄덕였다. 읽어보지는 못했지만 관심이 갔다.

"저희 할아버지가 아는 분께 양도받은 책인데, 할아버지가 아버지에게, 아버지가 저에게 물려주셨어요. 파는 물건이 아니라 제 개인 소장품이에요."

책을 훑어보던 나는 이상한 점을 눈치챘다. 몇 페이지마다 책장이 붙어 있는 상태라서 부분적으로만 읽을 수 있었다.

이런 책은 처음 봤다.

"파본입니까?"

시노카와 씨는 조용히 고개를 저었다.

"언컷uncut이에요."

"언컷?"

"일반적으로 책이란 이렇게 책장이 붙은 상태로 철해서 제본한 뒤에 책머리, 책입책등의 반대 면, 책발을 깔끔하게 잘라내죠. 언컷이란 자르지 않고 출판된 책을 말해요. 옛날에는 이 상태로 출판된 책이 많았다고 해요."

"책장을 뜯지 않으면 어떻게 읽죠?"

"페이퍼나이프로 뜯으며 읽어야죠."

그렇구나.

고개를 끄덕이던 내 손이 멈췄다. 그렇다면 이 『만년』은 아직 아무도 읽지 않은 책이라는 뜻이다. 무척 희귀한 책이 아닐까?

"어?"

특이한 점이 하나 더 눈에 띄었다. 면지에 얇은 붓으로 쓴 글자가 적혀 있었다.

자신을 가지고 살아가자.
살아있는 이들은 모두 죄인이니.

그 옆에 '다자이 오사무'라는 이름이 적혀 있었다. 갑자기 손에 든 책이 묵직하게 느껴졌다.

"이 책, 진품입니까?"

그녀가 고개를 끄덕이기 전부터 답은 이미 알고 있었다. 『소세키 전집』에서 보았던 가짜 사인과는 누가 봐도 달랐다. 이름만 들어본 옛 시대의 작가가 갑자기 살아있는 존재로 나타난 듯한 기분이었다.

"『만년』은 다자이가 스물일곱 살 때 발행되었어요. 그때까지 써두었던 단편을 실은 작품집인데, 그 가운데 『만년』이라는 제목의 작품은 하나도 없죠."

"그럼 왜 『만년』이라는 제목을 붙였죠?"

"다자이 자신은 유서로 남길 작정이었다고 말했어요. 소설가로서 활동하기 전에도 그는 어느 여성과 동반자살 시도를 한 적이 있죠. 장소는 여기서 조금 떨어진 고시고에였어요. 그 뒤에도 계속 자살 미수 사건을 일으켰고요."

그 정도는 나도 알고 있었다. 그리고 결국 연인과 함께 다마가와 강에 뛰어들어 목숨을 끊었다.

"이 초판은 500부만 인쇄되었어요. 책장을 뜯지 않은 채 띠지도 보존된 데다 작가의 사인까지 있는 책은 아마 이 한 권밖에 남아 있지 않을지도 몰라요. 그럴 생각은 없지만 만일 우리 가게에서 판다면 300만 엔 이상의 값을 매겨야 할 거예요."

나는 침을 꿀꺽 삼켰다. 꼭 책이 아니더라도 그런 고가의 물건을 직접 만져본 건 태어나서 처음이었다.

"하지만 저에게 이 책의 가치는 가격과는 아무 상관도 없어요. 면지에 적힌 다자이의 친필 사인이 훨씬 중요하죠."

나는 다시 다자이의 필치를 훑어보았다.

자신을 가지고 살아가자.
살아있는 이들은 모두 죄인이니.

신경질적으로 느껴지는 섬세한 필체였다. '죄인'이라는 단어만 살짝 힘을 준 듯 굵은 글씨였다. 뭐라 설명할 수는 없지만 마음에 남는 문장이었다.

"분명 친구를 격려하려고 이 글귀를 써서 책을 선물했을 거예요. 같은 글귀가 적힌 사인본이 또 있거든요. '죄인'이라는 말에 애착이 있었는지도 모르겠어요. 이 책에 실리지는 않았지만 「갈매기」라는 단편에도 나오죠."

'죄인'이라는 말을 가만히 읊조려봤다.

"……우리 모두 악인이라는 뜻인가요?"

"꼭 그렇지는 않을 거예요. 저는 살아있는 사람은 누구든 업보를 짊어졌다는 뜻으로 받아들였어요."

모두 업보를 짊어졌으니 자신 있게 당당히 살라는 건가. 긍정적인지 부정적인지 알 수 없는 격려의 말이었다.

"꼭 제 이야기 같아서 전 좋아해요. 좋아하는 말이란 원래 그런 것이겠지만."

나는 살며시 눈을 감았다. 자기 자신에 대해 어떻게 생각하는지 시노카와 씨의 입으로 직접 들은 건 처음이었다. '업보를 가지고 있다'는 평가는 뜻밖이었다.

책을 좋아한다는 것이 업보라는 뜻인가?

"저처럼 이 말을 좋아하는 사람이 있어요. 열렬한 다자이 팬인데, 그 사람이 저를 계단에서 밀쳤죠."

그녀는 눈을 내리깔고 다리를 바라보았다.

"그게 누굽니까?"

"이름도, 어떤 사람인지도 모르겠어요. 확실한 건 이 『만년』을 노린다는 사실뿐이에요."

어느새 창밖의 빛이 옅어지기 시작했다. 시노카와 씨는 자신이 겪은 일을 담담하게 술회했다.

"아까도 말씀드렸다시피 이 책은 상품이 아니라 제가 가게와 함께 물려받은 것이에요. 아버지는 만일의 경우 마음대로 처분하라고 하셨지만 저는 이걸 안채에 보관해둔 채 남에게 보이지 않았어요. 딱 한 번을 제외하고는."

"그게 언제입니까?"

"하세에 있는 문학관을 아세요?"

나는 고개를 끄덕였다. 예전에 한 번 가본 적이 있었다. 낡은 저택을 개조한 건물에 유명한 문학 작품의 친필 원고나 작가의 소장품이 전시되어 있다. 문학 전문 박물관으로, 가마쿠라 대불과 더불어 하세의 관광지로 유명했다.

"작년은 다자이 오사무의 탄생 백주년이어서 문학관에서도 회고전이 열렸어요. 그때 제가 소장한 『만년』을 전시하고 싶다는 의뢰를 받고 대여했죠."

어렴풋이 기억이 났다. 예전에 어디서 그런 이야기를 들은 적이……. 아니, 봤다고 해야 하나? 어쨌든 알고 있었다.

"인터넷에서 본 것 같습니다. 우리 가게에서 무슨 전시회에 책을 대여했다고……."

여기서 처음 일하기 시작했을 때 '비블리아 고서당'을 검색해본 적이 있었다. 고서 마니아들이 모이는 커뮤니티에 누군가가 그 정보를 올려둔 것을 읽었다.

그러고 보니 그 책이 다자이의 『만년』이었는지도 모른다.

"네, 맞아요."

시노카와 씨는 어두운 표정으로 고개를 끄덕였다.

"문학관 측에서는 우리 가게에서 빌렸다는 사실은 밝히지 않았지만 알아챈 분도 있었겠죠. 할아버지와 아버지는 가게에 오는 손님들에게 이 책을 보여주셨으니까요. 문제는 제가 이 책을 소장하고 있다는 사실이 많은 사람들에게 알려진 거예요. 그리고 회고전이 끝났을 무렵, 이런 메일을 받았어요."

그녀는 노트북을 켰다.

액정 모니터의 백라이트가 어스름한 병실에서 어렴풋하게 떠올랐다. 화면을 들여다본 내 눈에 들어온 건 시노카와 씨 앞으로 온 한 통의 메일이었다.

비블리아 고서당의 시노카와 님께.
처음 뵙겠습니다. 저는 오바 요조라고 합니다.
얼마 전 가마쿠라를 돌아보다 문학관에 들러
귀사에서 소유하신 다자이 오사무의 『만년』을 보았습니다.
숨이 막힐 정도로 아름다운 작품이더군요.
사인과 함께 적힌 글귀에 가슴이 저렸습니다.
'자신을 가지고 살아가자. 살아있는 이들은 모두 죄인이니.'
꼭 저에게 이 책을 양도해주셨으면 해서 메일을 보냅니다.
금액, 입금 계좌, 배송 방법 등을
이 메일 주소로 보내주십시오.

"……처음에 이 메일을 받았을 때는 장난인 줄 알았어요."

"네? 왜죠?"

무심코 되물었다. 메일을 쓴 이가 무척 흥분했다는 사실은 느껴졌지만, 눈에 띄게 이상한 점은 보이지 않았다.

"이름 때문에요. 오바 요조,『만년』에 실린「광대의 꽃」이라는 단편의 주인공 이름이에요."

그랬구나. 나는 고개를 끄덕였다.

한마디로 가명이라는 뜻인가.

"이렇게 큰 금액이 걸린 거래를 전화가 아니라 메일로 하려는 점도 이상했고, 어찌 되었든 저는 이 책을 팔 생각이 없었어요. 그래서 파는 물건이 아니라 개인 소장품이라고 답장을 보냈죠. 그랬더니 오 분도 채 지나지 않아 답장이 왔어요."

시노카와 씨의 손가락이 메일 폴더를 가리켰다.

다음 메일의 제목은 '금액을 제시해주십시오'였다. 상의도 없이 멋대로 가격 흥정을 시작하려는 것 같았다.

그녀는 다음 메일을 가리켰다. 이번에는 '제게 그 책이 필요한 이유'.

이어서 다음 메일을 열었다.

순간, 등줄기가 오싹해졌다.

폴더에는 오바에게서 온 메일 수백, 아니, 수천 통이 쌓여있었다. 아무리 스크롤을 해도 끝이 보이지 않았다. 스토

커라 해도 좋을 집착이었다.

이 경우 스토킹 대상은 사람이 아니라 책이었지만.

"경찰에도 신고를 했지만, 이 메일만으로는 어쩔 도리가 없다고 했어요. 해외 계정으로 보낸 메일이라 신원을 알아내기도 쉽지 않다고 해서. 이대로 무시해야 할지 고민하고 있는데, 직접 가게로 찾아왔어요."

장마가 계속되던 날이었어요.

혼자 가게를 보는데, 커다란 여행 가방을 든 양복 차림의 남자가 문을 열고 들어왔죠.

얼굴은 알아볼 수 없었어요. 커다란 마스크에 선글라스까지 썼거든요. 무척 키가 컸는데, 나이는 그리 많지 않은 것 같았어요.

'제가 오바 요조입니다.'

나지막한 목소리로 말하더니, 그 사람은 가방에서 돈다발을 꺼내 계산대에 올려놓았어요.

'사백만 엔입니다. 이 가격에 양도해주시죠.'

그렇게 말하면서 저를 설득하기 시작했어요. 다른 작가의 초판본도 모으고 있는데, 그 가운데에서도 특히 다자이의 초판본에 애착을 가지고 있다, 작가가 직접 쓴 글귀가 들어간 『만년』은 수집가들이 바라 마지않는 책이다, 꼭 양도해주었으면 한다…….

아마 그런 내용이었을 거예요.

전 당황해서 제정신이 아니었지만 간신히 이야기를 끊고 돈을 돌려줬어요. 메일에 썼던 이야기를 또 했죠. 아버지가 물려주신 책이고, 애착이 있는 책이라 이것만은 무슨 일이 있어도 팔 수 없다고.

그랬더니 마지막으로 확인하듯 저에게 물었어요.

'무슨 일이 있어도 팔 생각이 없으시다는 겁니까?'

제가 그렇다고 대답하자, 그는 몸을 내밀며 말했어요.

'저도 이 책에 애착이 있습니다. 설령 몇 년이 걸리더라도, 어떤 장애물이 있어도 기필코 손에 넣을 작정입니다.'

그 사람은 그런 말을 남기고 가게를 나갔어요.

피로가 몰려왔죠.

분명 다시 찾아올 텐데, 어떻게 설득하면 좋을지 도무지 알 수 없었거든요.

그날은 가게 문을 닫고 나서 근처에 사시는 아버지 친구 분 댁에 갔어요. 생전에 아버지가 빌리셨던 책을 돌려드리려고.

소나기가 엄청나게 쏟아지는 가운데 가파른 돌계단을 오르고 있었어요. 한 손에는 우산을 들고, 책이 든 꾸러미를 가슴에 품고 있었죠. 거의 제 발밑밖에는 보이지 않았어요.

계단을 거의 다 올랐을 때.

위에 어떤 남자가 서 있는 게 보였어요. 우산을 들고 얼굴을 보려던 순간, 남자가 제 어깨를 힘껏 밀었죠.

다리가 풀려서 계단 제일 밑까지 굴러떨어졌어요. 손끝 하나도 까딱할 수가 없어서 크게 다친 걸 알았죠. 도움을 요청하려 했지만 의식이 흐려져서…….

그때 계단을 내려오는 발소리가 들렸어요.

그 사람은 제가 가지고 있던 책을 주워서 안을 확인하는 것 같았어요.

'뭐야, 그 책이 아니잖아.'

아쉬워하는 듯한 목소리가 들렸죠. 빗소리가 세찼지만 오바 요조의 목소리라는 걸 분명히 알 수 있었어요.

목소리에 특색이 있거든요. 또랑또랑한 중저음의 목소리. 그러고 보니 고우라 씨의 목소리와 약간 비슷한 것 같아요.

'그 책은 어디 있지?'

그는 그렇게 물었어요.

오바가 『만년』을 빼앗으러 온 거였어요. 물론 넘겨줄 생각은 없었어요.

'안전한 곳에 감춰놨어요. 어디 있는지는 말할 수 없어요.'

저는 남은 힘을 짜내 대답했어요. 사실은 자물쇠가 달린 안채 서랍장에 넣어뒀는데, 안전한 곳은 아니었죠. 어쨌든 오빠에게 그 책을 빼앗길 수 없다는 일념뿐이었어요.

오빠는 뭐라고 말하려 했지만, 그때 차가 지나가는 소리가 들렸어요. 그는 다급히 저에게 속삭였죠.

'이 사실을 아무한테도 말하지 마. 만일 입을 잘못 놀렸다가는 가게가 불바다가 될 줄 알아. 고집 피우지 말고 그 책을 나한테 넘겨. 다시 연락하지.'

제가 기억하는 건 거기까지예요.

다음에 눈을 떴을 때는 병원 침대였어요. 저는 아무에게도 사정을 털어놓지 않고, 『만년』을 이 병원 금고로 옮겼어요. 병원에는 24시간 사람이 있으니까 집에 두는 것보다는 안전할 거라고 생각했죠.

지난 두 달 동안 그쪽에서 먼저 접촉한 적은 없고, 물론 제가 연락한 적도 없어요…….

"자, 잠깐만요."

말없이 듣던 나는 시노카와 씨의 말을 끊었다.

"설마 정말로 경찰에 신고하지 않은 겁니까?"

"네."

당연한 듯 대답하는 그녀의 모습에 나는 어처구니가 없

었다.

"대체 왜? 녀석은 당신을 죽이려 했다고요!"

"오바 요조가 누군지 모르기 때문이에요."

시노카와 씨는 대답했다.

"경찰이 수사를 시작해도 금세 붙잡을 리는 없어요. 만에 하나라도 제가 신고한 사실을 알아채면 그 남자는 정말 가게에 불을 지를지도 몰라요. 그러고도 남을 사람이에요. 가게를 잃는 것만은 무슨 일이 있어도 피하고 싶었어요."

"그, 그래도 그런 놈을 내버려두었다가는……."

"네, 그래서 다시 가게를 찾아오면 경찰에 신고할 생각이에요. 그 방법을 이곳에서 계속 생각했고요."

느닷없이 그녀가 고개를 들었다. 안경 너머로 보이는 눈동자 속에 강한 의지가 깃들어 있었다. 책에 관련된 수수께끼를 풀 때면 항상 커다랗게 뜨는 새까만 눈동자.

그녀는 손을 뻗어 내 손을 꼭 잡았다.

"오바 요조를 유인하는 걸 도와주실 수 없을까요? 무슨 일이 일어날지 알 수 없지만 고우라 씨밖에 의지할 사람이 없어요."

하얀 손의 온기에 나는 감전된 듯 꼼짝할 수가 없었다. 의지할 사람이 나밖에 없다는 말이 귓속까지 계속 울려 퍼졌다.

시노카와 씨처럼 내성적인 사람이 이렇게까지 누군가에게 마음을 여는 건 무척 드문 일이 아닐까.

게다가 그 상대는 바로 나였다.

"……알겠습니다. 해보죠."

물론 답은 정해져 있었다. 고개를 끄덕이면서 그녀의 손을 꼭 쥐었다. 가녀린 손가락이 내 손안에 쏙 들어왔다.

"고마워요. 그리고 죄송해요. 이런 일에 말려들게 해서……."

"괜찮습니다. 대신 조건이 하나 있습니다."

"조건이요?"

"다자이의 『만년』이 어떤 내용인지 자세히 이야기해주시겠습니까? 읽어본 적이 없어서."

내 말에 그녀의 표정이 환해졌다. 책을 가져왔을 때와 같은, 아니, 어쩌면 그보다 더 환한 미소일지도 모르겠다.

나도 덩달아 미소를 지었다.

"물론이에요. 이 일이 끝나면 반드시."

책 이야기를 하고 싶은 사람과 그 이야기를 듣고 싶은 사람. 우리는 책을 통해 이어진 사이였다.

하지만 이 병실에서 갖가지 이야기를 하는 동안 기묘한 관계인 채로 거리가 좁혀진 기분이 들었다. 적어도 의지할 만한 사람으로 신뢰를 얻었다. 물론 나도 그녀를 믿었다.

"그래서 어떻게 불러낼 겁니까?"

나는 물었다. 오바 요조도 경찰에 붙잡힐 위험을 염두에 두고 있으리라. 가급적 우리와 직접적인 접촉은 피하려 하겠지.

"오바 요조는 어떤 수단을 써서든 이 책을 손에 넣으려 해요. 저기 예전에 저희 집에 도둑이 들었는데, 혹시 아세요?"

"네? 아, 그러고 보니."

여기서 처음 일하던 때 아야카에게 들은 기억이 났다. 도둑이 들기는 했지만 훔쳐간 건 아무것도 없었다고 했다.

"증거는 없지만 그것도 오바라는 사람 짓이라고 생각해요. 책을 사려는 게 아니라 훔치려는 거죠. 그때는 이미 이곳으로 책을 옮겨두었지만."

충분히 있을 법한 이야기다.

오바 요조는 수단, 방법을 가리지 않고 그 책을 차지하려 하고 있었다. 가게에 숨어들고도 남을 녀석이다.

"지금 그가 제일 알고 싶은 건 『만년』이 있는 곳이겠죠. 저는 상대가 먼저 접근하도록 미끼를 던질 거예요."

"미끼라고요?"

시노카와 씨는 옆에 있던 책 더미 위에서 또 다른 꾸러미를 꺼내 펼쳤다.

보자기 안에는 파라핀지로 싸인 책······.

나는 눈을 휘둥그레 떴다. 그것은 노란 띠가 달린 『만년』이었다. 내 무릎에 놓인 책과 똑같았다.

"책이 또 있습니까?"

이 책도 책장이 서로 붙어 있었다. 아주 희귀한 책이라더니.

"아니오."

그녀는 고개를 저었다.

"이건 1970년대에 호루부샤에서 나온 복각판, 한마디로 초판과 동일하게 다시 만든 복제품이에요. 내용을 보지 않으면 진품인지 아닌지 알아내기 어려울 거예요."

나는 복각판 『만년』을 뚫어져라 바라보았다.

겉보기에는 똑같았다. 아니, 복각판이 종이가 좀 더 빳빳했고, 표지도 덜 지저분했다. 왠지 모르게 세월의 무게가 덜한 느낌이 들었다.

"원본이 아니라도 구입하려는 사람이 있습니까?"

"초판과 같은 형태로 읽고 싶다는 팬들이 꽤 많아요. 이 복각판은 잘 만들어졌고, 여러 차례에 걸쳐 증판되었죠. 원본을 소장한 저도 여러 권 샀어요."

팬의 마음이란 그런 건가.

고개를 갸웃거리는 나를 보며 그녀는 말을 이었다.

"이 복각판에 350만 엔 가격표를 붙여서 진열장에 진열해주세요. 저는 상태 좋은 『만년』 초판본이 입고되었다는 정보를 홈페이지에 올려놓을게요. 자기가 노리는 책이 매물로 나왔다는 걸 알면 오바 요조도 다시 가게를 찾아올 수밖에 없을 거예요. 적어도 상황을 파악하려고 찾아오겠죠. 그러면 고우라 씨가 경찰에 신고해주세요."

이제야 시노카와 씨의 의도를 알 것 같았다.

이 복각판을 말 그대로 오바를 낚기 위한 미끼로 쓰겠다는 뜻이다. 진품을 내놓으면 더할 나위 없겠지만 책을 빼앗길 위험이 있다.

나쁘지 않은 작전이지만, 과연 계획대로 잘될까?

"하지만 전 오바의 얼굴을 모릅니다."

"큰 키에 낯선 손님이 책을 달라고 하면 오바라고 생각하세요. 350만 엔짜리 책을 사려는 사람은 얼마 없을 테니까요."

"혹시 단골손님이 사겠다고 하면 어떻게 할까요?"

"그때는 이미 거래가 끝났다고 둘러대세요. 복각판을 그 가격으로 팔 수는 없으니까요."

"오바가 전화로 문의할 수도 있지 않을까요?"

"그러면 모르는 척하면서 '사장님 지시로 가게에 진열해두었다, 직거래만 한다'고 하세요. 그러면 가게로 찾아올지도 몰라요."

나는 입을 다물고 팔짱을 꼈다. 꼬치꼬치 따지려는 건 아니었지만 이 계획에는 위험이 따른다. 불안 요소는 가급적 없애고 싶었다.

"시노카와 씨가 퇴원할 때까지 기다리는 게 낫지 않을까요?"

"어째서죠?"

"무슨 짓을 할지 모르는 위험한 녀석 아닙니까. 가게로 찾아오면 다행이지만 혹시라도 병실로 찾아와 시노카와 씨에게 해코지를 하려고 할지도 모릅니다."

허를 찔린 듯 그녀의 얼굴이 굳었다.

"그 몸으로 도망칠 수도 없잖습니까. 최소한 몸이 회복될 때까지 기다리는 게 좋지 않을까요?"

말하는 목소리가 점점 기어 들어갔다. 시노카와 씨의 두 손이 떨리고 있었기 때문이었다.

내가 무슨 말실수라도 했나?

"더는 기다릴 필요가 없어요. 기다린들 상황은 달라지지 않으니까요."

그녀는 낮은 목소리로 말했다.

"네?"

"전 단순 골절이 아니에요. 말초신경에도 손상을 입었죠. 의사 선생님 말로는 퇴원하고 나서도 후유증이 남을 거래요. 예전처럼 걸을 수 있게 되려면 오래 걸릴지도 몰라요. 어쩌면 평생 정상으로 돌아오지 않을지도 모르고요."

병실의 공기가 날카로운 소리를 내며 얼어붙었다.

밖에는 계속해서 소나기가 내리고 있었다.

유리 진열장 안에는 '350만 엔, 상태 최상, 친필 사인 있음'이라고 적힌 가격표가 붙은 다자이 오사무의 『만년』이 진열되어 있었다.

정확히는 『만년』의 복각판이.

나는 진열장 앞에 서서 시노카와 씨의 이야기를 반추했다. 그녀의 다리에 관한 이야기는 오바 요조의 이야기만큼 충격적이었다.

'어쩌면 평생 정상으로 돌아오지 않을지도 몰라요.'

경찰의 개입 없이 오바를 찾아내려는 건 자신의 손으로 마무리를 짓겠다는 뜻인지도 모른다.

아야카는 안채로 돌아갔고, 가게에는 나 혼자 남아 있었다. 그녀는 오바 요조에 대해 아무것도 모르지만 언니의 상태가 얼마나 심각한지는 물론 알고 있었다.

그러고 보니 처음 이 가게에 왔을 때도 언니의 상태에 대해 자세히 말하지 않고 얼버무렸다. 다른 일은 묻지도 않았는데 떠들었으면서.

아야카 나름의 배려였겠지.

오바에 대해 동생에게 말할 것인가. 시노카와 씨는 가장 고민한 일이 바로 그것이라고 했다.

"아야카는 거짓말을 못하는 성격이에요. 다른 사람에게 금방 말해버릴 위험도 있고, 무엇보다 오바가 찾아왔을 때 침착하게 대응하지 못할 거예요."

입이 무겁고 침착하게 대응할 수 있을 만한 사람이 바로 나라는 건가.

책임이 막중했다. 벌써 가게 홈페이지에 『만년』의 정보가 올라왔다. 언제 오바가 찾아와도 이상하지 않은 상황이었다.

느닷없이 미닫이문이 열리는 소리가 나서 나는 반사적으로 몸을 움찔했다.

"왜 그렇게 인상을 써요?"

어깨에 들어갔던 힘이 풀렸다. 고스가 나오였다.

예전에 책등빼기 시다에게 고야마 기요시의 『이삭줍기 · 성 안데르센』이라는 책을 훔친 소녀였다. 시다에게 책을 돌려주고 사과한 뒤로 책을 좋아하게 됐다고 늘었다. 그 뒤로 가끔 우리 가게를 찾아오기도 했다.

오늘은 반소매 블라우스에 교복 스커트를 입고 있었다.

교복 차림은 처음 봤다. 그녀도 시노카와 씨의 동생과 마찬가지로 내가 졸업한 고등학교의 후배였다.

"축제 준비를 하러 친구 집에 가는 길이었는데, 갑자기 비가 와서. 그칠 때까지 잠깐 비 좀 피할게요."

고스가는 털털한 말투로 말하더니 안으로 들어왔다. 짧은 머리카락 끝에서 물이 뚝뚝 떨어지는 걸 보고 나는 계산대 안쪽으로 들어갔다.

판매하는 책에 물이 묻으면 큰일이다.

나는 집에서 가져온 수건을 꺼내 진열장 앞에 서있는 소녀에게 던졌다.

"이걸로 닦아."

"고마워요."

고스가는 환하게 웃으며 수건을 받더니 머리를 닦으며 진열장 안을 들여다보았다.

"아, 이게 소문의 350만 엔짜리 책이구나!"

"그런 소문은 어디서 들었어?"

나는 놀라 물었다.

"아뇨. 그냥 나 혼자 아는 거예요. 어젯밤에 여기 홈페이지를 보고. 내용은 꼭 이 책이 아니더라도 읽을 수 있는 거죠? 이렇게 비싼 책을 사겠다는 사람이 있어요?"

"있지."

적어도 한 명은. 어디 사는지도 모르는 정체불명의 스토

커지만.

"흐음."

그 한마디로 고스가는 책에 대한 관심이 사라진 듯했다. 홱 몸을 돌려 돌아보았다.

"아, 맞다. 요즘 시다 선생님 여기 왔었어요?"

"이번 주는 못 봤는데."

"조만간 오실 거예요. 책 거래 건으로 상의할 게 있다고 했어요."

저번의 그 사건 이후로 고스가와 시다 사이에는 기묘한 우정이 싹텄다. 두 사람은 서로 책을 빌려주기도 하고, 가끔 강가에서 읽은 책의 감상을 나누기도 한다고 했다.

책에 대한 시다의 지식에 감복한 고스가는 그를 '선생님'이라고 부르고 있었다. 시다도 느닷없이 생긴 제자의 존재에 쑥스러워하면서도 내심 기뻐하는 눈치였다.

"축제가 언제였지?"

나는 물었다. 여름방학이 끝나자마자 바로 준비를 시작하는 것 같았다.

"이 주 뒤 금요일부터 일요일까지예요. 시간 있으면 구경하러······."

불현듯 뭔가가 떠오른 듯 고스가는 침울한 눈빛으로 가게 밖을 바라보았다.

"……니시노란 애 기억해요?"

나는 얼굴을 찌푸렸다. 어떻게 잊겠는가.

"기억해. 그 녀석이 왜?"

고스가와 친하게 지내는 척했지만 실상은 그녀를 싫어했던 남학생이었다. 그녀가 시다의 책을 훔친 건 니시노에게 줄 선물 때문이었다.

나도 한 번 만나봤는데, 썩 좋은 인상은 아니었다.

"여름방학 끝나고 나서 걔가 나를 못되게 찼다는 소문이 전교에 파다하게 퍼졌어요. 내 전화번호와 메일 주소를 함부로 알려준 것까지 알고 있더라고요. 혹시 저번에 있었던 일을 우리 학교 애한테 얘기했어요?"

"그럴 리가. 아무한테도 말 안 했어."

애초에 그 이야기를 아는 사람도 얼마 없었다. 당사자들을 제외하고는 나와 시노카와 씨, 그리고 시다뿐이다.

우리 이야기를 들은 사람도 없을 터.

"……아."

나는 안채로 통하는 문을 돌아보며 말했다. 그러고 보니 가게를 찾아온 시다와 고스가의 이야기를 할 때 아야카가 바로 옆에 있었다. 책을 훔친 이야기는 하지 않았지만 니시노라는 이름은 언급했던 것 같다.

'아야카는 거짓말을 못하는 성격이에요.'

나는 시노카와 씨의 말을 떠올리고 머리를 싸안았다.

"미안해. 고의는 아니었는데, 들은 사람이 있는 것 같아."

"괜찮아요. 신경 쓰지 마요. 나도 일부러 숨기려던 건 아니니까."

고스가는 고개를 저으며 대답했다.

"니시노는 꽤 인기가 많았는데, 나뿐 아니라 다른 애들한테도 못되게 굴었나 보더라고요. 내 이야기와 그런 소문들이 같이 퍼져서 여자애들이 전부 걔를 무시하고 있어요. 그런 상황에서는 남자애들도 같이 어울리기 그렇잖아요. 그래서 지금은 거의 고립된 처지예요. 밴드부에서도 빠진다는 얘기를 들었고……."

학교에서 나름대로 인기인이었다가 한 번의 실수로 몰락한 사례는 나도 본 적이 있었다. 특히 똘똘 뭉친 여자들을 적으로 돌리는 건 정말 무서운 일이다.

이 경우는 본인이 자초한 결과지만.

"잔뜩 기가 죽은 니시노와 복도에서 스쳐 지나가는데, 썩 기분이 좋지 않더라고요. 오히려 나 때문이라는 생각에 좀 미안하기도 하고. 이런 기분이 뭔지 모르겠네요."

"상대가 아무 말도 하지 않으면 신경 쓰지 않아도 돼."

"네, 그야 그렇지만."

그 기분이 어떤 것인지 어렴풋이 알 것 같았다. 니시노라는 소년이 그녀에게 정말 아무것도 아닌 존재가 되었다는 뜻이었다. 시다에게 사과하러 갔을 때 보였던 허세가 아니었다.

"음?"

바깥을 보던 고스가가 갑자기 인상을 썼다. 덩달아 나도 그녀가 보던 쪽으로 고개를 돌렸지만 문 너머로는 여전히 세찬 빗줄기가 쏟아지고 있었다.

"왜 그래?"

"지금 길에 서서 이쪽을 보는 사람이 있었는데, 내가 보니까 도망쳤어요."

나는 계산대에서 나와 좁은 가게를 가로질러 문을 열었다. 빗줄기가 쏟아지는 길에는 아무도 없었다.

벌써 모퉁이를 돌아 사라진 것이리라.

"어떻게 생긴 녀석이었어?"

나는 뒤에 있는 고스가에게 물었다.

"우비를 입고 모자를 쓰고 있었어요. 얼굴은 못 봤지만 아마 남자였던 것 같아요. 저 사람이 왜요?"

"아무것도 아니야."

나는 조용히 문을 닫았다. 단순한 손님이라면 황급히 도망칠 리 없었다.

오바 요조가 드디어 모습을 드러낸 것인지도 모른다.

"그 뒤로도 계속 기다렸지만 끝내 나타나지 않았습니다."

다음 날, 날은 맑았지만 오후에도 손님은 별로 없었다. 여전히 가게 안에 있는 건 나 혼자였다. 나는 계산대에서 통화를 하고 있었다.

어제와 마찬가지로 『만년』의 복각판은 진열장에 나와 있었다.

"저기, 별일 없으셨어요?"

수화기 너머로 속삭이는 듯한 시노카와 씨의 목소리가 들렸다. 일부러 휠체어를 타고 복도까지 나와 전화한 것이었다.

"뭐가요?"

"……책을 가지고 돌아가셨잖아요. 가게 문을 닫고 나서."

아, 그 이야기로군.

어젯밤 가게 문을 닫고 나서 『만년』을 집으로 가지고 돌아가 할머니가 매상을 넣어두던 금고에 보관했다. 영업이 끝난 시간에 오바 요조가 가게에 숨어 들어온다면 복각판으로 녀석을 유인하는 계획은 물거품으로 돌아가기 때문이었다.

"별일 없었습니다. 정말이에요."

오가는 길에 습격할지도 모른다고 긴장했지만 수상한 남자의 모습은 전혀 찾아볼 수 없었다.

"죄송해요. 이런 일에 말려들게 해서."

"마음 쓰지 마십시오. 제가 하겠다고 한 일이니."

"저기, 너무 무리하지는 마세요. 혹시라도 고우라 씨에게 무슨 일이라도 생기면 전……."

나는 저도 모르게 수화기를 꼭 쥐었다.

'전…….'

그다음 말은 뭐지?

귀를 쫑긋 세우고 있는데, 문이 열리는 소리가 가게 안에 울려 퍼졌다.

"아, 손님이 오셨나 보네요. 끊을게요."

뭐라 말할 틈도 없이 전화가 끊겼다.

아쉽기 그지없었지만 계속 신경 쓸 여유는 없었다. 오바 요조가 찾아왔는지도 모른다.

나는 수화기를 든 채 뒤를 돌아보았다.

"안녕, 고우라 군! 어머, 통화 중이었어? 그럼 신경 쓰지 말고 계속해요. 우리 볼일은 별거 아니니까."

새된 목소리가 귀를 찔렀다. 화려한 원피스 차림의 자그마한 여자와 선글라스를 낀 초로의 남자였다. 두 사람은 팔짱을 끼고 안으로 들어왔다.

"오랜만이로군. 일전에는 신세를 졌네."

남자, 사카구치 마사시가 말했다.

가게 안으로 들어온 이는 사카구치 마사시와 시노부 내외였다. 예전에 비노그라도프와 쿠즈민의 『논리학 입문』을 남편이 팔려고 했고, 부인이 말리려고 가게를 찾아온 적이 있었다. 나이도 성격도 전혀 딴판이었지만 금슬 좋은 부부였다.

"어서 오세요. 오늘은 어떻게 오셨습니까?"

나는 물었다.

사카구치 마사시는 예전과는 달리 넥타이를 매지 않았다. 재킷과 바지 차림이었지만 자세히 보니 출근하는 복장은 아니었다.

"얼마 전에 퇴직했네. 그래서……."

"신청한 여권이 오늘 나왔어요! 우리는 신혼여행도 못 갔거든요."

"한 달쯤 유럽 여행을 다녀올 생각이네."

"출발하기 전에 인사라도 하려고 들렀어요. 여기 오기 전에 사장님 병원에도 들렀고요."

"아, 그러셨군요. 일부러 감사합니다."

전혀 다른 목소리와 말투로 번갈아 설명을 듣자니 머리가 어질어질했다.

불현듯 사카구치 시노부가 진지한 얼굴로 말했다.

"더 늦기 전에 둘이서 여기저기 다니며 구경하기로 했어요. 우리 자기 눈이 더 나빠지기 전에요. 의사선생님 말로는……."

"시노부."

사카구치가 낮은 목소리로 말했다.

"밖에서는 '자기'라고 부르지 말라고 했잖아. 여행 가서도 마찬가지야."

"아, 미안해."

시노부는 후후 웃으며 입을 가렸다.

타이르는 사카구치도 아주 싫은 기색은 아니었다. 보는 내가 쑥스러워졌다. 아까부터 계속 팔짱을 낀 채 풀려고도 하지 않았다.

"자네와 시노카와 씨에게는 정말 고마울 따름이네."

선글라스 너머에 있는 사카구치의 눈이 내 얼굴을 바라보고 있었다. 전에 만났을 때보다 렌즈 색이 짙었다.

"자네들과 만나지 않았다면 나는 영영 비밀을 털어놓지 못했을 거야."

"아닙니다."

직접 얼굴을 맞대고 그런 말을 들으니 쑥스러웠다. 그리고 자네들이라고 했지만 감사를 받아야 할 사람은 내가 아니라 시노카와 씨였다.

그녀는 『논리학 입문』 한 권과 나에게 들은 사소한 대화를 통해 사카구치가 감추고 있던 과거와 현재의 비밀—전과자로 복역한 전력과 실명 위기에 처했다는 사실—을 밝혀냈다. 나는 옆에서 그 모습에 놀랐을 뿐이었다.

"그럼 우리는 그만 가보겠네."

말을 마친 사카구치 부부는 문 쪽으로 걸어갔다.

신이 난 아내가 먼저 걸어가는 모습을 보고 나는 그제야 깨달았다. 금슬이 좋아서 팔짱을 낀 게 아니라, 예전보다 시력이 더 나빠진 남편의 팔을 아내가 부축해주는 것이었다.

"……다음에 꼭 다시 와주세요."

나는 그 뒷모습을 향해 말했다. 두 사람은 인사를 건네더니 문 밖으로 걸어갔다.

내가 다시 일을 시작하려 했을 때.

"어머, 그런 데서 뭐하고 있어요? 어디 아파요?"

문밖에서 사카구치 시노부의 목소리가 들렸다. 밖으로 나간 부부가 걸음을 멈추고 누군가에게 말을 걸고 있었다.

누군가 가게 밖에 있었던 것이다.

나는 서둘러 가게 밖으로 뛰어나갔다. 그러자 우비를 입고 전속력으로 달려가는 남자의 뒷모습이 보였다. 뛰는 모양새를 보아하니 젊은 남자 같았다.

모자를 쓰지 않아서 머리 스타일을 알 수 있었다. 짧게 자른 머리에 염색은 하지 않았다. 전체적으로 별다른 특징

이 없었다.

"당신! 거기 서!"

남자를 향해 외쳤지만 상대는 멈추지 않았다. 이미 모퉁이를 돌아 모습을 감췄다. 가게를 방치하고 뒤쫓을 수도 없었다.

나는 사카구치 부부를 보며 말했다.

"방금 저 남자 얼굴을 보셨습니까?"

두 사람은 순간 서로를 마주 보았다.

"아니, 저기 간판 옆에 웅크리고 앉아 있었네. 우리를 등지고 있어서……."

사카구치 마사시는 회전식 간판을 가리켰다.

이런 데서 뭘 하고 있었던 거지?

간판을 돌리니 정체불명의 액체가 묻어 있었다. 이상한 냄새가 났다. 휘발성 약품 같은…….

'가솔린이다.'

얼굴에서 핏기가 가셨다.

간판에 가솔린을 뿌린 것이다. 자세히 살펴보니 철제 받침대 근처에 조그만 뭔가가 떨어져 있었다. 도망친 남자의 물건이 분명했다.

그것은 일회용 라이터였다.

"……오바 요조에 대해 경찰에 말하는 편이 좋을 것 같습니다. 지금까지 있었던 일 전부."

나는 수화기를 향해 말했다.

상대는 시노카와 씨였다. 병원에 메일을 보냈더니 바로 전화가 왔다.

"가게에 불을 지르고 난 뒤에는 늦습니다."

사카구치 부부가 떠나고 나서 한 시간쯤 지났다.

만일 그들이 없었다면 어떻게 되었을까. 등골이 오싹해졌다. 지금쯤 이 가게는 잿더미가 되어 있을지도 모른다.

"네, 그러는 게 좋겠네요. 이런 일이 일어났으니……."

시노카와 씨는 곱씹듯 천천히 말했다.

"하지만 마음에 걸리는 일이 하나 있어요."

"뭡니까?"

"정말 오바 요조의 짓일까요?"

"네?"

나는 놀라 수화기에 대고 외쳤다.

"그게 무슨 말입니까?"

"오바는 그 책이 가게에 있다고 믿고 있을 거예요. 가지고 싶어서 안달이 난 책을 왜 자기 손으로 위험에 빠뜨리려 하겠어요."

순간 나는 말문이 막혔다.

"……소동을 일으켜 그 틈에 훔치려는 게 아닐까요?"

"소동을 일으킬 속셈이라면 자기가 노리는 책을 위험에 빠뜨리지 않아도 될 만한 방법을 얼마든지 선택할 수 있어요. 이를테면 가게 밖에서 요란한 소리를 낸다든지."

"하지만 오바 요조 말고 이런 짓을 할 사람이 있을까요?"

나는 시노카와 씨가 무엇 때문에 그 문제에 집착하는지 이해할 수 없었다. 내 생각에 그녀가 말하는 것들은 아주 사소한 문제 같았다.

"그건 그렇죠. 번거로우시겠지만 경찰에 신고해주시겠어요?"

"네, 알겠습……."

대답하려던 순간 강렬한 냄새가 코를 찔렀다. 뭔가가 타는 듯한 냄새였다.

고개를 들자 문 너머가 검은 연기로 뒤덮여 있었다.

"당했다!"

나는 수화기를 내던지고 미리 준비해둔 소화기를 들었다. 통로를 지나 출입문을 열었다.

'비블리아 고서당'이라는 간판이 주황색 불길에 휩싸여 있었다. 그 광경에 우두커니 섰던 것도 잠시였다. 나는 배에 힘을 주었다. 타는 건 간판뿐이고, 아직 건물에는 불이

번지지 않았다.

이 정도라면 금세 끌 수 있다.

소화기의 안전핀을 뽑아 불길을 향해 호스를 대고 손잡이를 붙잡았다. 하얀 분말이 소리를 내며 호스 끝에서 뿜어져 나와 그득한 연기를 뒤덮었다.

소화기가 낡은 탓인지 좀처럼 불길을 잡을 수 없었다. 이대로라면 진화하기 전에 분말이 약해져서 불길에 눌릴 것 같았다.

이제 끝이다.

그렇게 생각한 순간 간신히 불이 꺼지고 연기만 남았다.

가슴을 쓸어내리며 주변을 둘러보았다. 연기가 피어오르는 것처럼 시야가 부옇게 보였다. 하지만 열 발자국쯤 떨어진 전봇대 뒤에 우비를 입은 남자가 서 있음을 알아챘다.

아까 보았던 그 녀석이다.

"……오바?"

말을 걸자마자 남자는 전봇대를 박차듯 튀어나갔다.

틀림없었다. 녀석이 범인이다.

시노카와 씨에게 중상을 입히고, 가게에 불까지 지르려던 남자.

이 기회를 놓칠 수는 없었다.

나도 소화기를 버리고 온 힘을 다해 뒤를 쫓았다. 금세 따라잡을 수 있으리라 생각했다. 다리 힘에도 나름대로 자신이 있었던 것이다.

하지만 상대가 한 수 위였다. 조금씩이지만 거리가 벌어졌다. 바로 눈앞에 있는데도 붙잡을 수 없을지도 모른다는 생각이 점점 들었다.

"젠장."

이를 악물었을 때, 길옆에서 자전거 두 대가 나타났다. 한 대는 커다란 바구니가 달린 너덜너덜한 생활 자전거였고, 다른 한 대는 보기에도 빨라 보이는 크로스바이크였다.

자전거에 탄 사람은 민머리의 중년 남자와 모델 같은 훤칠한 청년, 책등빼기 시다와 가사이였다.

도망치던 남자는 시다의 자전거와 부딪힐 뻔했다.

"으앗, 위험하게 뭐하는 거야!"

시다가 큰 소리로 외치자 남자는 두 사람을 피하려고 순간 멈춰 섰다.

그 짧은 순간에 남자를 따라잡은 나는 녀석의 멱살을 단단히 붙잡았다.

"이거 놔!"

남자는 내 손을 떼어내려 했지만 이래 봬도 유도 유단자다. 나는 남자의 팔을 붙잡아 허리를 쳐서 바닥에 쓰러뜨렸다. 틈을 주지 않고 조르기로 어깨 위의 움직임을 완전히 봉쇄했다.

"오바, 쓸데없는 저항 마!"

나는 두 팔에 힘을 준 채 외치며 코앞에서 상대의 얼굴을 내려다보았다.

생각보다 훨씬 어렸다. 아직 십 대라 해도 믿을 만큼 앳된 느낌이 남아 있는 얼굴이었다. 얼굴을 본 건 처음이지만...... 아니, 자세히 보니 어디서 만난 적이 있는 것 같았다.

"누가 오바야! 무거우니까 얼른 비켜!"

소년은 괴로워하며 말했다.

그 목소리에 나는 눈을 휘둥그레 떴다. 머리 색깔이 달라져서 누구인지 알아보지 못했다.

내 밑에 깔려 있는 건 고스가 나오와 같은 반인 니시노라는 소년이었다.

그 뒤, 사건은 원만하게 처리되었다.

니시노는 신고를 받고 달려온 경찰에게 연행되었고, 가게 앞에서 현장 검증이 이루어졌다. 간판에 불탄 흔적이 남은 것과 소화기 분말로 길이 더러워진 것 말고 딱히 피해는 없었다.

대체 왜 이런 짓을 저질렀냐고 물어볼 것도 없었다. 경찰이 오는 동안 본인이 우리에게 주절주절 떠들었기 때문이었다.

나에 대한 욕설과 원망을 제외하면 한마디로 요약할 수 있었다.

"……요컨대 자기 잘못은 생각도 안 하고 애먼 사람한테 화풀이한 거로군."

경찰들이 떠난 뒤 가사이는 어처구니가 없다는 표정으로 말했다.

나와 시다, 가사이는 비블리아 고서당의 계산대에 서 있었다. 두 사람은 매입 상담을 하러 가게로 찾아오던 길이었다. 그들은 경찰이 갈 때까지 기다려주었을 뿐 아니라 내가 조사를 받는 동안에 대신 가게까지 봐주었다.

"그런 것 같네요."

나는 한숨을 쉬며 대답했다.

니시노의 이야기는 이랬다. 학교에서 다른 학생들에게 무시받게 된 건 누군가가 자신의 사생활을 파헤쳐서 떠들고 다녔기 때문이다. 가장 의심이 가는 건 물론 고스가 나오지만, 그 밖에도 '범인'이 있는 게 분명하다.

고스가를 미행하다 보니 이 가게로 들어가는 걸 봤다. 어제 고스가가 봤다는 수상한 사람도 가게 안을 살피고 있던 니시노였던 것이다.

니시노는 그녀와 이야기를 나누는 내가 여름방학에 자신에게 말을 걸었던 남자라는 사실을 알고 모든 것을 '깨달았다'고 했다.

자신이 고스가 나오의 개인 정보를 유출한 사실을 아는 사람은 자기 말고는 나밖에 없다. 내가 모든 일의 원흉이다, 이렇게 생각했다고 한다. 가게에 불을 지를 생각은 없었지만 나에게 따끔한 맛을 보여주고 싶었다는 것이 그의 말이었다.

"처음 보았을 때 알아채지 못했어? 전에 한 번 봤다면서."

시다가 나에게 물었다.

"그때는 노란 머리였어요."

여름방학 동안에만 머리를 노랗게 물들인 모양이다. 교칙으로 염색은 금지되어 있으니 2학기가 시작되기 직전에 다시 까맣게 물들인 것이겠지.

"어쨌든 잡아서 다행이야. 그대로 내버려뒀으면 더 큰일을 저질렀을 거야."

시다는 내뱉듯 말했다. 그가 아까부터 심기가 불편한 건 니시노가 이 가게에 불을 지른 뒤에 고스가 나오의 집에도 같은 짓을 하려 했다고 말했기 때문이었다.

그 집도 나처럼 일찍 발견해 불을 껐을 거라고 보장할 수는 없었다.

"어쨌든 해결됐으니 다행이네. 범인을 잡았잖아."

가사이가 웃으며 말하자 시다도 고개를 끄덕였다.

"그건 그래."

나도 어색하게 웃었지만, 나와 시노카와 씨로서는 아직 사건이 완전히 해결된 것이 아니었다.

오바 요조 사건은 다시 원점으로 돌아왔다. 일련의 사건을 일으킨 게 니시노라면 지난 이틀 동안 오바 요조는 전혀 움직이지 않았다고 봐야 한다.

가게를 찾은 손님은 모두 시다처럼 알고 지내는 사람들뿐이었다.

시노카와 씨에게는 메일로 가게에 불을 지르려 했던 게 니시노라고 이야기했다. 상황이 달라진 까닭에 경찰에게는 오바에 대해 말하지 않았지만, 나중에 병원에 들러 시노카와 씨와 앞으로의 일을 상의할 생각이었다.

"호오,『만년』의 초판이잖아. 이런 걸 어디서 구했나?"

진열장 앞에서 시다가 감탄을 흘렸다.

"구한 게 아니라 원래 이 가게에 있던 건데……."

나는 말을 흐렸다.

책을 잘 모르는 가사이는 제쳐놓더라도 시다처럼 눈썰미가 있는 사람에게는 되도록 보여주고 싶지 않았다.

"남작도 이리 와서 좀 봐. 아직도 책장이 붙어 있는 초판은 여간해서는 구경하기 힘들다고."

"호오, 그렇게 귀한 책입니까?"

가사이도 진열장 쪽으로 다가왔다.

"그게 뭔 소리야. 두말하면 잔소리지. 어? 혹시 이거 복각판 아니야?"

날카로운 목소리가 가게 안에 울려 퍼졌다.

들켰군.

나는 쳇, 하고 혀를 찼다. 시다를 속이는 건 불가능할 것 같았다.

"역시 알아보시는군요."

"당연하지! 종이가 이렇게 빳빳한데! 왜 이런 물건을 내놓았지? 설마 복각판을 이 가격에 팔려는 건 아니지?"

"그럴 리가요. 보안을 위해 진품을 꺼내놓지 않은 것뿐입니다. 그 대신 복각판을……."

나는 횡설수설하며 변명했다.

시다는 아무리 생각해도 납득이 가지 않는다는 표정이었다.

"왜 그런 짓을 하는지 도통 이해가 가지 않는군. 아는 사람이 보면 단번에 들통 날 짓을 왜 하는 거지? 속이려면 표지에 때라도 묻히든지."

"제 눈에는 진품처럼 보이는데요?"

진열장 앞에 선 가사이는 허리에 손을 얹고 고개를 갸웃거렸다.

"진짜는 어디 있나?"

"병원에 있는 시노카와 씨가 가지고 있습니다."

"병실에 두었다고? 그런 귀한 걸."

시다는 더욱 얼굴을 찌푸렸다.

"병실에 금고가 있는데, 그 안에 넣어두었습니다."

"이봐."

시다는 성큼 계산대로 다가왔다. 나는 무심코 눈을 돌렸다.

"복각판을 여봐란 듯 진열해놓는 고서점은 없어. 그 아가씨가 손님을 속이는 짓을 할 리가 없는데, 뭔가 사정이 있는 건가?"

"그, 그런 게 아닙니다."

그러나 내 대답을 무시하고 시다는 말을 이었다.

"내가 도울 수 있는 일이 있으면 돕겠네. 자네들한테는 신세를 졌으니 말이야."

"나도 도울게. 책에 대해서는 잘 모르지만."

가사이가 밝은 목소리로 말했다.

나는 잠시 생각에 잠겼다. 이 두 사람에게 죄다 털어놓고 도움을 구하는 게 낫지 않을까? 아니, 그보다 먼저 시노카와 씨에게 상의해야 하나?

그녀는 나 말고 다른 이를 끌어들이기를 원치 않는다. 그리고 이건 어디까지나 시노카와 씨의 문제였다.

"잠시 생각할 시간을 주십시오."

나는 두 사람에게 말했다. 말이 끝나자마자 희미하게 휴대전화가 진동하는 소리가 들렸다.

"잠깐 실례, 손님인가 봐."

가사이의 휴대전화였다. 그는 가게 밖으로 나가 통화를 했다. 게임기의 매입 가격에 대해 똑 부러지게 설명하고 있었다.

게임기를 팔려는 손님이 있는 모양이다.

나와 시다는 가사이의 뒷모습을 바라보았다. 그는 키가 나와 비슷했다. 윗문틀보다 키가 크다. 내가 서 있는 곳에서는 귀 아래만 보였다.

"······남작 나리가 오늘은 좀 이상하군."

시다가 불현듯 말했다.

"뭐가 말입니까?"

"『만년』의 초판본을 모른다니, 그럴 리가 없잖나."

"책에 대해서 잘 모른다면 그럴 수도 있지 않겠습니까? 전에도 그런 얘기를 했는데요."

그래서 취급하는 상품도 게임과 시디라고 했다.

"그거야 겸손을 떠는 거지. 이름을 보면 몰라? 남작 나리 잖아."

아니, 도통 모르겠다. 남작이란 시다가 가사이의 겉모습을 보고 붙인 별명이 아니었던가. 내가 당혹스러워하자 시다는 기가 차다는 듯 한숨을 쉬었다.

"이 바닥에서 책 좋아하는 치들이라면 책등빼기에 이름이 가사이라고 하면 다 알아듣는데. 뭐, 자네는 모를 수도 있겠군."

"무슨 말씀이십니까?"

"가사이는 본명이 아니야. 멋으로 그런 이름을 붙인 거지."

불현듯 등골이 오싹해졌다.

"녀석의 명함은 본 적 있지? 가사이 기쿠야. 가지야마 도시유키의 소설 『책등빼기 남작 수난담』의 주인공 이름이지. 제목대로 책등빼기가 주인공인 소설이야. 그래서 가사이를 남작이라 부르는 거고."

설마 그런 유래가 있는 이름인 줄은 몰랐다.

아니, 그보다 마음에 걸리는 게 있었다. 소설 주인공의 이름을 쓴다. 바로 얼마 전에 그런 녀석의 이야기를 들은 바 있었다.

오바 요조, 『만년』에 실린 단편 주인공의 이름.

나는 황급히 그 생각을 지워버렸다.

설마, 말도 안 돼.

"가사이 씨와는 오래 알고 지내셨습니까?"

"아니, 그렇지도 않아."

시다는 고개를 저었다.

"여름에 여길 찾아왔을 때, 만난 지 얼마 안 됐다고 말했잖나. 아직 두 달도 지나지 않았을 거야."

두 달 전이라면 시노카와 씨가 다리를 다친 시기다.

느닷없이 가사이의 뒷모습이 한없이 낯설게 느껴졌다. 나도 마찬가지지만, 가사이는 웬만한 사람들보다 훨씬 키가 컸다. 시노카와 씨의 말로는 오바 요조도 무척 키가 컸다고 했다.

"……가사이 씨도 이 근처에 사시죠?"

나는 가사이에게서 눈을 떼지 않고 물었다.

"그럴 거야. 하지만 사정이 좀 복잡한가 보더라고. 원래는 하세의 부잣집 아들인데, 조상님 산소도 그쪽에 있다는군. 하지만 빚이 불어나서 저 친구 아버지 대에 살던 집을 처분하고 가마쿠라를 떠났대. 그 뒤로는 얼마간 도쿄에서 살았다고 하던데, 일을 시작하면서 다시 가마쿠라로 돌아왔다더군."

하세라는 지명에 귀가 쫑긋했다. 하세에는 시노카와 씨의 『만년』이 전시되었던 문학관이 있다. 선조들의 묘가 그

곳에 있다면 한 번쯤은 찾았으리라. 겸사겸사 근처 관광 명소를 둘러봤더라도 이상할 건 없었다.

시노카와 씨에게 오바 요조의 이야기를 들었을 때부터 나는 뭔가 의아했다.

지난 두 달 동안 왜 오바는 시노카와 씨에게 아무런 연락도 하지 않았을까?

『만년』을 양도해 달라고 했다는데, 아무것도 하지 않고 손에 넣을 수 있을 리 없다. 대체 어디서 무엇을 하고 있던 것일까?

어쩌면 『만년』을 손에 넣기 위한 준비를 하고 있었을지도 모른다. 먼저 시노카와 씨를 아는 시다 씨와 가깝게 지내며, 이 가게의 동향을 파악한다. 다음은 점원인 나와 안면을 튼다.

이 모든 게 『만년』이 어디 있는지를 알아내기 위한 과정이었다면······.

물론 이건 내 상상에 지나지 않는다. 확실한 증거는 하나도 없다. 그리고 나에게는 이러한 의문을 제기해 범인으로 몰아붙일 솜씨 좋은 말재주도 없었다.

내가 할 수 있는 일은 시험해보는 것뿐이었다.

나는 계산대를 나와 조심스레 가사이에게 다가갔다. 마침 그는 상대에게 인사를 하고 전화를 끊으려던 참이었다.

휴대전화를 주머니에 넣으려는 가사이에게 나는 태연한 목소리로 말을 걸었다. 통화를 마친 순간, 사람은 얼마쯤 긴장이 풀어지게 마련이다.

"아, 오바 씨, 잠깐만요."

나는 그렇게 말을 걸었다.

가사이는 고개를 갸웃거리며 돌아봤다. 유감스럽게도 '네'라고 대답할 만큼 어설픈 상대는 아니었다. 그는 자연스러운 미소를 지으며 자신을 가리켰다.

"난 가사이인데?"

그 밝은 목소리에 나는 온몸이 뻣뻣하게 굳었다.

역시 이 사람이다.

의혹이 확신으로 바뀐 순간이었다. 나는 천천히 고개를 저었다.

"아니, 당신은 가사이가 아니라 오바 요조야. 그것도 본명은 아니겠지만."

"무슨 소리를 하는지 잘 모르겠군. 대체 왜 이러는 거지?"

내가 자신을 시험한다는 사실을 알고 있을 테지만 끝까지 오바가 아니라고 잡아뗄 작정인 듯했다. 하지만 그런 변명은 이제 통하지 않는다.

"왜 내가 당신을 불렀다고 생각했죠?"

나는 길을 가리키며 말했다. 장을 보러 가는 길인 듯한 주부가 가게 앞을 지나가고 있었다.

누군가가 자신을 낯선 이름으로 불렀을 때, 일반적으로는 주변에 있는 다른 사람을 불렀을 거라는 생각을 먼저 하기 마련이다. 뭔가 걸리는 구석이 없다면 이렇게 금방 반응을 나타낼 리 없었다.

침묵이 흘렀다. 남자는 눈을 가늘게 뜨며 말했다.

"⋯⋯생각보다 명탐정이시로군. 그 여자뿐 아니라 자네도."

가사이 기쿠야, 아니, 오바 요조는 놀리듯 그렇게 말했다.

나는 말없이 상대를 노려보았다.

이 남자가 시노카와 씨에게 중상을 입힌 범인이다. 무슨 짓을 할지 알 수 없는 놈이었다. 나는 속으로 몇 번이나 되뇌었다.

언제든 제압할 수 있도록 자세를 취한 순간.

"하는 수 없지."

오바는 그렇게 중얼거리더니 냅다 뛰었다. 곧바로 가게 옆에 세워둔 자전거에 올라타더니, 엄청난 속도로 달리기 시작한다. 그 커다란 뒷모습이 순식간에 땅거미 속으로 사라졌다.

그 민첩한 모습에 잠시 어안이 벙벙했지만, 금세 온몸에 소름이 돋았다.

"가게 좀 봐주세요!"

눈이 휘둥그레진 시다를 향해 소리친 나는 휴대전화를 꺼내며, 가게 앞에 세워둔 스쿠터로 달려갔다.

정체가 발각되었으니 오바가 할 일은 하나밖에 없다. 어떤 수단을 써서라도 『만년』을 손에 넣으려 하리라.

아까 나는 묻는 대로 대답해 버렸다.

진짜 『만년』 초판본은 병원에 있는 시노카와 씨가 가지고 있다고.

오바의 목적지는 병원이다.

위험이 닥쳤다는 사실을 한시라도 빨리 그녀에게 알려야 한다.

휴대전화 버튼을 누르는 손가락이 덜덜 떨렸다. 메시지를 보내고 나서 바로 병원으로 달려갈 작정이었다.

스쿠터를 타고 병원으로 향하는 도중에 주머니에 넣어둔 휴대전화가 울렸다. 속도를 줄이지 않으려고 애쓰며 전화를 꺼내 화면을 힐끗 보았다. 시노가와 씨에게 온 메시지였다.

내용은 단 두 마디였다.

옥상으로 도망갈게요. 빈틈을 만들 테니 부탁드립니다.

전화를 도로 넣고 나서 메시지의 내용에 대해 생각했다. 병실에 있으면 위험하니 옥상으로 도망치겠다는 뜻이다.

그건 알겠지만 '빈틈을 만들겠다'는 말이 무슨 뜻이지?

나는 최단거리를 거쳐 5분 만에 오후나종합병원에 도착했다. 정면 현관에 스쿠터를 세우는데, 화단에 낯익은 자전거가 쓰러져 있는 모습이 눈에 들어왔다.

순간 나는 걸음을 멈췄다. 오바의 자전거였다.

최대한 빨리 왔다고 생각했는데, 앞서지는 못한 모양이었다. 그 남자는 벌써 이 병원 안에 있다.

자동문으로 달려가려던 내 눈앞으로 하늘하늘한 천이 떨어졌다. 보랏빛 보자기였다.

나는 그 천을 어디서 본 적이 있다는 사실을 깨달았다.

시노카와 씨가 가지고 있던 것, 다자이의 『만년』을 싼 비단보였다.

고개를 들어 건물을 올려다보았다. 병동 창문은 모두 닫혀 있었다.

이 보자기는 옥상에서 떨어진 것이다. 일부러 떨어뜨렸는지, 우연히 떨어졌는지는 알 수 없었지만 어쨌든 그녀는 옥상에 있는 모양이었다.

오바에게 들키지 않았어야 할 텐데.

기도하는 마음으로 현관을 지나 엘리베이터로 달려갔다.

외래환자 접수가 끝나고, 조명을 끈 로비에는 사람의 모습은 찾아볼 수 없었다. 엘리베이터 두 대는 모두 다른 층으로 올라가고 있었다.

나는 혀를 차며 계단을 뛰어 올라갔다. 발소리가 크게 울려 퍼졌다. 아까 가게 앞에서 오바를 놓친 게 너무나 후회스러웠다.

더 빨리 알아챘더라면······.

나는 층계참을 지나 막다른 곳에 있는 문을 힘껏 걸어차듯 열었다. 하얀 울타리에 에워싸인 콘크리트 공간이 눈앞에 펼쳐졌다.

해가 저물기 시작한 이 시각에는 구태여 이곳을 찾는 이도 없는 모양이었다. 어스름한 옥상에는 두 사람의 그림자밖에 없었다.

돌아본 두 사람의 얼굴을 보고 나는 팔다리가 얼어붙었다.

한 명은 휠체어를 타고 『만년』을 품에 안은 시노카와 씨였다. 그리고 그녀와 불과 몇 발자국 떨어지지 않은 곳에 있는 이는 훤칠한 키에 곱슬머리의 미청년, 오바 요조였다.

벌써 시노카와 씨를 찾아낸 것이다.

"오바!"

두 사람 사이를 가로막으려던 나는 순간 못 박힌 듯 그 자리에 우두커니 섰다.

오바의 손에는 커다란 가위가 들려 있었다. 항상 가위를 가지고 다닌다는 말을 예전에 들은 적이 있었다. 길고 날카로운 가위 끝은 시노카와 씨의 얼굴을 겨냥하고 있었다.

그녀는 새파랗게 질린 얼굴로 나를 바라보고 있었다. 거기서 꼼짝하지 말라고 말하는 것 같았다.

"그래, 자네는 꼼짝하지 않는 게 좋을 거야."

오바는 낭랑한 목소리로 말했다.

"난 책은 사랑하지만, 사람은 봐주지 않거든."

젠체하지만 친절했던 '가사이'와 다를 바 없는 말투에 일순 머리가 혼란스러워졌다. 말하는 모습을 보면 정말 이 사내가 시노카와 씨를 다치게 한 범인과 동일 인물인지 의심스러웠다.

"……책을 훔쳐도 여기서 도망치지는 못해."

나는 상대를 자극하지 않도록 조용히 말했다.

"난 그렇게 생각하지 않는데?"

오바는 코웃음을 쳤다.

"자네는 내 본명조차 모르잖아. 이곳을 뜨면 경찰도 날 쫓지 못할 거야. 얼굴을 고치고 다른 곳에서 새 인생을 시작하면 아무 문제 없어. 잠시 해외에 머물러도 좋고."

태연한 얼굴로 내뱉은 그 계획의 규모에 나는 내심 놀랐다. 시노카와 씨를 계단에서 밀치고, 가마쿠라로 이사 와 가명으로 나에게 접근한 걸 떠올려보면 딱히 놀라울 건 없었지만.

"고작 책 한 권 때문에 그 고생을 하겠다고?"

나는 무심코 말했다.

오바의 얼굴에 경멸의 빛이 어른거렸다. 그는 나를 향해 쓰레기를 보는 듯한 싸늘한 눈빛을 던지며 말했다.

"자네 같은 사람들은 모르겠지. 바로 눈앞에 이 책이 있어도."

오바는 가위 끝으로 시노카와 씨의 품에 있는 『만년』을 가리켰다.

"극히 적은 부수만 발행되어 여러 사람의 손을 거친 책이 이렇게 완벽한 형태로 남아있는 건 기적이야. 나로서는 이걸 이해하지 못한다는 게 더 놀랍군. 책의 내용뿐 아니라 이 책이 거쳐 온 운명에도 이야기가 존재해. 나는 그 이야기까지 가지고 싶은 거다."

나는 기시감을 느꼈다. 오바의 말은 시노카와 씨의 말과 비슷했다.

아니다. 그렇게 들리는 것뿐이다.

"그걸 위해서는 남에게서 억지로 빼앗아도 된다는 건가?"

"그게 뭐 어때서? 이 책에도 쓰여 있잖아. '자신을 가지고 살아가자. 살아있는 이들은 모두 죄인이니.' ……이건 나 같은 사람을 축복하는 말이야. 나는 책만 있으면 아무것도 필요 없어. 가족도, 친구도, 재산도, 이름조차도. 이게 내 본심이야. 어떤 희생을 치르더라도, 설령 몇 년이 걸린다 해도 나는 이 책을 가질 거야!"

오바는 핏발 선 눈으로 외쳤다.

나는 오한에 몸서리를 쳤다. 이 남자를 붙잡으면 모든 게 해결될 거라고 생각했는데, 그렇게 만만한 상대가 아니었다. 설령 붙잡혀 유죄 판결을 받는다 해도 교도소에서 나와 그길로 『만년』을 빼앗으러 오고도 남을 놈이다.

시노카와 씨를 평생 괴롭힐지도 모른다.

"이 여자도 나와 비슷한 부류야. 동족의 냄새가 난다고. 주변에 책만 있으면 행복해할걸."

"너 같은 놈이랑 같은 취급하지 마! 전혀 다르니까."

그때 내 머릿속을 스쳐 지나간 건 오래된 책들이 쌓인 병실의 풍경이었다.

그녀가 책을 좋아하는 건 틀림없는 사실이다.

하지만 이 남자와는 결정적인 차이가 있다. 다른 사람에게 상처를 주거나 속이는 짓은 하지 않는다. 그 사실을 나는 잘 알고 있었다.

"슬슬 마무리를 지어야겠군. 자네도 말 좀 해주게. 나한테 책을 넘기라고."

문득 생각이 났다. 오바가 시노카와 씨에게 『만년』을 억지로 빼앗으려 하지 않는 건 책이 찢어지거나 더럽혀질 위험이 있기 때문이다. 그걸 알고 있기에 그녀도 귀중한 책을 품에 꼭 안고 있는 것이다.

"나도 시간이 남아도는 건 아니니까."

오바는 천천히 가위를 시노카와 씨의 얼굴에 들이댔다.

신중한 태도를 보인다고는 하나 시노카와 씨가 책을 넘기지 않으면 무슨 짓을 할지 모른다. 그렇게 되면 제 한 몸을 지키기는커녕 제대로 걷지도 못하는 시노카와 씨는 분명 위험에 처하게 된다.

그 순간 허점을 노려 달려들어야겠다고 결심했다.

나에게는 『만년』보다 시노카와 씨를 지키는 게 더 중요했다. 조금 거리가 있지만 신체 일부분을 붙잡기만 한다면 다소 저항해도 제압할 자신이 있었다. 나는 조심스레 오바에게 다가가 슬며시 자세를 낮췄다.

"난 당신과 달라요."

그때, 이제까지 줄곧 입을 다물고 있던 시노카와 씨가 조심스레 말문을 열었다.

나는 무심코 동작을 멈췄다.

그녀는 굳건한 의지가 담긴 눈으로 오바를 쏘아보고 있었다. 눈앞에서 빛나는 가위는 전혀 눈에 들어오지 않는 모양이었다. 갑작스런 변화에 오바는 어안이 벙벙한 눈치였다.

"생각해봤어요……. 저에게는 고서보다 중요한 게 있어요. 그러니까 이제 끝내려고 해요."

그녀는 움직일 수 있는 왼발로 바닥을 찼다. 스르륵 뒤로 움직인 휠체어는 1미터쯤 떨어진 울타리에 부딪쳐 멈췄다. 아주 조금이지만 두 사람의 거리가 벌어졌다.

오바가 다시 거리를 좁히려던 순간.

"가까이 오지 마요."

시노카와 씨는 방패처럼 『만년』을 높이 들었다.

가게에 놓아둔 복각판과는 역시 종이 질감이 달랐다. 이 책이 훨씬 낡아 보였다.

어스름이 깔리기 시작한 옥상에서 그녀는 면지를 펼쳤다. 다자이가 직접 쓴 글귀가 어렴풋이 보였다.

자신을 가지고 살아가자.
살아있는 이들은 모두 죄인이니.

"아마 다자이는 누군가를 격려하기 위해 이 책을 선물했을 거예요. 어떠한 경위로 할아버지가 이 책을 입수했는지는 모르지만, 이 책 때문에 저는 중상을 입었어요. 당신도 경찰에 붙잡힐 테고요. 칠십 년이라는 세월을 거쳐 이 책은 다자이가 살아있을 무렵과는 달리 아무에게도 행복을 주지 못하게 됐어요."

그녀는 웃옷 주머니에서 뭔가를 꺼냈다.

"이 책이 모든 일의 원흉이에요. 그러니까……."

의연하게 울려 퍼지던 목소리에서 희미한 떨림이 느껴졌다. 그녀가 꺼낸 물건이 손가락 사이로 보였다.

나는 비명을 지를 뻔했다. 그것은 일회용 라이터였다.

"모든 걸 끝내겠어요."

"그, 그러지 마!"

오바의 외침과 동시에 시노카와 씨는 라이터를 켰다.

눈 깜짝할 사이에 표지를 싼 파라핀지에 불이 번졌다. 그녀는 망설임 없이 울타리 너머로 『만년』을 집어 던졌다.

흡사 자기 몸에 불이 붙은 것처럼 오바는 날카로운 비명을 질렀다. 포물선을 그리며 떨어지는 『만년』을 쫓아 울타리를 넘으려 했다.

나는 황급히 달려가 공중으로 몸을 던지려는 오바의 허리띠를 아슬이슬하게 붙잡았다.

"당신, 미쳤어! 무슨 짓을 하는 거야!"

이 병원은 6층 건물이다. 여기서 떨어지면 목숨을 잃을 것이 불 보듯 뻔했다.

그래도 오바는 절규하며 몸부림쳤다. 현관 위의 콘크리

트 차양에 떨어진 『만년』은 불꽃과 연기를 내며 타올랐다.

이제는 더 이상 책이라 할 수 없다.

나는 오바의 몸에서 살짝 힘이 빠진 순간을 놓치지 않고 누워 던지기를 하듯 콘크리트 바닥에 그를 내리꽂았다. 그리고 손목의 관절을 꺾어 체중을 실었다.

오바는 나와 비슷한 체격이었지만 어렵지 않게 제압할 수 있었다. 무술을 배운 적은 없는 것 같았다.

계단 쪽에서 웅성거리는 소리와 함께 발소리가 들렸다.

분명 이곳에서 무슨 일이 벌어졌음을 알아챈 것이리라.

이제 곧 사람들이 올 것이다. 내 밑에 깔린 오바는 아직도 저항을 멈추지 않았다. 입술 사이로 새어 나오는 탁한 신음은 마치 울음소리처럼 들렸다.

나는 숨을 삼키며 시노카와 씨 쪽을 돌아보았다. 그녀는 기운이 빠진 듯 축 늘어져 있었다.

불현듯 아까 받은 메일의 내용을 떠올렸다. '빈틈을 만들겠다'는 말은 분명 이 상황을 뜻하는 것이었다. 오바가 병원으로 온다는 걸 안 순간부터 『만년』을 불태울 작정을 했던 것이다.

"……정말 괜찮겠습니까?"

그 말이 절로 입에서 나왔다. 책을 지극히 사랑하는 그녀가 이런 짓을 했다는 게 아직 믿기지 않았다.

시노카와 씨는 잠시 생각하는 듯하더니 단호하게 말했다.

"네, 이럴 수밖에 없었어요."

수백만 엔의 값어치를 지닌 책이 검은 재로 변해 바람에 쓸려 사라진다.

시노카와 씨는 평화로운 눈으로 그 광경을 바라보고 있었다. 그녀의 침착한 모습에 나는 놀람을 금치 못했다. 마치 아무것도 잃지 않은 사람처럼 보였다.

이제 오바가 그녀를 위협하는 일은 없으리라.

사건은 끝난 것이다.

"어?"

시노카와 씨가 손을 뻗어 뭔가를 집어 들었다. 가죽으로 된 남성용 카드지갑이었다.

내 것은 아니니 분명 오바가 흘린 것이리라.

지갑 사이로 카드 몇 장이 튀어나와 있었다. 그 가운데 하나를 집어 든 그녀의 낯빛이 순식간에 바뀌었다.

"고우라 씨, 이거……."

그녀는 떨리는 목소리로 그 카드를 내밀었다.

주변이 어두워서 나는 눈을 크게 뜨고 카드를 들여다보았다. 운전면허증이었다.

사진 속 인물은 오바였지만, 이름이 달랐다.

다나카 도시오

가사이 기쿠야도, 오바 요조도 아닌 '다나카 도시오'가 오바의 본명이었다. 무척 평범한 이름이었다. 가명을 쓴 까닭이 짐작이 갔다.

"어?"

나는 경악했다. 한 달 전에도 이와 비슷한 이름을 본 적이 있었다.

나는 내 밑에 깔린 남자를 내려다보았다.

그는 나처럼 키가 컸다. 시노카와 씨는 나와 오바 요조의 목소리가 비슷하다고 했다. 시다는 그가 가마쿠라의 하세에서 태어났다고 했다. 선조들의 묘도 그곳에 있다고 했다.

만일 그게 사실이라면…….

당연히 이 남자의 할아버지도 가마쿠라에서 살았을 것이다.

"……혹시 당신 할아버지가 다나카 요시오야?"

나는 속삭이듯 물었다.

다나카 요시오.

할머니의 연인이었을지도 모르는 남자. 그리고 나와 피가 섞였을지도 모를 남자.

다나카 도시오는 입을 일그러뜨리며 나를 올려다보았다.

"그래, 우리 할아버지 이름이 다나카 요시오인데. 그게 어쨌다는 거지?"

"우리 집안은 메이지 시대부터 대대로 무역회사를 경영했어. 할아버지가 회사를 물려받았을 때까지는 제법 유복했던 모양이야. 나는 다나카 집안의 마지막 핏줄이고. 지금은 이 꼴이지만."

다나카 도시오는 자조하듯 웃었다. 전보다 머리는 덥수룩했지만 오히려 야성적인 매력이 느껴졌다.

잘생긴 놈은 뭘 해도 어울리는군.

"내 이름은 할아버지가 지었어. 너무하지 않아? 자기 이름을 살짝 바꾼 것뿐이잖아."

우리는 투명한 벽을 사이에 두고 마주 앉아 있었다.

다나카가 체포된 지 닷새째 되던 날, 나는 그를 면회하러 유치장을 찾았다.

담당 형사의 말로는 조사는 순조롭게 진행되고 있다고 했다. 시노카와 씨를 밀친 것도, 그녀의 집에 침입한 것도 모두 순순히 자백했다고 한다. 상해와 절도 미수, 협박 등 혐의가 한두 가지가 아니라 실형은 면하기 어렵다고 했다.

조사 과정에서 드러난 다나카 도시오의 과거는 결코 평

탄하지 않았다.

고서점에 근무했을 때는 가게의 상품을 몰래 훔쳐다 자신의 수집품으로 삼았다고 한다. 그 일로 해고된 뒤로 인터넷 옥션에서 고서 거래를 시작했는데, 그곳에서도 사기 사건을 일으켰다. 아직 밝혀지지 않은 여죄가 있을 가능성도 있다고 했다.

"당신 할아버지는…… 돌아가셨어?"

나는 잠시 망설인 끝에 물었다. 비블리아 고서당에서 일하기로 한 건 다나카 요시오의 소식을 알 수 있을지도 모른다는 생각에서였다.

"우리 할아버지에 대해 궁금한 게 많나 보군."

"실은 내 할아버지, 할머니와 친하게 지내셔서 우리 집에도 자주 오셨다고 해. 그래서 그분 얘기를 많이 들었거든."

"뭐야, 그런 거였군."

다나카는 내 말을 전혀 의심하지 않고 믿은 눈치였다.

"할아버지는 십오 년 전에 돌아가셨어. 가마쿠라의 집을 팔고 온 가족이 도쿄로 이사한 지 얼마 지나지 않아서였지."

"……그랬군."

이제 할머니와 다나카 요시오의 관계를 아는 사람은 아무도 없다. 자세한 내막을 알 기회가 사라진 건 유감이었지만 할머니의 비밀이 이제 누구에게도 들킬 가능성이 없다는 사실에 한편으로는 마음이 놓였다.

"당신 할아버지는 어떤 분이셨지?"

"아주 키가 크셨어. 젊었을 적 사진을 봤는데, 나와 판박이더군. 사람 좋고 주변 사람들을 잘 챙겨서 교우 관계도 넓었다고 들었어. 영화배우나 감독 중에도 아는 사람이 많아서 자주 식사를 하거나 술자리를 가졌다고 하더군. 오후나에 영화 스튜디오가 있었잖아."

나는 무표정한 얼굴로 고개를 끄덕였다. 할머니와 어떻게 만났는지 알 것 같았다.

"하지만 집안이 기울며 형편이 어려워지니 곁에 있던 이도 모두 떠났다더군. 내가 태어났을 무렵에는 이미 사는 집을 제외한 다른 재산은 모두 처분한 뒤였어. 조금이라도 재산을 되찾으려고 열심히 일했던 부모님 대신 할아버지가 나를 키웠지. 거의 단둘이서 산 거나 마찬가지였어. 할아버지는 나를 잘 돌봐줬지만, 어린 나에게 옛날 책 이야기만 했어. 젊었을 적에는 고서 수집가였거든. 고서에 관련된 기본적인 지식은 모두 할아버지에게 배웠지……. 그 무렵에 우리 집에는 한 권도 남아 있지 않았지만. 돈 때문에 죄다 팔아버렸거든.

나도 그때부터 고서를 좋아했지만, 이야기만 듣고 읽을 기회가 없었어. 책을 읽고 싶어도 읽을 수 없었던 어린 시절이었지."

이야기를 듣던 나는 이상야릇한 기분에 사로잡혔다. 그의 과거는 내 성장 과정과 비슷한 점이 있었다. 막연한 친근감을 느낄 수밖에 없었다.

"재밌는 사실을 가르쳐줄까? 지금까지 아무에게도 말하지 않았던 얘기야."

다나카는 신이 난 듯 몸을 내밀며 투명한 벽에 손을 댔다. 면회실을 감시하던 경찰이 인상을 찌푸렸지만 나서서 뭐라고 하지는 않았다.

"그 『만년』은 원래 우리 할아버지가 가지고 있던 책일 거야."

"뭐?"

나는 눈이 휘둥그레졌다.

내 반응에 기분이 좋아졌는지 다나카는 말을 이었다.

"할아버지가 자주 한탄하셨어. 돈 때문에 『만년』의 언컷 사인본을 헐값에 팔았다고. 어지간히 아쉬웠던 모양이야."

다나카가 『만년』에 그토록 집착했던 이유를 조금이나마 알 것 같았다. 그 책은 할아버지의 유품이나 마찬가지였으리라. 오래된 책은 내용뿐 아니라 책 자체도 이야기를 가지고 있다던 시노카와 씨의 말이 떠올랐다.

이제 그 책은 흔적도 없이 사라졌지만.

'……어?'

희미한 위화감이 머릿속을 스치고 지나갔다. 그러고 보니 닷새 전, 병실 옥상에서도 같은 느낌을 받았다.

"그 여자는 잘 있나? 여전히 병실에서 팔자 좋게 책이나 읽고 있는 건가?"

다나카는 갑작스레 내뱉듯 말했다. 『만년』을 태워버린 시노카와 씨에게 대한 분노가 사그라지지 않은 모양이었다.

나는 그를 쏘아보며 말했다.

"병실에 있어. 원인 제공자는 당신이고."

이 남자에게 시노카와 씨에 대해 이러쿵저러쿵할 자격은 없었다. 대꾸할 말이 없는지 다나카는 혀를 차며 고개를 홱 돌렸다.

"그렇게까지 하지 않으면 책을 내놓지 않을 거라 생각했어. 그 여자는 나와 같은 인종이었으니까. 하지만 내 착각이었지. 그 여자는 책을 좋아하는 게 아니야. 고서를 좋아하는 사람은 절대 그런 짓을 하지 않아."

"당신이 뭔데 그렇게 단언하지?"

아무리 봐도 그녀는 책을 사랑하는 사람이다. 나는 안다. 가족 중에도 '책벌레'가 있었기 때문이다.

하지만 다나카 도시오는 제 주장을 굽히지 않았다.

"아니, 단언할 수 있어. 내가 아는 한 수집가들은 절대로 책을 불태우지 않아. 어떤 수단을 써서라도 책을 남겨두려 하지."

또 그 소리로군. 나는 반박하려 했지만, 끝내 아무 말도 할 수 없었다.

어떤 수단을 써서라도 책을 남겨두려 한다.

그 말에 머릿속에서 꿈틀대던 몇몇 위화감이 순식간에 하나로 이어졌다.

닷새 전 그날, 아니, 훨씬 전부터 이상하다는 생각이 들었다. '오바 요조'가 가게로 찾아오기를 기다렸을 때도. 그 전에 『만년』에 대해 나에게 털어놓았을 때도.

나는 자리를 박차고 일어났다.

그랬었군. 달리 생각할 수 있는 가능성이 없다.

"왜 그래? 안색이 좋지 않은데."

다나카는 의아한 듯 내 얼굴을 들여다보았다.

나는 천천히 고개를 저었다. 이 남자만은 절대로 알아서는 안 될 일이다.

"그만 일어날게."

다시 온다는 소리를 하려다 말았다. 한 핏줄이라는 사실을 밝히지 않는 이상 그와 할 이야기는 이제 없다. 앞으로 만날 필요도 없을 터다.

나는 경찰에게 면회가 끝났음을 알리고 밖으로 나가려 했다.

"지난달에 만났을 때부터 느꼈는데……."

다나카가 떠나는 나를 향해 말했다.

"옛날에 어디서 만난 적 없어? 자네한테는 나도 모르게 이런저런 이야기를 하게 되는군. 전부터 알던 사람처럼 말이야."

나는 순간 말문이 막혔다.

아는 사이이기는 하다. 우리가 아니라 할아버지, 할머니 세대의 일이기는 하지만.

"아니, 난생처음 본 사이야."

병실 문을 두드렸지만 대답은 없었다.

나는 문을 열고 안으로 들어갔다.

시노카와 시오리코는 접이식 침대에 기대 눈을 감고 있었다. 무릎 위에는 펼쳐놓은 책이 있었다. 처음 이 병실을 찾았을 때 보았던 것과 똑같은 광경이었다.

가을 기운이 느껴지는 부드러운 빛이 실내를 가득 채우

고 있었다. 그녀의 보드라운 뺨과 팔의 솜털이 하얗게 빛나고 있었다.

역시 아름다운 사람이다.

나는 의자를 빼서 앉았다. 의자 다리와 바닥이 부딪혀 끼익하는 소리를 냈다. 이런저런 생각을 하다보니 정신적으로 피로해서 미처 신경을 못 썼다.

안경 너머로 보이는 가느다란 눈꺼풀이 천천히 올라갔다.

의자에 앉으려던 나를 본 순간, 시노카와 씨는 쑥스러운 듯 황급히 눈을 내리깔았다. 안경을 올리는 척하며 붉어진 얼굴을 가리고 있었다.

"아, 저기 죄송합니다. 오, 오늘은 오신다는 얘기를 못 들어서……."

"아니에요. 제가 연락도 없이 들른 건데요."

그녀는 어쩔 줄 모르겠다는 듯 허공을 바라보았다. 이래 봬도 한 달 전에 비하면 많이 친해진 편이라 생각한다. 무슨 말을 하는지 알아들을 수 있게 되었다. 그녀는 곤혹스러운 표정으로 얼굴을 붉히고 있었다.

지금부터 해야 할 이야기를 생각하니 마음이 무거워졌다.

"오늘 다나카 도시오를 만나고 왔습니다."

까만 눈동자가 힐끗 내 얼굴을 보았다.

"……그랬군요."

그 순간 그녀의 머릿속에서는 수많은 생각들이 스쳐 지나갔을 테지만, 결국 입에 담은 말은 그뿐이었다. 무슨 이야기를 했느냐고 물어보지 않은 까닭에 내가 먼저 말할 수밖에 없었다.

"시노카와 씨가 책을 좋아한다는 건 거짓말이라고 하더군요."

"그렇게 생각하는 이유는 뭐라던가요?"

"『만년』을 불태웠기 때문입니다."

"고우라 씨는 그 말에 대해 뭐라고 말씀하셨나요?"

"왜 그렇게 단언할 수 있느냐고 물었습니다."

"그게…… 저기, 무슨 말에 대한 물음이죠?"

"시노카와 씨가 책을 좋아하지 않는다는 이야기에 대해서죠. 달리 뭐가 있습니까?"

"……"

끝내 시노카와 씨는 입을 다물었다.

내 표정과 딱딱한 목소리로 내가 이곳에 온 이유를 눈치챘으리라. 그래도 먼저 털어놓을 생각은 없는 것 같았다.

"시노카와 씨는 책을 좋아하시죠?"

"그렇다고 생각해요."

그 대답이야말로 진상을 말하고 있는 것이나 마찬가지였다.

나는 선반 아래에 있는 금고를 가리켰다.

"저 금고 안을 한 번 더 볼 수 있을까요?"

시노카와 씨는 말없이 윗옷 단추를 풀고 가슴에 손을 넣었다. 볕에 타지 않은 그녀의 살결은 창백했다. 가슴에서 꺼낸 건 작은 열쇠였다.

나는 열쇠를 받아 금고 문을 열었다.

안에는 보랏빛 비단보에 싼 꾸러미가 들어 있었다. 안타깝게도 모두 내 예상대로였다.

나는 다시 의자에 앉아 꾸러미를 풀었다. 비단보 안에서 책 한 권이 나왔다. 하얀 표지에 친필 사인, 페이지가 붙어 있는 언컷 상태였다. 물론 띠지도 있었다.

조심스레 표지를 펼치니 섬세한 필체로 글귀가 적혀 있었다. 모두 예전에 보았던 것과 똑같았다.

자신을 가지고 살아가자.
살아있는 이들은 모두 죄인이니.

내 손안에 있는 건 분명 불타 사라진 다자이의 『만년』 초판본이었다.

"이게 진짜 『만년』이군요."

나는 말했다. 질문이 아니라 단순한 확인에 지나지 않

앉다.

"그때 태운 책도 가짜였고요."

"……어떻게 아셨죠?"

시노카와 씨는 가느다란 목소리로 물었다.

"처음부터 이상하다고 생각했습니다. 왜……."

나는 말을 멈추고 쓴웃음을 지었다.

이런 역할은 나에게 어울리지 않았다. 항상 그녀가 진상을 이야기하고, 나는 말없이 듣는 편이었다. 입장이 뒤바뀌었지만 모두 말할 수밖에 없었다.

수수께끼를 푼 건 나니까.

"왜 경찰에 신고하지 않는지, 그게 아니라도 다른 사람에게 도움을 요청하지 않는지 나름대로 이유는 있었겠지만, 저와 시노카와 씨의 힘으로만 '오바 요조'를 찾아내자고 한 건 역시 이상하다고 생각했습니다."

"……."

"하지만 결정적으로 의문을 느낀 건 닷새 전 그때였습니다. 나중에 생각해보니 위험을 알리는 메일을 보냈는데도 시노카와 씨가 왜 간호사나 의사에게 도움을 요청하지 않았는지 이해가 가지 않더군요."

게다가 구태여 사람이 없는 옥상으로 도망쳤다. 사람이 많은 데로 도망쳤다면 그 남자에게 위협을 당하지도 않았을 텐데.

"문뜩 전부 의도하고 벌인 일이 아닐까 하는 생각이 들더군요. 시노카와 씨는 가급적 다른 사람이 없는 자리에서 '오바 요조'와 대결하려 했어요.

그럴 만한 이유는 하나밖에 없죠. **시노카와 씨는 『만년』을 불태우는 모습을 그 남자에게 보여주고 싶었던 겁니다.**

『만년』에 광적으로 집착하는 오바가 두 번 다시 자기 앞에 나타나지 못하게 하기 위해서는 진짜 책은 이제 존재하지 않는다고 생각하게 만들 수밖에 없었죠. 아닙니까?"

나는 말을 멈추고 시노카와 씨의 대답을 기다렸지만 무거운 침묵이 어깨를 짓누를 뿐이었다. 한마디 변명도 하지 않는 그녀의 모습에 화가 치밀었다.

"하지만 불러들여 책을 태우는 걸 보여주는 것만으로는 의심을 살 수가 있죠. 그래서 녀석이 『만년』이 어디 있는지를 알아내서 빼앗으러 오도록 덫을 놓은 겁니다.

시다 씨가 그러더군요. '가사이 기쿠야'가 본명이 아니라는 건 '이 바닥에서 책 좋아하는 치들이라면 책등빼기에 이름이 가사이라고 하면 다 알아듣는다'고요.

시노카와 씨도 알고 있었죠? 물론 '오바 요조'와 '가사이 기쿠야'가 동일 인물이라는 사실도 짐작하고 있었을 테고요. 그래서 녀석이 가게에 드나드는 걸 이용하기로 한 겁니다."

이야기가 점점 핵심에 가까워졌는데도 시노카와 씨는 아무 반응도 보이지 않았다. 그저 침묵을 지킬 뿐이었다.

그 담담한 모습에 짜증이 몰려왔다.

"애당초 시노카와 씨는 『만년』의 복각판을 여러 권 가지고 있었을 겁니다. 저에게 복각판 이야기를 했을 때도 '여러 권' 샀다고 말했고요. 가게에 진열해 놓을 책과 불태울 책, 전부 두 권을 준비해놓은 겁니다.

가게에 진열해 놓을 책이 가짜임도 일부러 숨기지 않았어요. 저와 아야카도 알아볼 만큼 그 책이 진품이 아니란 건 보기에도 분명했으니까.

분명 '가사이'가 가짜임을 알아채고, 진품이 어디 있는지 묻게 하기 위해서였겠죠.

녀석을 믿었던 저는 진품이 어디 있는지 알려줬습니다.

한편으로 불태울 책은 세심한 주의를 기울여 진품처럼 만들었습니다. 종이를 낡아 보이게 가공하고, 면지에는 다자이의 필석을 흉내 내 글귀를 적었죠. 원본을 가지고 있으니, 도구만 있다면 위조하는 건 어렵지 않았겠죠.

그때는 저녁나절이라 똑똑히 보이지도 않았는데, 우리는 불탄 책이 진품이라 곧이곧대로 믿었죠. 그 전에 어설픈 가짜를 본 탓에 정교하게 위조한 복각판을 진품이라 생각한 겁니다. 그런 심리적 효과까지 노린 거죠? 저도, 다나카 도시오도 당신에게 감쪽같이 속은 겁니다."

단숨에 긴 이야기를 마친 나는 그제야 한숨을 내쉬었다. 내 추리는 틀리지 않았다.

여기 있는 진짜 『만년』이 바로 그 증거였다.

침대 위에서 바위처럼 꼼짝도 하지 않던 그녀는 갑자기 정중하게 고개를 숙였다. 입술 사이로 모기만 한 소리가 새어 나왔다.

"속여서 정말 죄송합니다."

나는 고개를 돌렸다. 지금까지 속은 데다 이용당하기까지 했으니 화가 나지 않는다면 거짓말이었다.

하지만 내가 화가 난 이유는 그뿐만이 아니었다.

그 이유가 나에게는 훨씬 중요했다.

"왜 혼자서 전부 짊어지려 한 겁니까?"

나는 물었다.

"처음부터 진짜 『만년』을 지키는 게 목적이고, '가사이'가 수상하다고 말해줬다면 이런 위험한 행동을 하지 않아도 됐을 텐데."

닷새 전, 조금만 잘못됐어도 시노카와 씨는 그 남자의 손에 목숨을 잃었을지도 모른다. 내가 사정을 알았다면 더 안전하게 '가사이'를 병원으로 유인해 책을 불태울 수 있었으리라.

이만큼 신중을 기해 덫을 놓았으면서 왜 구태여 위험한 방법을 택한 건가. 그 사실에 나는 무엇보다 화가 났다.

병실은 침묵에 싸여 있었다.

나는 두 손을 무릎에 올리고 대답을 기다렸다. 이내 시노카와 씨의 입술이 살짝 벌어졌다.

"……고우라 씨가 도와주지 않을 거라고 생각했어요."

그녀는 낮은 목소리로 말했다.

"왜 그렇게 생각했죠? 사실대로 말했으면 당연히 도왔을 겁니다."

지난 한 달 동안 우리 사이에는 아무 문제도 없었다. 책 이야기를 하기 좋아하는 그녀와 그 이야기를 듣기 좋아하는 나. 희미하게나마 두 사람 사이에 특별한 뭔가가 있다고 생각했다.

적어도 나는 그녀를 믿었다.

"고우라 씨는 책을 읽지 않으니까……."

시노카와 씨는 주저하며 중얼거렸다.

"무슨 짓을 해서라도 좋아하는 책을 곁에 두고 싶은 마음을 이해 못할지도 모른다고 생각했어요. 고작 책 한 권에 불과하니까요."

벼락을 맞은 듯한 기분이었다.

병원 옥상에서 다나카와 대치했을 때, 나는 분명히 말했다. 고작 책 한 권 때문에 그 고생을 하느냐고.

그리고 그건 다나카뿐 아니라 그녀에게도 비수가 되는 말이었던 것이다.

여기서 처음 일했을 때부터 그런 마음이 없었다고 하면 거짓말이리라. 무엇보다 나는 책을 제대로 접해본 적이 없는 인간이다.

책을 소중히 여기는 사람의 마음은 알지 못한다. 그런 마음을 그녀는 정확하게 꿰뚫어 보았던 것이다.

"고우라 씨를 믿어야 한다고 생각했지만……."

멀리서 울려 퍼지는 듯한 시노카와 씨의 목소리를 들으며, 나는 비틀비틀 자리에서 일어났다.

이제 더 이상 분노는 느껴지지 않았다. 남아 있는 건 당장 이 자리를 떠나고 싶다는 마음뿐이었다. 결국 우리 사이에 아무 문제도 없다고 느낀 건 순전히 내 착각이었다.

"책벌레들은 끼리끼리 어울리는 법이니 어려울지도 모르겠다만."

할머니 말이 맞아요.

나는 이 사람에 대해 아무것도 몰랐던 것이다. 중요한 때

기댈 수 없는 사람일 뿐이었다.

"저, 저기, 정말 죄송······."

"일을 그만두겠습니다."

"네?"

시노카와 씨는 눈을 휘둥그레 떴다. 왜 그렇게 놀라는지 외려 이해가 가지 않았다.

"이것도 돌려드리겠습니다."

보관하던 가게 열쇠를 그녀의 손바닥에 내려놓았다. 그리고 뒷걸음쳐 침대에서 멀어졌다.

"고우라 씨, 제 얘기를······."

당황한 그녀의 목소리를 무시하고 나는 꾸벅 고개를 숙였다. 더 이상 미안하다는 말은 듣고 싶지 않았다.

더욱 비참해질 뿐이었다.

"짧은 기간이었지만 신세 많이 졌습니다."

에
필
로
그

 그렇게 나는 비블리아 고서당을 그만두었다. 그만두고 딱 한 번 가게에 들러 월급을 정산했지만, 그때도 시노카와 씨는 만나지 못했다.

 다시 백수가 된 나를 보고 가장 못마땅해한 사람은 물론 어머니였다.

 "한 달 만에 관두다니, 대체 무슨 생각이니? 한 달 가지고는 그 일이 자기한테 맞는지 맞지 않는지도 알 수 없잖아. 백수는 빈대만도 못하다는 거 몰라? 일하지 않는 놈에게 줄 밥은 없어!"

 어머니는 진노해 닥치는 대로 쏘아붙였지만, 내가 대꾸 없이 우울해하는 걸 보고는 너무 심했다고 생각한 모양이었다.

다음 날 아침, 부엌에 이런 쪽지가 놓여 있었다.

너 먹여 살릴 만큼은 버니까, 마음 정리하고 다른 일 찾아보렴.

가끔 이렇게 어머니다운 소리를 하면 오히려 당황스럽다.

솔직히 내가 왜 비블리아 고서당을 그만뒀는지 제대로 설명할 수 없었다.

인간적으로 신뢰를 얻지 못한 게 뭐 어쨌다는 건가.

나야 일해서 월급을 받는 입장이니, 종업원으로서 나쁜 평가를 받지 않는다면 그걸로 족했을 터다.

결국 나는 그녀에게 사장과 종업원 이상의 무언가를 원했던 건지도 모르겠다. 그게 연애 관계인지도 알 수 없었다. 책 이야기를 하는 사람과 그 이야기를 듣는 사람이라는 관계에 어떤 이름을 붙여야 할까.

좌우지간 앞으로는 직장에서 만난 사람에게 괜한 기대는 하지 말자. 특히 연상의 안경 미인은 두말할 필요도 없다.

나는 그 교훈을 가슴에 새기고 다시 구직 활동을 시작했다.

특별한 일 없이 2주가 지났다.

몇 장인지도 모를 이력서를 쓰고, 취업설명회에 참석하다 보니 사이타마에 있는 식품회사에 최종 면접을 보게 되었다.

어쩌면 붙을 수도 있지 않을까? 그런 생각이 들기 시작했을 무렵, 느닷없이 한 통의 전화를 받았다. 발신자를 보니 시노카와 씨의 여동생 아야카였다.

어색하게 인사를 나누고 나서 나는 조심스레 물었다.

"장사는 잘돼?"

나는 제일 궁금했던 걸 물었다. 내가 상의도 없이 갑자기 그만두었으니 불편이 이만저만이 아니리라.

하지만 그녀는 대수롭지 않다는 듯 말했다.

"새로운 사람을 구할 때까지 문 닫았어요. 아, 고우라 씨가 신경 쓰지 않아도 돼요. 애초에 언니가 없는 상태에서 장사를 한다는 게 무리였으니까."

그래도 미안한 마음은 사라지지 않았다. 직접적인 원인을 제공한 건 나였으니까.

"그보다 좀 물어보고 싶은 게 있는데요."

아야카는 갑자기 심각한 목소리로 물었다.

"혹시 우리 언니하고 무슨 일 있었어요?"

가장 대답하기 곤란한 질문이었다. 『만년』에 얽힌 일을 말할 수도 없었고, 시노카와 씨와 있었던 일은 스스로도 잘 설명할 수 없었던 까닭이었다.

"음, 그게 그냥······."

"혹시 언니의 그 왕가슴을 만진 건 아니죠?"

"그럴 리가 있냐!"

"아니에요? 그나저나 언니 가슴 정말 크죠. 모양도 예쁘고요."

놀리는 게 분명했지만 거기에 저항도 하지 못하고 상상하고 마는 내가 더 한심하기 짝이 없었다.

"······이럴 거면 끊는다."

"농담이에요! 끊지 마요! 언니, 요새 좀 이상해요."

"뭐가?"

"책을 안 읽어요."

나는 말문이 막혔다.

병실에 산더미처럼 책을 쌓아두고 읽었던 사람이? 책 한 권을 지키려고 주변 사람들을 모두 속였던 사람이? 도저히 상상이 가지 않았다.

"고우라 씨가 그만두고 나서 계속 넋 나간 사람처럼 멍해요. 이제 곧 퇴원인데도 기운이 하나도 없다니까요. 그래서 걱정이 돼서요. 잠깐이라도 되니까 병원에 좀 들러주면 안 될까요?"

결국 간다, 안 간다 확실한 대답은 하지 못했다.

나는 생각해보겠다고만 하고 전화를 끊었다.

그로부터 얼마 동안 시노카와 씨 생각이 머리를 떠나지 않았다. 기운이 없다는 말이 마음에 걸렸지만, 그게 정말 나 때문일까. 나 때문에 그 사람이 고민하는 모습이 상상이 가지 않았다.

이제 와서 찾아간다는 것도 영 내키지 않았다. 면전에서 당신을 믿지 못하겠다는 말을 들었는데 아무렇지도 않은 얼굴로 이야기를 나눌 수는 없을 것 같았다.

그보다 책 이야기가 아니면 과묵하기 짝이 없는 시노카와 씨와 무슨 이야기를 하라는 말인가.

하지만 그녀가 기운이 없다는 말이 계속 마음에 걸렸다.

빙빙 돌아 다시 제자리로 돌아오는 사고에서 벗어나지 못한 채, 어느새 며칠이 지나 식품회사의 최종 면접일이 찾아왔다. 면접은 꽤 순조로웠지만, 너무 긴장한 탓인지 오후나에 도착했을 때에는 온몸이 노곤했다.

나는 오후나 역 개찰구를 지나 큰길로 나왔다. 낮에는 아직 더웠지만, 해가 저물면 웃옷을 걸쳐야 할 만큼 서늘했다.

이제야 본격적인 가을이 시작된 것이다.

큰길을 걷다 보니 저 멀리 오후나종합병원의 하얀 건물이 보였다. 아직 면회 시간은 끝나지 않았으리라.

'가볼까?'

역시 시노카와 씨가 마음에 걸렸다.

그래도 오늘은 너무 늦었으니 내일 찾아가는 게 낫겠지. 아니, 마음을 정한 김에 그냥 오늘…….

"저기……."

길가의 벤치 앞을 지나가는데, 가냘픈 목소리가 들렸다.

두세 걸음 지나가고 나서야 나를 부르는 소리임을 깨달았다.

안경을 낀 긴 머리의 여성이 벤치에 앉아 있었다. 밝은 체크 스커트에 민무늬 블라우스를 입고 니트 카디건을 걸쳤다. 몇 년 전 처음 보았을 때처럼 수수한 차림새였다.

그러고 보니 환자복이 아닌 다른 옷을 입은 모습을 본 건 이번이 두 번째였다.

"시노카와 씨, 이런 데서 뭐하는 겁니까?"

"오, 오늘 퇴원했는데……."

시노카와 씨는 혼잣말처럼 중얼거리더니 양손에 지팡이를 짚고 자리에서 일어났다. 팔꿈치를 받칠 수 있는 튼튼한 지팡이였다.

순간 손을 뻗어 부축하려 했지만, 그녀는 수줍은 얼굴로 고개를 젓더니 허리를 곧게 펴고 똑바로 섰다.

퇴원한다는 소리는 들었지만, 이렇게 빨리 회복했을 줄

은 몰랐다.

"이 길을 지나갈지도 모른다고 생각했어요."

갑자기 체온이 확 오르는 것 같았다. 이곳에서 내가 지나가기를 기다렸던 모양이다.

우리는 몇 발짝 떨어져 서로를 마주 보았다.

"퇴원 축하드립니다."

나는 먼저 축하 인사를 건넸다.

"고맙습니다."

그녀는 고개 숙인 채 대답했다.

서로 무슨 이야기를 해야 할지 망설이는 동안 침묵이 흘렀다.

왜 나를 기다린 걸까.

그런 생각이 들었다.

"무슨 일이 있었습니까?"

내가 묻자 그녀는 오른쪽 지팡이로 몸을 지탱하더니, 왼손에 든 가방을 나에게 내밀었다.

"이, 이거 받으세요."

"네?"

"맡아주세요."

당혹스러워하며 가방을 받아 열어본 순간.

나는 눈을 부릅떴다. 가방 안에는 낯익은 보랏빛 비단보가 들어 있었다. 설마하며 꾸러미를 풀자 한 권의 오래된 책이 나왔다.

『만년』이었다.

면지에는 다자이의 친필 사인도 들어 있었다. 틀림없는 진품이었다.

"이, 이게 뭡니까?"

"고우라 씨가 가지고 계셨으면 해요."

"그게 무슨 뜻입니까?"

도무지 영문을 알 수 없었다. 주변 사람들을 속이면서까지 지키려고 했던 고서다. 그녀에게 무엇보다 소중한 책일 터였다.

"저기, 고우라 씨를…… 믿어보려고 해요."

쥐어짜듯 말하더니 그녀는 얼굴을 새빨갛게 붉혔다.

그런 거였나.

그제야 이해가 갔다. 믿음의 증표로 자신에게 가장 소중한 책을 맡기겠다는 말이군. 한마디로 시노카와 씨 나름의 화해 신청인 것이리라. 수백만 엔짜리 책으로 화해의 뜻을 전하는 점이 또 그녀다웠다.

나는 참지 못하고 웃음을 터뜨렸다. 이런 상황에서는 먼저 웃는 사람이 진 거다.

뭐, 마음만으로 충분했다.

"받을 수 없습니다."

나는 책을 가방에 도로 넣어 시노카와 씨에게 건넸다. 그러나 그녀의 표정이 얼어붙는 걸 보고 황급히 말을 이었다.

"책을 못 읽는 내가 가지고 있어도 소용없잖아요. 시노카와 씨가 가지고 있는 게 좋습니다. 만일 책을 가지고 싶으면 언제든 말할게요. 그보다……."

나는 허리를 곧추세우고 똑바로 그녀를 보며 입을 열었다.

"이제 약속을 지켜주셔야겠는데요?"

"약속?"

그녀는 고개를 갸웃거렸다.

"『만년』이 어떤 이야기인지 자세히 들려주기로 했잖습니까. 약속했는데 벌써 잊어버렸나요?"

시노카와 씨의 얼굴에 환한 웃음이 천천히, 그러나 무엇보다 밝게 번졌다. 마치 다른 사람이 된 것 같아서 나는 눈을 뗄 수가 없었다.

"그럼요. 이쪽으로 오세요."

그녀는 또랑또랑한 목소리로 나에게 자신의 옆자리에 앉으라고 권했다. 지금 당장 이야기할 작정인 모양이었다.

정말 특이하다고 생각했지만, 물론 거절할 이유는 없었다. 나는 조금 거리를 두고 벤치에 앉았다. 『만년』이 들어갈 만한 거리였다.

하지만 그녀는 거리를 좁히고 몸을 딱 붙여왔다.

맞닿은 그녀의 몸에서 전해진 체온에 몸의 반쪽이 뻣뻣하게 굳었다.

『만년』에 대한 이야기를 다하고 나서 다시 가게로 돌아오라고 부탁하면 어쩌지? 문득 그런 생각을 했다. 식품회사, 왠지 이번에는 합격할 것 같은데…….

뭐, 지금은 그런 생각은 접어두고 책 이야기를 듣자.

그녀는 올곧은 눈동자로, 그리고 방금 전까지와는 달리 유려한 목소리로 이야기를 시작했다.

"예전에도 말씀드렸다시피 『만년』은 1936년에 간행된 다자이 오사무의 처녀작이에요. 초판은 겨우 오백 부만 찍었고요. 다자이는 이십 대의 젊은 나이였지만, 이 책을 위해 십 년에 걸쳐 오만 장의 원고를 썼다고 해요. 이 책에 실린 작품은 그 일부에 지나지 않는데……."

저
자
후
기

저는 낯선 역에서 내렸을 때 시간이 있으면 고서점을 찾아보는 습관이 있습니다.

상점가 변두리나 철길 옆에서 고서점의 간판을 발견하면 훌쩍 들어가서 천장에 닿을 정도로 높은 책장을 찬찬히 둘러봅니다.

신간에는 없는 헌책 특유의 분위기가 좋습니다. 사람 손을 거치는 과정에서 보이지 않는 얇은 막이 생긴 듯한. 물론 신간 도서의 빳빳한 느낌도 사랑합니다만.

책을 다루는 방법은 천차만별이라 깨끗하게 보관하는 사람이라도 책갈피를 꽂는 방법이나 띠지를 보관하는 방법에 나름의 버릇을 가지고 있기도 합니다. 헌책을 살펴보다 보면 내용뿐 아니라 전 주인이 어떤 사람인지 호기심이 생긴 적도 한두 번이 아니었습니다.

 언제부터인가 오래된 책에 관련된 이야기를 쓰고 싶다는 생각을 가지게 됐습니다. 기타가마쿠라를 무대로 설정한 것은 옛날부터 제가 잘 알고, 제가 쓰고 싶은 이미지에 맞는 고즈넉한 곳이기 때문입니다.

 참고로 이 후기를 쓰는 현재, 제가 아는 바로는 기타가마쿠라 역 주변에 고서점은 없습니다. 때문에 주인공이 일하는 가게에는 특정한 모델이 없고, 제가 머릿속에서 만들어낸 이미지일 뿐입니다. 만일 내가 고등학생일 때 이런 가게가 있었다면 단골이 되었을 텐데, 라는 생각을 하며 썼습니다.

 하지만 작중에 등장하는 오래된 책은 모두 실제로 존재합니다. 모두 개인적으로 애착이 가는, 추억이 담긴 작품들입니다. 제가 쓴 이 이야기도 누군가에게 그런 책이 되기를 바랍니다.

 이 책의 출판에 관련된 모든 분들, 그리고 이 후기를 읽어주신 여러분께 진심으로 감사드립니다.

역자 후기

 책을 좋아하는 사람이라면, 정도의 차이는 있을지언정 누구나 얼마쯤은 헌책방에 대한 로망이 있으리라 생각합니다.
 도서관이나 일반 서점에 늘어선 수많은 책들도 물론 매력적이지만, 누군가의 손을 거쳐 저마다 수많은 사연을 안고 새 주인을 기다리는 헌책은 또 다른 매력을 가지고 있기 때문입니다.
 미카미 엔의 『비블리아 고서당 사건수첩』은 그러한 헌책의 매력과 그에 얽힌 사람의 이야기를 그린 이야기입니다.
 시간이 멈춘 듯한 고즈넉한 고서점이 배경이라는 사실만으로도 관심이 가는데, 주인공은 안경 미녀에다 책에 대해서라면 모르는 게 없는 책벌레입니다. 책을 좋아하는 사람이라면 충분히 호기심을 가질 만한 내용이죠.

고서 시장이 전문화되어 있고, 고서점에 대한 대중적인 관심도 높은 일본에서는 이러한 점이 크게 작용했는지, 이 작품은 밀리언셀러를 기록한 데다 서점 직원들이 '재미있는 책', '손님에게 추천하고 싶은 책'을 뽑는 2012년 서점 대상에서 문고본 최초로 8위를 차지하기도 했습니다.

앞서 말한 대로 책을 좋아하는 사람이라면 반색할 만한 작품입니다만, '고서'라는 낯선 소재에 혹시라도 겁을 먹은 분이 계시더라도 전혀 걱정하지 않으셔도 됩니다.

화자는 책을 읽고 싶어도 읽지 못하는 체질 탓에 책에는 문외한인 가없은 청년이니까요. 미녀 주인공이 그의 눈높이에 맞춰 친절하게 작품과 고서에 관련된 각종 지식들을 강의해주는 덕에 부담 없이 읽을 수 있거든요.

하지만 아무리 '책'에 관련된 정보들이 많더라도 독자를 끌어당기는 근본적인 힘은 '이야기'의 매력입니다.

이 작품의 미덕은 바로 거기에 있습니다. 이야기 없는 책은 단순한 정보의 나열에 지나지 않습니다. 이는 이 작품 자체에도, 작중에 존재하는 소재로서의 책에도 해당되는 사항입니다.

작가는 책을 바탕으로 그에 관련된 사람의 이야기를 그림으로써 정보가 인쇄된 종이 뭉치가 어떻게 감정이 담긴 '책'의 위치에 오르게 되는지, 책이란 '상품'이 사람들 사이에서 어떠한 매개체로 작용하여 제 구실을 다하는지 말하고 있습니다. '책'에 대한 이야기인 동시에 '사람'에 대한 이야기이기도 한 것이죠.

여러 사람의 손을 거친 낡은 책에는 내용뿐 아니라 책 자체에도 이야기가 존재한다.

작중에서 자주 등장하는 문구입니다만, 이 말처럼 세월의 흐름에 뒤쳐져 골동품처럼 고서점에 덩그러니 놓인 책들이 다시 누군가의 새로운 이야기가 되는 과정을 지켜보는 재미가 참 쏠쏠했습니다.

자신의 작품도 누군가에게 애착이 가는 이야기가 되었으면 좋겠다는 작가의 바람대로, 『비블리아 고서당 사건수첩』이 여러분께 '책'에 대한 새로운 즐거움을 깨닫게 되는 작품이 되기를 옮긴이로서 조심스레 바라봅니다.

『비블리아 고서당 사건수첩』 2권에서 다시 만납시다.